Frédéric Beigbeder

Oona & Salinger

Frédéric Beigbeder

Oona & Salinger

Roman

Aus dem Französischen von Tobias Scheffel

Piper München Berlin Zürich

Mehr über unsere Autoren und Bücher:
www.piper.de

Die Originalausgabe erschien 2014 unter dem Titel »Oona & Salinger« bei Éditions Grasset & Fasquelle, Paris.

Von Frédéric Beigbeder liegen im Piper Verlag vor:
Neununddreißigneunzig
Das verflixte dritte Jahr
Ein französischer Roman
Oona & Salinger

Bilder: S. 18: aus *My Life in Pictures* von Charles Chaplin; S. 53: Hakes International Galleries; S. 57: © Corbis; S. 183: © Rue des Archives BCA.
Text: Alfred de Musset, Bekenntnis eines jungen Zeitgenossen. Aus dem Französischen übersetzt von Eveline Passet. © 1999 by Manesse Verlag, Zürich, in der Verlagsgruppe Random House GmbH, München.

MIX
Papier aus verantwortungsvollen Quellen
FSC® C014496
FSC www.fsc.org

ISBN 978-3-492-05415-7

Gesetzt aus der Palatino Linotype
Satz: Kösel Media GmbH, Krugzell
Druck und Bindung: GGP Media GmbH, Pößneck
Printed in Germany

Stolz wie meine Katze Kokoschka, wenn sie einen völlig verrenkten, blutenden, aber noch lebendigen Spatz auf dem Kopfkissen ablegt, lege ich dieses Buch, wie auch mein verschrumpeltes Herz, Madame Lara Micheli zu* Füßen.

---

* ihren gewölbten, zarten

»Are you going to Scarborough fair?
(War bellows blazing in scarlet battalions)
Parsley, sage, rosemary and thyme
(Generals order their soldiers to kill)
Remember me to one who lives there
(And to fight for a cause they've long ago forgotten)
She once was a true love of mine.«

Anonymer Barde aus Yorkshire, 16. Jh.
(Die antimilitaristischen Zeilen in Klammern
hat 1966 Paul Simon hinzugefügt.)

Dies ist keine Fiktion

Wenn Diana Vreeland gefragt wurde, ob ihre äußerst überspannten Erinnerungen auf Fakten beruhten oder fiktiv seien, so antwortete sie: »It's faction.«

Dies ist ein Buch reiner Faction: Die Orte existieren (oder haben existiert), die Figuren sind real, die Ereignisse authentisch und die Daten in Biografien oder Geschichtsbüchern nachprüfbar. Der Rest entspringt meiner Vorstellungskraft, und für diesen Frevel bitte ich die Kinder, Enkel und Urenkel meiner Helden um Verzeihung.

In den Vereinigten Staaten hat Truman Capote eine Bezeichnung für einen solchen Roman erfunden: »nonfiction novel«. In einem *New-York-Times*-Interview mit George Plimpton vom 16. Januar 1966 definiert er sein Vorhaben als »eine Erzählform, die alle Techniken der Kunst der Fiktion nutzt, dabei aber so nah wie möglich an den Ereignissen bleibt«. Die Figuren dieses Buches haben sehr diskrete Leben geführt, und so kam dem Romancier eine umso größere Rolle zu. Aber mir ist wichtig, feierlich das Folgende zu erklären: Wäre diese Geschichte nicht wahr, so wäre ich zutiefst enttäuscht.

FB

Im Frühling 1980 wurden die Besucher des Paley Parks in New York Zeugen einer recht ungewöhnlichen Szene. Eine lange schwarze Limousine hielt vor der öffentlichen Anlage, es musste gegen fünfzehn Uhr sein. Der Chauffeur öffnete einer etwa sechzigjährigen Dame den Schlag, sie trug ein weißes Kostüm und Sonnenbrille und entstieg langsam dem Auto. Sie blieb einen Augenblick stehen, knetete nervös ihr Perlenhalsband, als bete sie einen Rosenkranz, dann schlug sie den Weg zur linken Ecke des Parks ein.

Während die reiche Frau langsam auf den Wasserfall hinter den Bäumen zuging, zog sie ein paar Porzellanscherben aus der Handtasche. Was sie nun tat, war sehr seltsam. Sie kniete nieder und begann mit ihren manikürten Fingernägeln frenetisch in der Erde zu graben. Ein Mann, der gerade ein Hotdog aß, fragte sich, warum diese Lumpensammlerin in den Beeten herumwühlte, statt in der Mülltonne auf der anderen Seite der Grünanlage nach etwas Essbarem zu suchen. Er schenkte ihr keine große Beachtung, aber es schien ihm doch, als vergrabe die Dame ihr kaputtes Porzellan in einem Loch und drücke mit den Händen einen Klumpen Erde darüber, auf allen vieren unter dem senkrechten Grün – wie ein Kind in der Sandkiste. Wer dort im Freien gerade sein Essen beendete, war noch verblüffter, als die wohlhabende Dame sich mit erdverschmierten Händen erhob und würdevoll wieder in ihren Cadillac stieg. Trotz der dunklen Brille konnte man auf ihrem Gesicht die Befriedigung über die erfolgreich erledigte Arbeit erkennen. Sie wirkte wie eine Exzentrikerin, wie man sie gelegentlich in den Straßen von New York sieht, vor allem seit Freigabe der Barbiturate. Der Chauffeur schloss die Tür, ging um den Wagen herum, setzte sich ans Steuer, und die lange Limousine glitt geräuschlos in Richtung 5th Avenue.

Jerry, eine Einführung

»Ich habe Lust, eine Geschichte zu erzählen.
Werde ich eines Tages etwas anderes erzählen können
als meine Geschichte?«

Pierre Drieu La Rochelle, *Etat civil,* 1921

Anfang der 2010er-Jahre wurde mir bewusst, dass ich keinen Kontakt zu Altersgenossen mehr hatte. Ich war umgeben von Leuten, die alle zwanzig oder dreißig Jahre jünger waren als ich. Meine Freundin war in dem Jahr zur Welt gekommen, als ich das erste Mal geheiratet hatte. Wo waren die Angehörigen meiner Generation hin? Sie waren nach und nach verschwunden, die meisten absorbiert von ihrer Arbeit und ihren Kindern. Irgendwann hatten sie aufgehört, ihre Büros oder Häuser zu verlassen.

Da ich häufig Adresse und Telefonnummer wechselte, konnten meine alten Freunde mich nicht mehr erreichen, und gelegentlich starben auch manche von ihnen. Ich wurde den Gedanken nicht los, dass diese beiden Tragödien vielleicht miteinander in Verbindung standen (wenn man mich nicht mehr sah, endete das Leben). Aber vielleicht hatte der Mangel an Altersgenossen in meiner Umgebung eine andere Erklärung: Ich floh vor meinem Spiegelbild.

Vierzigjährige Frauen mit ihren Neurosen, die mit den meinen identisch waren, flößten mir Angst ein: Neid auf die Jugend, ein verhärtetes Herz, unlösbare körperliche Komplexe, Angst davor, nicht mehr begehrenswert zu werden oder es bereits zu sein. Die Männer in meinem Alter wiederum ergingen sich bis zum Überdruss in Erinnerungen an frühere Feste, tranken, aßen, wurden dick und verloren die Haare, während sie sich ununterbrochen über ihre Ehefrau oder über ihr Singledasein beklagten. In der Mitte ihres Lebens redeten die Leute über nichts als Geld, vor allem die Schriftsteller.

Ich war aufrichtig gerontophob geworden. Ich hatte eine neue Form der Apartheid erfunden: Ich fühlte mich nur mit Menschen wohl, deren Vater ich hätte sein können. Die Gesellschaft von Teenagern zwang mich, mir mit meiner Kleidung Mühe zu geben, nötigte mich dazu, meine Sprache und meinen kulturellen Code anzupassen: Sie machte mich wach, elektrisierte mich, ließ mich lächeln.

Um jemanden zu begrüßen, musste ich meine Handfläche auf die Handfläche meines jungen Gesprächspartners drücken, dann die Hand zur Faust ballen, gegen seine Faust schlagen und mir anschließend auf die linke Brust klatschen. Ein einfacher Handschlag hätte den Generationsunterschied verraten. Ebenso galt es, Anspielungen auf längst Vergangenes zu vermeiden, zum Beispiel durfte ich nicht sagen, ich würde mich abstrampeln wie Raymond Poulidor (»Wie wer?«). Wenn ich Klassenkameraden begegnete, erkannte ich sie nicht, freundlich lächelnd ergriff ich rasch die Flucht – Menschen in meinem Alter waren ganz entschieden viel zu alt für mich. Sorgfältig vermied ich förmliche Abendessen mit verheirateten Paaren. Alle bürgerlichen Verpflichtungen jagten mir Angst ein, ganz besonders abendliche Treffen von Vierzigjährigen in maulwurfsfarbenen Wohnungen mit Duftkerzen. Was ich den Leuten, die mich kannten, vorwarf, war genau das: dass sie mich kannten. Es gefiel mir nicht, dass sie wussten, wer ich war.

Mit fünfundvierzig Jahren wollte ich meine Jungfräulichkeit wiederhaben. Ich besuchte nur neu eröffnete Bars für verstrubbelte Kinder, glatte, kunststoffbeschichtete Clubs, die frei von jeglichen Erinnerungen waren, angesagte Restaurants, von deren Existenz meine alten Kumpel zwei oder drei Jahre später erfahren würden, wenn sie *Madame Figaro* durchblätterten. Hin und wieder machte ich ein junges Mädchen an, bis die mir schließlich mit gerührtem Blick erklärte, ihre Mutter sei im selben Rennen wie ich. Mein einziges Zugeständnis ans Alter: Ich twitterte nicht. Ich begriff nicht, warum man Unbekannten Sätze schicken sollte, wenn man sie in Büchern zusammentragen kann.

Ich gebe zu, dass meine Weigerung, Menschen meines Alters zu frequentieren, die Weigerung war, älter zu werden. Ich verwechselte Jugendwahn mit Jugend. Was man bei jeder Falte im Gesicht seiner Lieben sieht, ist das Wirken des eigenen Todes. Ich dachte ernsthaft, dass ich länger leben würde, wenn ich nur mit Teenagern Umgang hätte, die sich über Robert Pattinson unterhielten statt über Robert Redford. Das war Rassismus gegen mich selbst. Man kann den Dorian Gray spielen, ohne ein unheilvolles Porträt auf dem Speicher zu verstecken. Es reicht völlig aus, sich einen Bart stehen zu lassen, damit man im Spiegel sein wahres Gesicht nicht mehr sieht, von Zeit zu Zeit mit seinen alten Maxisingles DJ zu spielen, ausreichend weite T-Shirts zu tragen, damit der Bauch verdeckt ist, sich zu weigern, zum Lesen eine Brille aufzusetzen (als würde ein Mann, der ein Buch mit ausgestrecktem Arm vor sich hält, um es lesen zu können, jünger wirken), in anthrazitfarbener American-Apparel-Trainingskleidung mit weißem Kragen wieder mit Tennisspielen anzufangen, sich hinter dem Schaufenster eines The-Kooples-Shop ablichten zu lassen, mit minderjährigen Surferinnen im Blue Cargo von Ilbarritz zu tanzen und jeden Tag einen Kater zu haben.

Anfang der 2010er-Jahre konnte ich alle Fragen zur Biografie von Rihanna beantworten – nur um zum Ausdruck zu bringen, wie schlimm es um mich stand.

Drei Jahre zuvor war ich in einer Cafeteria in Hanover, New Hampshire, auf diese Fotografie einer entzückenden Toten gestoßen:

Diese junge Frau heißt Oona O'Neill: Beachten Sie ihre Gene-Tierney-Frisur (die Strähne mit Scheitel an der Seite, die freie Stirn), ihre strahlend weißen Zähne und die feste Halsschlagader, die ihr Vertrauen ins Leben zeigt. Die Tatsache, dass dieses Mädchen gelebt hat, macht Mut. Diese brünette Infantin mit nachgezogenen Brauen atmet tief die frische Luft ein, sie scheint zu glauben, alles sei möglich. Ihre Kindheit jedoch … Als ihr Vater die Mutter verließ, um mit seiner neuen Ehefrau nach Europa zu ziehen, war Oona zwei Jahre alt. Sie schrieb ihm herzzerreißende Postkarten: »Papa, ich liebe Dich so, vergiss mich nicht!« Sie sah ihn erst acht Jahre später wieder.

1940 war Oona O'Neill in meinen Lieblingsschriftsteller verliebt.

Dieses Foto entdeckte ich, als J. D. Salinger noch drei Jahre vor sich hatte. Ich hatte mich mit Jean-Marie Périer auf den Weg gemacht, um in Cornish, New Hampshire, einen Dokumentarfilm über ihn zu drehen. Die Idee war ebenso absurd wie banal: Dem menschenscheuesten Autor der Welt einen Besuch abzustatten war zu einer Art Sightseeingtour für Tausende von Fans geworden. Der Autor von *Der Fänger im Roggen* war 1953 in ein Bauernhaus mitten im Wald von Neuengland gezogen. Seit 1965, meinem Geburtsjahr, hatte er nichts mehr veröffentlicht. Er gewährte keine Unterredung, verweigerte jedes Foto und jeglichen Kontakt mit der Außenwelt. Und ich verkörperte die Außenwelt, die seine Privatsphäre mit einer HD-Kamera heimsuchen würde. Warum?

Ohne es zu dem Zeitpunkt zu wissen, hing mein Interesse für den alten Mann mit meinem wachsenden Abscheu gegenüber Menschen meines Alters zusammen. Genau wie ich liebte Salinger sehr viel jüngere Mädchen. All seine Romane oder Erzählungen ließen Kinder oder

Heranwachsende zur Sprache kommen. Sie symbolisierten die verlorene Unschuld, die unverstandene Reinheit; die Erwachsenen waren alle hässlich, blöd, langweilig, duldeten keinen Widerspruch, steckten in ihren materiellen Behaglichkeiten fest. Seine besten Erzählungen sind die, in denen er in kindlichen Dialogen seine Abscheu vor dem Materialismus zum Ausdruck bringt. *Der Fänger im Roggen* hatte sich seit 1951 mehr als 120 Millionen Mal weltweit verkauft: ein kurzer Roman, der die Geschichte eines Jungen erzählt, der aus seinem Internat geworfen wird, im Central Park herumstreift und sich fragt, wo die Enten hingehen, wenn der See im Winter zugefroren ist. Salingers Theorie war vielleicht kindisch, sicherlich falsch und vielleicht gefährlich, aber er hatte eine Ideologie erfunden, deren bereitwilliges Opfer ich war. Er ist der Autor, der die gegenwärtige Welt am treffendsten beschrieben hat: als eine Welt, die in zwei Lager geteilt ist. Auf der einen Seite die Seriösen, die guten Schüler mit Krawatte, die gesettelten Alten, die ins Büro gehen, eine oberflächliche Hausfrau heiraten, Golf spielen, den Wirtschaftsteil der Zeitung lesen, die das kapitalistische System hinnehmen, wie es ist: »Typen, die ständig darüber reden, wie viele Liter auf hundert Kilometer ihre verfluchten Autos brauchen.« Und auf der anderen Seite die unreifen Jugendlichen, die traurigen Kinder, die auf ewig im ersten Jahr der Oberstufe sind, die Rebellen, die die Nacht durchtanzen, und die Psychopathen, die durch die Wälder irren, sich Fragen zu den Enten im Central Park stellen, mit Pennern oder Ordensschwestern reden, sich in ein sechzehnjähriges Mädchen verlieben und niemals arbeiten, die frei, arm, solidarisch, dreckig und unglücklich bleiben – kurz, die ewigen Rebellen, die gegen die Konsumgesellschaft zu protestieren glauben, in Wirklichkeit aber die westlichen Länder dazu getrieben haben, sich die letzten sechzig Jahre über zu verschulden, und die dazu gedient haben, seit den 1940er-Jahren für Milliarden von Dollar Massenkonsumgüter zu verkaufen (Schallplatten, Romane, Filme, Fernsehserien, Kleidung, Frauenzeitschriften, Videoclips, Kaugummis, Zigaretten, Cabrios, Limonaden, alkoholische Getränke, Drogen – alles Produkte, die von arroganten Mainstream-Aussteigern beworben wurden).

Ich musste einfach dem Begründer des infantilen Phantasmas gegenüberstehen, der die entwickelte Welt zum Träumen bringt. Salinger ist der Schriftsteller, der die Menschen dazu gebracht hat, Abscheu vor dem Altern zu empfinden.

Wir hatten einen Lieferwagen gemietet, um in die grünen Hügel hinaufzufahren. An einem herrlichen Frühlingsmorgen trafen wir in Cornish ein, am Donnerstag, den 31. Mai 2007 um 11:30 Uhr. Der Himmel war blau, aber die Sonne eisig. Kalte Sonnen sind unnötig – es ist Betrug, bei solchen Temperaturen, nicht weit von Québec entfernt, von Frühling zu sprechen.

Salingers Adresse war im Internet leicht zu finden gewesen: In Zeiten des Global Positioning System kann sich auf unserem Planeten niemand mehr verstecken. Ich werde Ihnen jetzt die Adresse nennen, die sechzig Jahre lang die geheimste der Welt war: In Cornish befindet sich eine alte gedeckte Brücke, die über den Connecticut River führt. Wenn Sie die Brücke, vom benachbarten Dorf Windsor kommend, überqueren, haben Sie den Eindruck,

Sie wären Clint Eastwood in *Die Brücken am Fluss*. Biegen Sie dann links in die Wilson Road, und fahren Sie ein paar hundert Meter bis zu einem kleinen Friedhof mit grauen Grabsteinen, der sich hinter einem niedrigen, weiß gestrichenen Zaun zu Ihrer Rechten befindet. Nehmen Sie rechts die Platt Road, die Straße, die an dem gestrüpp- und moosüberwucherten Friedhof vorbei den Hügel hinaufführt. Sollten Sie den Ausflug nachts unternehmen, werden Sie sich jetzt in den *Thriller*-Videoclip von Michael Jackson versetzt fühlen.

Die Suche nach Salinger erfordert Mut; viele Reporterlehrlinge haben schon kehrtgemacht, als sie sich dem hohen, üppigen Laubwald genähert haben. Irgendwo spricht Georges Bernanos von »flüssiger Stille« – vor dem 31. Mai 2007 hatte ich nicht verstanden, was dieser Ausdruck bedeutet. Wir drei im Lieferwagen, der Regisseur Jean-Marie Périer, der Produzent Guillaume Rappeneau und ich, fühlten uns nicht wohl in unserer Haut. Dabei hatte Jean-Marie Schlimmeres erlebt, zum Beispiel, als er die Amerikatournee der Rolling Stones 1972 begleitete, und die hatte nichts von einem bukolischen Spaziergang. Jetzt sah er mich bestürzt an und schien zu sagen: »Du hattest diese bescheuerte Idee, mein Lieber, also mach dir jetzt bloß nicht in die Hosen.«

Der Weg wurde schmaler und schlängelte sich ausgefahren und grasbewachsen durch einen Wald aus großen Kiefern, alten Birken, Ahornbäumen und mehrere hundert Jahre hohen Eichen. Dunkles Blattwerk dämpfte das Licht; in dieser Waldesgruft hatte man unter dem Flechtwerk der Zweige selbst mitten am Tag den Eindruck, es wäre Mitternacht. Das Eintreten in den Wald ist ein magischer Ritus: Überall werden in Märchen Wälder durchquert, in der deutschen Literatur der Romantik genau wie in den Filmen von Walt Disney. Die Sonne blinkte durch die Bäume, hell, dunkel, hell, dunkel, das Licht erschien und verschwand, als wolle die Sonne uns eine Morsebotschaft senden: »Dreht um. Stopp. Flieht, solange noch Zeit ist. Halt. Mayday, mayday.« Romantische Wälder können sich in feindselige Gegenden verwandeln wie in *The Blair Witch Project* oder im Hürtgenwald, der grünen Hölle im Winter 1944/45. Ich wusste, dass ich einen Rückzieher machen würde. Niemals hätte ich es gewagt, den Mann zu stören, der mir die Freude am Lesen vermittelt hat, diesen amerikanischen Schriftsteller, der Zärtlichkeit und Revolte in Person war. Meine Mutter hat mich gut erzogen, und ich bin viel zu schüchtern. Nach einem Kilometer unter dem Blattwerk öffnete sich die Landschaft zur Rechten. Mit einem Mal kehrte das Licht zurück, als hätte Gott einen riesigen Scheinwerfer eingeschaltet. Es war wie eine Lichtung, aber wenn eine Lichtung abschüssig ist, nennt man sie Wiese oder Feld oder kleines Tal, was weiß denn ich, ich bin in der Stadt aufgewachsen. Jedenfalls liegt der Weg zum Haus von J. D. Salinger an der Lang Road, es ist die erste Straße auf der rechten Seite. Sie steigt an, steuerbords befindet sich eine rote Scheune. Ich kann Ihnen sogar seine Telefonnummer sagen: 603-675-5244 (einer seiner Biografen hat sie verraten). Dort war es, wo ich nicht aus dem Auto gestiegen, wo ich vor Angst zitterte, wo ich ein Feigling war. Ich stellte mir den alten Salinger vor (damals achtundachtzig), wie er in einem Schaukelstuhl vor sich hinsinnt, seine Katzen, die mit ihren Krallen alte

Kissen malträtieren, hinter dem Haus auf einer Veranda neben einem Stapel Holz … Das kleine Cottage befindet sich oben auf dem Hügel, der Blick von seiner Hütte war bestimmt herrlich und reichte von der Terrasse weit über den Fluss und die mit weißen Häusern getüpfelten Weiden. Braune Vögel durchzogen den Himmel, und die eisige Sonne strahlte auf die Bäume des Mount Ascutney, des blauen Bergs gegenüber. Die Luft über dem von Steinklee übersäten Rasen duftete – ich habe mich kundig gemacht, um den Namen dieser goldenen Blüten herauszufinden, die im gesamten County verbreitet sind. An dem grünen Hügel, der dem von Sare glich, den ich als Achtjähriger inmitten von Schafen hinunterrollte und dabei meine NewMan-Hose mit Schafsdreck einsaute, wuchsen Wacholdersträucher. Der Ort war extrem ruhig … ein Rundblick über die Neue Welt. Kein Mensch hatte das Recht, einen solchen Frieden zu stören.

»Also wirklich, Fred«, sagte Guillaume Rappeneau. »Wir haben nicht diese ganze Reise unternommen, um jetzt umzudrehen!«

»Ich … Nein … Ich dachte nicht, dass …« (Plötzlich redete ich wie Patrick Modiano.) »Aber trotzdem … wir sind doch keine Paparazzi …«

»Natürlich sind wir das, du Idiot! Du arbeitest für *Voici*! Stell dir doch mal vor: Wenn er uns aufmacht, ist das eine Weltsensation, selbst wenn er uns die Tür vor der Nase zuschlägt, das Bild gibt's worldwide!«

»Aber … Salinger ist über achtzig, er ist stocktaub. Und er ist Weltkriegsveteran, bestimmt ist er bewaffnet …«

»Oh. Das hättest du uns früher sagen können.«

Vor Salingers Bauernhaus verkündete ein Holzschild

»NO TRESPASSING«. Am Vorabend hatten wir einige Kilometer weiter den Schriftsteller Stewart O'Nan in seinem Garten interviewt. Er hatte mir das Motto des Staates New Hampshire in Erinnerung gerufen: »LIVE FREE OR DIE«. Automatische Waffen waren in diesem Staat noch immer frei erhältlich, trotz wiederkehrender Massaker in Schulen.

»Ich wusste, dass du einen Rückzieher machen würdest«, sagte Jean-Marie Périer. »Du bist so ein Wichtigtuer.«

»Nein, ich ... ich bin ... höflich.«

Das ganze Team begann im Auto zu lachen, und auch ich – aus Höflichkeit. Aber ich hatte es ernst gemeint. Neben Schüchternheit ist Zuvorkommenheit eines meiner großen Handicaps im Leben. Ich habe immer gedacht, wenn alle wohlerzogen wären, bräuchte die Gesellschaft keine Gesetze mehr. Und ich sah mich eben nicht so recht wie ein als Hexe verkleideter Bengel, der zu Halloween Süßigkeiten fordert, an der Tür eines Klausners klingeln.

Eremit sein ist eine achtenswerte Tradition, die sich seit der »weißen Dame« in dieser Region der Vereinigten Staaten erhalten hat: seit Emily Dickinson, der Dichterin, die ihr ganzes Leben, von 1830 bis 1886, zurückgezogen in Amherst lebte, eine Autostunde südlich von Salingers Haus in Massachusetts. Von der Dichterin, deren Werke erst nach ihrem Tod veröffentlicht wurden, stammt der Satz: »Abwesenheit ist verdichtete Anwesenheit.« Er spricht von Gott, aber auch von Öffentlichkeit. Die Gesellschaft abzulehnen hat man nicht zwangsläufig gewählt. Mal ist es ein Handicap, eine Unfähigkeit zu Geselligkeit, mal steckt das Kalkül dahinter, sich in der Abwesenheit präsenter zu machen, die anderen damit zu nötigen, an einen zu denken, oder damit seine Seele zu retten, zu existieren, in Schwingung zu sein.

Für Dickinson bedeutete die Unfähigkeit, ihr Zimmer zu verlassen, sicherlich Schmerz und Behinderung. Manche ihrer Biografen erwähnen einen Liebeskummer … Sie war in einen Reverend verliebt, der verheiratet und Familienvater war … Eine unmögliche Liebe … Proust sagt in *Freuden und Tage* dasselbe wie Emily Dickinson: »Ist nicht die Abwesenheit für denjenigen, der liebt, die sicherste, die wirksamste, die lebendigste, die unzerstörbarste, die treueste aller Anwesenheiten?«

An dieser Stelle tritt Oona auf den Plan. Damit mein Team mir verzieh, dass ich ein paar Meter vor dem Ziel aufgegeben hatte, hatte ich es in Salingers Lieblingsrestaurant eingeladen, das Lou's in Hanover, ganz in der Nähe der Universität von Dartmouth. Die Kellnerin wollte uns nicht sagen, wann der Schriftsteller das letzte Mal hier gewesen war (irgendwo hatte ich gelesen, er würde dort jeden Sonntag brunchen). Die ganze Gegend respektierte die Ruhe des mythischen Autors.

Im Radio lief *Smoke Gets in Your Eyes* von den Platters. An der Wand starrte ich auf eine Schwarz-Weiß-Fotografie, die in den 1940er-Jahren in einem Nachtclub aufgenommen worden war: Junge Mädchen in Abendkleid und mit Perlenhalsband posierten neben älteren Männern in Dreiteilern und Hüten. Auf dem Rahmen stand als Bildunterschrift: »Stork Club, 1940«. Jetzt, im Jahr 2007, waren die fünfzigjährigen Männer sicher längst gestorben und die hübschen lächelnden Mädchen von damals entweder begraben oder kurz davor, sabberten in einem Rollstuhl vor sich hin, ohne jegliche Erinnerung an den fröhlichen Abend. Und dann, daneben an der Wand, Oona.

Als ich das Restaurant verließ, begann ich wieder zu schlottern. Und doch hing ein Duft von Frühling in der Luft. Die gelben Blumen, die sich über den Connecticut River neigten, heißen Goldruten. Nur alte Leute interessieren sich für Blumennamen: Sie wollen die Pflanzen kennen, die bald über ihnen wachsen.

In dieser Gegend gibt es Margeritenfelder, die so weiß sind, dass man denken könnte, es seien Skipisten. Salingers Lieblingsschriftsteller, Francis Scott Fitzgerald, kam im Februar 1939 mit Budd Schulberg nach Dartmouth, um an einem Drehbuch mit dem Titel *Winter Carnival* für United Artists (die von Chaplin gegründete Filmgesellschaft) zu arbeiten. Er war so betrunken, dass man ihn in New York ins Krankenhaus einliefern musste, bevor er nach Hollywood zurückgebracht wurde, wo er im Jahr darauf starb, als er bei Sheila Graham in der 1443 North Hayworth Avenue einen Schokoriegel aß. Budd hat mir von seinen »Arbeitssitzungen« mit Scott erzählt. Ihm bin ich 2005 in Deauville begegnet, als ihm der Literaturpreis des dortigen Festivals verliehen wurde. Auf ein paar Jahre genau hätte Salinger sehr gut Donuts mit Miss O'Neill, Scott Fitzgerald und Schulberg verdrücken können, 1939, genau hier, vor dem Dartmouth College (Oona war vierzehn, Salinger zwanzig, Scott dreiundvierzig und Budd fünfundzwanzig). Je älter ich wurde, desto stärker zog mein Jahrhundert sich zusammen.

Ich hätte gerne erfahren, ob Salinger Oona nach dem

Krieg wiedergesehen hat. Das ist sicher meine naiv-sentimentale Seite. Ich denke, es war Oona, die Salinger zu dem Roman veranlasst hat, der uns für immer verbieten sollte zu altern. Die Antwort werde ich nie erfahren: Jerry Salinger ist am 27. Januar 2010 gestorben, drei Jahre nach meinem missglückten Besuch in Cornish.

I

Manhattan romance

»I knew he'd be a writer. I could smell it.«

Oona O'Neill über J. D. Salinger

1940 rauchten in New York alle überall, in den Bars, Restaurants, Taxis, Zügen und vor allem im Stork Club. Wenn man den Club verließ, brannten einem die Augen, und die Haare rochen nach Zigaretten. Die Menschen ruinierten sich die Gesundheit stärker als heute, weil niemand ihnen vorwarf, sie würden das Sozialversicherungssystem belasten, da Letzteres noch nicht erfunden worden war. Es war fast elf Uhr abends; um diese Zeit hatte man Mühe, an den Tischen in dem langen Saal der Bar die Gesichter zu unterscheiden. Das Stork war kein Club, sondern eine undurchdringliche Wolke. Unter einem mit Luftballons gefüllten Netz spielte die Band Songs von Cab Calloway. Oder war es Cab Calloway persönlich? An die Wand war ein Storch mit Zylinder gemalt, der eine Zigarette rauchte. Sonntagabends war das Restaurant so überfüllt, dass die Gäste brüllen mussten, wenn sie bei den Kellnern in Spenzer mit schwarzer Fliege Getränke bestellen wollten. Aber das störte sie nicht weiter: Amerikaner reden immer laut, besonders wenn man ihnen Bourbon auf zerstoßenem Eis serviert.

Ein junger Blondschopf aus New Orleans mit hoher

Stimme musste ständig lächeln, wenn er mit dem Erbinnen-Trio ausging: Gloria Vanderbilt, Oona O'Neill und Carol Marcus, die ersten It-Girls der Geschichte der westlichen Welt, die hinter einem Vorhang aus Rauch verborgen waren. Tagsüber schickte er Texte an Zeitungen, die diese noch nicht veröffentlichten. Und abends putzte er sich mit seinem schwarzen seidenen Einstecktuch die Brille, bevor er sie wieder aufsetzte und das Stoffläppchen in die linke Brusttasche seines weißen Jacketts zurücksteckte, wobei er sorgfältig vier nach oben weisende Dreiecke herausragen ließ, wie Pfeile, auf die über ihm aufgehängten Ballons gerichtet. Er war der Ansicht, es mache intelligent, gut gekleidet zu sein, und in seinem Falle stimmte das auch. Er war sechzehn Jahre alt, hieß Truman Capote, und die Szene spielte sich an der folgenden Adresse ab: 3 East 53rd Street.

»Meine Kleinen, ihr seid meine Schwäne.«

»Warum nennst du uns Schwäne?«, fragte Gloria und blies ihm einen Schwall Zigarettenrauch ins Gesicht.

»Na, zunächst einmal seid ihr weiß«, erklärte Capote und unterdrückte ein Husten, »dann entfaltet ihr euch auf höchst elegante Weise, ihr habt lange, anmutige Hälse …«

»Und vielleicht einen spitzen orangefarbenen Schnabel?«

»Ja, Gloria, du hast einen sehr spitzen Schnabel, das beweist du uns jeden Abend. Aber eher rot angemalt, wenn du den Inhalt deines Lippenstifts darauf verteilst – genau wie auf deinen Schneidezähnen.«

»Aber wo sind unsere Flügel?«, fragte Oona.

Truman Capote hatte nur (blaue) Augen für den Kellner, einen jungen Mann von den Antillen mit weit auseinanderstehenden Zähnen, der Yannick Noah ähnelte – lange vor Yannick Noahs Geburt.

»Seien Sie so lieb, und bringen Sie uns bitte vier Wodka-Martini, junger Mann, auf diese Weise kann ich sicher sein, dass ich Sie schnell zurückkommen sehe.«

Truman lächelte der Hübschesten der drei zu.

»Ich habe euch die Flügel gebrochen, während ihr schlieft, Oona Darling«, antwortete er. »Um euch daran zu hindern, von mir wegzufliegen. Ich sperre euch noch ein Jahrzehnt ein. Macht euch keine Sorgen, das geht schnell vorbei.«

»Truman«, sagte Gloria, »wenn wir deine Schwäne sind, was bist du dann … ein kleines Ferkel?«

Allgemeines Gelächter. Gloria hatte diese Boshaftigkeit so verkündet, als hätte sie die Frage ein für alle Mal geklärt. Truman lief rosa an, tatsächlich hätte ein Wurstliebhaber seinem Charme nur mühsam widerstanden. Aber seine hellen Augen sprühten vor Spottlust, und alles, was er von sich gab, klang leicht und amüsant, und das unterschied ihn dann doch von einem Teller Wurst.

In derselben Bar, am anderen Ende des Raumes, stand ein Mann von einem Meter neunzig und beobachtete Tisch sechs, ohne etwas zu sagen, da er nie etwas sagte. Ohnehin richteten sich alle Blicke im Stork auf Tisch sechs, den Tisch in der Ecke, am Ende des L-förmigen Raumes. 1940 war Jerome David Salinger einundzwanzig. Er wohnte noch bei seinen Eltern, 1133 Park Avenue, Höhe 91st Street. Da er groß, schön und gut gekleidet war, ließ man ihn gelegentlich allein in den Stork Club, die exklusivste Adresse New Yorks. Sein Vater war ein mit dem Handel von koscherem Käse und geräuchertem Fleisch reich gewordener Jude. Einstweilen hatte Jerry keinen Grund, zum Erfinder der ewigen Jugend auf Pump zu werden.

Einstweilen ist er ein großer schüchterner Junge, der sich mit der Lässigkeit von Humphrey Bogart eine Zigarette anzündet – die tadellose Geste hat ihm wochenlanges Training vor dem Badezimmerspiegel abverlangt. Truman Capote ist ein größerer Snob als er, aber auch empfindsamer und witziger, wenngleich von sich eingenommen. Äußerlich ist er das Gegenteil von Salinger: so klein, wie der andere riesig, mit blauen Augen, während die des anderen dunkel und durchdringend sind, blond im Gegensatz zu dem braunhaarigen, finster blickenden Typen (hier das absolute Kindergesicht aus Alabama, dort der große Einfaltspinsel, der die New Yorker Intellektuellen nachahmt). Alle zwingen sich, Zigarette auf Zigarette zu rauchen, um volljährig zu wirken, sie wissen, welch Privileg es ist, an diesem sehr exklusiven Ort Alkohol trinken zu können. Es ist der einzige Augenblick in ihrem Leben, wo sie sich als Erwachsene verhalten werden. Capote registriert bereits alles, was er sieht, und wiederholt alles, was er versteht. Er weiß genau, dass er den Club ohne seine drei Schwäne nie betreten hätte. Sie sind sein Sesam-öffne-dich, überall wird ihnen der rote Teppich ausgerollt, sie werden für *Harper's Bazaar* und *Vogue* fotografiert. Sie sind Post-Flapper und Prä-Feministinnen: Sie gehen gut essen, rauchen, tragen einen leichten Hauch von Seide mit einem geräuschvollen Perlencollier darüber und schreiben damit unwissentlich eine langsame Geschichte der Emanzipation fort, die in den 1920er-Jahren begonnen wurde und noch weit von ihrer Vollendung entfernt ist.

Capote tut nichts anderes, als ihrer Bewegung zu folgen und den Porzellansuffragetten Zerstreuung zu bieten. Fünfunddreißig Jahre später wird er bösartig davon erzählen (in *Erhörte Gebete*), seine Freundinnen werden sich von ihm abwenden, und er wird darüber vor Kummer sterben, eingelegt in Alkohol, Drogen und Tranquilizer. Einstweilen jedoch hat Truman das sorgenvolle Gesichtchen eines Kinds, das von seinen Eltern vernachlässigt wird und schon früh begriffen hat, dass es Erinnerungen sammeln muss, um seine Einsamkeit auszufüllen.

Für einen Künstler ist Feiern nie unmotiviert. Schriftsteller, die abends ausgehen, vergnügen sich nie vollständig: Sie arbeiten – so ist das. Vielleicht denken Sie, sie lassen sich gehen, dabei sind sie gerade an der Arbeit und suchen nach dem Satz, der ihren morgigen Kater rechtfertigen wird. Ist die Ernte gut, so werden ein paar Sätze die erneute Lektüre überleben und einem Absatz eingefügt. War der Abend nichts, wird keine Ernte übrig sein, nicht einmal eine Metapher, ein Witz, ein Wortspiel oder Tratsch.

Leider geben Schriftsteller sich nicht geschlagen, wenn es nichts zusammenzutragen gibt: Der Misserfolg liefert ihnen den Vorwand, um noch mehr auszugehen, noch mehr zu trinken, so wie Goldsucher, die sich verbissen über eine stillgelegte Mine hermachen.

J. D. Salinger hat sich der Tischgesellschaft genähert. Er hielt sich immer leicht gebeugt, um die anderen nicht zu sehr zu überragen: Er war nicht nur der Größte, sondern auch der Älteste. Capotes Fuß wackelte unter seinem Stuhl wie der Schwanz eines aufgeregten Hundes. Er redete als Erster.

»Meine Damen, könntet ihr mir sagen, wer dieser große Vogel mit schwarzen Federn ist? Ein Reiher, ein Flamingo?«

»Hello, there. Mein Name ist Salinger. Jerry Salinger, sehr erfreut. Mein persönlicher Lieblingsvogel ist ...« (Er überlegte ein wenig zu lange) »... das amerikanische Mädchen in Shorts.«

Eine ganz schöne Leistung, die herablassendsten Mädchen New Yorks zum Lächeln zu bringen. Truman begriff die Botschaft und sah zu, wie die Bohnenstange den Kopf beugte, um dem Trio die Hände zu küssen: Wäre er ein Vogel, wäre er ein Storch und damit in diesem Club ganz richtig am Platz (»stork« bedeutet Storch, got it?). Oona war die Schüchternste von allen. Auch die Sanfteste, trotz ihres schwarzen schulterfreien Kleides. Durch ihr Schweigen, ihr pimpernellrotes Erröten drang der Blick aus unergründlichen schwarzen Augen. Sie ähnelte den Porträts junger Naiver von Jean-Baptiste Greuze in der Wallace Collection in London. Sie schien nicht zu wissen, dass sie schön war, dabei sagten ihr das alle seit ihrer Geburt – außer ihr Vater. Ihre Ungeschicklichkeit, ihr fehlendes Selbstbewusstsein, ihr Stottern verschönerten jede ihrer Gesten – die Art, wie sie ihr Glas an sich drückte, mit dem Zeigefinger die Eiswürfel umrührte, bevor sie ihn ableckte, als würde er bluten, und wie sie sich ständig für ihre Anwesenheit entschuldigte, als wisse sie nicht, dass der Club ihre Anwesenheit brauchte, um en vogue zu bleiben. Das Adjektiv »clumsy«

schien eigens dafür erfunden, ihre fürchterliche Unbeholfenheit zu bezeichnen. Man verspürte das Bedürfnis, die herrenlose Katze zu adoptieren.

Gloria war mondäner, Carol blonder – sie kopierte die stark gewellte Locke von Jean Harlow und deren mit der Hand nachgezogene Brauen. Das war das Geheimnis ihrer Freundschaft: Mehr noch als ein Trio waren sie wie eine Palette der unterschiedlichsten Farben. Für jeden Geschmack war etwas dabei, keine machte der anderen Konkurrenz. Mochte man raffinierte Frauen, die Femme fatale, den Vamp, gab es Gloria, die große Milliardärin. Bevorzugte man die sinnlichen oder hysterischen, hatte man Angst, sich zu langweilen, oder ließ man sich gerne anschreien, so musste man sich für Carol entscheiden. Und wenn man weder von Geld noch von Extravaganz angezogen wurde … Wenn man eine zu schützende Autistin, einen zu rettenden Engel suchte … dann war die Chance groß, dass man Oona in die Falle ging.

Oona flößte durch ihre Ruhe Respekt ein. Sie war die am wenigsten Überschwängliche der Bande, nicht aber die am wenigsten Faszinierende. Wenn sie lächelte, bildeten sich zwei Grübchen auf den Wangen, und man sagte sich, eigentlich ist das Leben doch fast erträglich, vorausgesetzt, man hat immer leuchtende Augen. Seit Oona fünfzehn war, kümmerte ihre Mutter sich fast nicht mehr um sie, und sie wohnte bei Carol, 420 Park Avenue. Seit sie fünfzehn war, ließ der blau uniformierte Türsteher Oona O'Neill das Stork betreten, wann immer sie es wünschte, weil der Chef verrückt nach ihrem Familiennamen war. Sherman Billingsley hatte ein Auge auf sie, nannte sie »my most beautiful baby«, platzierte sie am besten Tisch im Cub Room (in der VIP-Ecke) und übernahm die Getränke. Er war snobistisch wie ein Bidet im Waldorf Astoria, und genauso betrieb er sein Geschäft: Ein Schwarm junger Mädchen, selbst Minderjährige – vor allem Minderjährige –, schafft Atmosphäre, besonders wenn sie berühmte Namen tragen, die Fotografen und reiche Männer anlocken.

»Rutscht zur Seite, Mädels«, sagte Truman. »Macht doch Jerry endlich Platz! Jerry, ich darf Ihnen meine Schwäne vorstellen.«

»Ich finde nicht, dass dieses Fräulein einem Schwan ähnelt«, erwiderte Jerry. »Ich würde eher sagen, einer verletzten Taube. Wie heißen Sie, lieber Aus-dem-Nest-gefallener-Vogel?«

»Ähh … Sie werden mich auslachen …«, antwortete Oona zögernd.

»Nur zu.«

»Oona. Das ist Gälisch.«

»Oona. Das ist hübsch. Und es bedeutet …?«

»… einzigartig, heißt es.«

»Aber ja doch, was bin ich dumm, das hört man doch. Oona = One.«

Capote lachte schrill.

»Una ist eine Fee in den keltischen Legenden«, erklärte er. »Die Königin der Feen.«

»Hm … Und haben Sie Zauberkräfte?«, fragte Jerry.

In diesem Moment brachte der junge Kellner die Gläser. Ich habe vergessen zu erwähnen, dass Frankreich gerade von Deutschland besetzt war. Mit der Zeitverschiebung marschierten im selben Moment deutsche Truppen über die Pariser Champs-Élysées.

»Aber ja, sehen Sie«, antwortete Truman. »Oona zaubert Wodka auf die Tische!«

»Ich kann auch Aschenbecher verschwinden lassen …«, sagte Oona.

»Diese Kleptomanin sammelt gestohlene Aschenbecher«, kicherte Gloria.

»Man fragt sich, wozu eigentlich die Polizei da ist«, bemerkte Carol.

Da lächelte Oona zum zweiten Mal an diesem Abend. Wenn Oona mit halb geschlossenen Lidern lächelte, war das Stimmengewirr nicht mehr zu hören. Es war, als hätte jemand den Rest der Welt leiser gedreht. So empfand es jedenfalls Jerry: Oonas Mund, der Kontrast zwischen ihren roten Lippen und weißen Zähnen, ihre hohen Wangenknochen, ihr weinroter, auf den kirschroten Mund abgestimmter Nagellack, die Perfektion eines Mädchens der obersten Gesellschaft machten ihn vollständig taub. Was bedeutete diese Brünette? Warum bereitete ihm dieses Mädchen, das er seit fünf Minuten kannte, Bauchschmerzen? Konnte bitte irgendjemand ihr verbieten, dieses Gesicht zu machen, wie ein Kind, das bei einem Fehler ertappt worden ist? Auch er hatte das Bedürfnis, die Polizei zu rufen. Der Staat müsste es Frauen verbieten, sich derart gekonnt ihrer Lider zu bedienen. Jerry murmelte vor sich hin:

»Ein Anti-Oona-Gesetz …«

»Entschuldigung? Was sagen Sie?«

»Er brummelt!«

»Hahaha! Noch ein Opfer von Oona«, rief Truman. »Sie können einen Club mit Orson gründen!«

Mit einer Kopfbewegung deutete Truman zu einem

Tisch am anderen Ende des L, wo Orson Welles sie über die Schulter eines Mädchens anschielte, das aussah wie Dolores del Rio, in Wahrheit aber die Frau von Errol Flynn war: die französische Schauspielerin Lili Damita, deren Mann gerade drehte. (An dem Tisch am anderen Ende des L konnte kein Unbekannter Platz nehmen.) Orson Welles warf den Mädchen unaufhörlich geheimnisvolle Blicke zu, vor allem Oona, und wandte den Blick ab, sobald er spürte, dass seine Geliebte ihn dabei zu erwischen drohte. Der fünfundzwanzigjährige berühmte Radiomacher versuchte es mit der Methode des schönen Gleichgültigen. Bei schüchternen Mädchen funktioniert das nicht, die muss man vielmehr überraschen. Ignorieren Sie eine Streberin, und es besteht die Möglichkeit, dass sie es bemerkt. Aber wenn Sie eine Schüchterne hochmütig übersehen, erweisen sie ihr einen Dienst und lernen sie nie kennen. Schon gar, wenn Sie berühmt sind, das heißt doppelt so einschüchternd wie ein normaler Mann. Orson Welles drehte sich wieder zu Lili Damita, die ihm gegenüber eine Crêpe Suzette aß. Jerry Salinger versuchte es anders: Er redete sehr leise und monoton, in der Hoffnung, dass der Rest der Tischgesellschaft ihn nicht hören würde. Er wandte sich an Oona, als wären sie allein auf der Welt, und folglich waren sie es an diesem Abend auch ein bisschen.

»Oona O'Neill, im Grunde ist Ihr Name eine Alliteration … Meiner Ansicht nach«, fuhr Jerry fort, »hat Ihr Vater den Vornamen ausgesucht, weil er seinem Familiennamen ähnelte. Es ist eine narzisstische Wahl.«

»Ich weiß es nicht – seit ich einer Zeitschrift gesagt habe, ich sei eine von den ›Elends-Irinnen‹, redet er nicht mehr mit mir. Er denkt, es wird ein schlimmes Ende mit mir nehmen. Einstweilen geht es ihm schlimm, seitdem er aufgehört hat zu trinken. Als ich ihn das letzte Mal gesehen habe, zitterten seine Hände.«

Aber der Rest der Tischgesellschaft hatte ein feines Gehör:

»Mit Oona wird es ein gutes Ende nehmen, weil sie schlimm begonnen hat«, bemerkte Gloria. »So wie wir!«

»Ich habe meinen Vater nie kennengelernt, und ihrer ist gestorben, als sie achtzehn Monate alt war«, sagte Carol und deutete auf Gloria.

»Und mich«, ergänzte Truman, »hat meine Mutter ausgesetzt, als ich zwei war.«

»Und mein Vater ist abgehauen, als ich zwei war«, sagte Oona.

»Einen Toast auf den Club der Goldenen Waisenkinder!«, fügte Gloria hinzu und hob ihr Glas. Die drei Mädchen stießen mit Truman und Jerry an, wobei Letzterem beinahe peinlich war, dass seine Eltern immer noch verheiratet waren.

Die Gläser bewirkten beim Aneinanderstoßen exakt dasselbe Klingeln wie das des Triangels im dritten Satz des Klavierkonzerts in F-Dur von George Gershwin.

»Ein bisschen Respekt«, sagte Truman. »Wissen Sie, dass Sie mit dem künftigen Glamour Girl des Stork reden?«

»Oh, nein, bitte nicht«, widersprach Oona genervt. »Fangt nicht wieder davon an ...«

»Erheben wir die Gläser auf die neue Zelda!«

Oona errötete noch stärker, diesmal aus Wut. Es machte sie rasend, dass sie jedes Mal rot wurde, wenn die anderen diese idiotische Geschichte erzählten. Jedes Jahr wählten die Gäste des Stork Club ein Glamour Girl, und sie stand auf der Liste der Finalistinnen. Sie hatte nicht darum gebeten, doch auch wegen dieser Dummheit redete ihr Vater nicht mehr mit ihr. Soll man es als Ehre ansehen, »Miss Angesagter Club« zu sein? Nein. Soll man die Auszeichnung ablehnen, als hätte sie die geringste Bedeutung? Auch nicht. Mit solchen Dilemmas war die Jeunesse dorée New Yorks im Jahr 1940 beschäftigt, während auf der Spitze des Eiffelturms eine weiß-rote Flagge mit Hakenkreuz wehte.

»Zelda Fitzgerald ist keine Beleidigung«, sagte Oona. »Trotzdem sind die Bücher ihres Mannes das Interessanteste an ihr.«

»Ich erhebe mein Glas auf Francis ›Scotch‹ Fitzgerald!«, erklärte Truman.

»Schreiben Sie, Jerry?«, fragte Carol. »Sie haben ein Schriftstellergesicht. Die erkenne ich auf zehn Meilen gegen den Wind. Es sind üble Egozentriker, schrecklich intelligent und zu meiden wie die Pest.«

»Finden Sie, er sieht intellektuell aus?«, fragte Gloria. »Er schweigt viel, nicht?«

Jerry dachte gerade, dass er noch nie einen solchen Vornamen gehört hatte. Oona. Das klang wie ein lustvolles Stöhnen. Ooo… gefolgt von einem Befreiungsschrei: aaa! Und zwischen den beiden Vokalen der Konsonant, der an den Mond erinnerte: (m)oona … Der Vorname war ebenso hypnotisierend wie die Person, die ihn trug. Jerry sagte sich, dass Männer ruhig immer auf die Schnauze fallen könnten, solange es Frauen wie sie gebe, um sie wieder aufzusammeln.

»Ich … ich habe noch nie ein Stück Ihres Vaters gesehen«, sagte er. »Aber ich weiß, dass er unser bester Dramatiker ist.«

»Er ist nicht der Beste«, sagte Truman, »er ist der Einzige! Der Erste, der Armut zeigt. Ich weiß nicht, ob das eine gute Idee war – all diese deprimierenden Seeleute, diese Prostituierten mit großem Herz, diese suizidgefährdeten Außenseiter … Wie trübsinnig!«

»Seit er den Nobelpreis bekommen hat, ist er nationales Kulturgut«, korrigierte Jerry.

Er wusste nichts darüber, aber er wollte der Tochter eine Freude machen, indem er den Vater verteidigte. Und außerdem mochte er keine unmotivierte, mondäne Aggressivität. Er fand es anregender, lustig zu sein, ohne Schlechtes über jemanden zu sagen; aus diesem Grund war er nicht oft lustig.

»Vor allem ist er ein schlechter Vater«, schloss Oona, die erneut den Rauch ihrer Zigarette zur Decke ausstieß, als läge sie auf der Couch eines Psychoanalytikers.

»Diese Iren sind alle Alkoholiker«, sagte Truman. »Versuchen Sie mal, einen Iren aufzutreiben, der nicht trinkt!«

»Zum Schreiben darf man trinken«, sagte Carol. »Aber wenn man seine Kinder erziehen will, verbietet sich das.«

»Ich kenne sein Werk nicht. Ich habe das Problem, Miss O'Neill, dass ich mich im Theater nicht wohlfühle«, nahm Jerry verwirrt seinen Faden wieder auf. »Ich muss immer husten, wenn man nicht darf, und außerdem habe ich immer den Eindruck, ich sitze auf dem Sessel, der am lautesten von allen quietscht … Ich weiß nicht, warum es mir nicht gelingt zu vergessen, dass ich vor Leuten sitze, die dafür bezahlt werden, Dialoge aufzusagen. Außerdem übertragen mir die Schauspieler ihr Lampenfieber. Das ist idiotisch … ich habe an ihrer Stelle Angst, dass sie ihren Text vergessen.«

»Und dann die feuchte Aussprache«, bemerkte Truman. »Im Theater setzt man sich besser nicht in die ersten Reihen, es sei denn, man hätte einen guten Regenschirm dabei.«

»Entschuldigen Sie«, sagte Jerry. »Ich vermute, Sie … Bestimmt sind Sie es leid, dass man über Ihren Vater spricht.«

»Es ist schwierig, seinen Namen zu tragen«, erklärte Oona. »Ich sehe mich eher als Waise denn als die ›Tochter von‹. Es ist seltsam, die Waise einer lebenden berühmten Person zu sein. Alle erzählen mir von ihm, als stünde ich ihm nahe, dabei habe ich ihn in den letzten zehn Jahren gerade dreimal gesehen.«

Dann schwieg Oona, etwas verlegen, einem Unbekannten etwas so Intimes anvertraut zu haben. Gloria, die die Befangenheit ihrer Freundin spürte, kam ihr zu Hilfe, indem sie »Hi-de-hi-de-hi-de-ho« sang. Die Band spielte ein wenig zu schrill *Minnie the Moocher*. Die Schwingungen des Basses ließen die mahagonivertäfelten Wände erzittern. Das Lied erzählt die Geschichte einer Prostituierten, die von einem Kokainsüchtigen ausgehalten wird. Ein echtes Thema für Mr O'Neill Vater. Es ist immer amüsant zu sehen, wie die bürgerlichsten Menschen im Chor die brutalsten Dinge von sich geben. Manchmal muss ich lächeln, wenn in Anwesenheit kleiner Kinder bei Abendeinladungen distinguierte Familien *Walk on the Wild Side* und das »too too doo too doo too too doo doo« von Lou Reed trällern (es ist die Geschichte eines Transvestiten, der auf den Strich geht).

»Hören Sie«, sagte Gloria Vanderbilt. »Es ist schön für mich, dass ich das Vermögen der Familie geerbt habe. Aber auf den Rest hätte ich gern verzichtet: die Fotos, den Tratsch, die Gigolos, die Hochstapler ... What a mess! Truman, Darling, bestell noch eine Runde Wodka-Martini, ich bitte dich.«

Glorias Familie hatte halb New York erbaut und ihr die Kindheit verdorben. Während Truman dem Oberkellner winkte, wechselte er das Thema. Sobald das Gespräch sich etwas Schmerzhaftem näherte, ergriff Capote die Flucht. Es war eine Frage des Überlebens. Was aus ihm den hinreißendsten Jüngling von New York machte.

»All diese Mädchen, die keinen Vater haben«, sagte er zu Jerry. »Da muss sich doch einer drum kümmern ... Sie sind aus der Park Avenue geflohen, um Schauspiel zu studieren. Die Mädchen von der Upper East Side spielen alle Theater, weil sie geliebt werden wollen und weil die Leute, von denen sie angeblich geliebt werden, übers Wochenende in die Hamptons gefahren sind.«

»Mein Vater ist in Paris und meine Mutter in Los Angeles«, sagte Oona.

»Sehen Sie sich Orson da drüben an«, sagte Carol. »Mein Gott, was ist er düster. Hat er nie O'Neill gespielt? Das sollte er! Ich kann ihn mir gut vorstellen, wie er seine Frau mit einer leeren Flasche verprügelt.«

»Also, ich finde ihn beinahe schön«, sagte Gloria. »Ich mochte es, als er im Radio so tat, als würden Außerirdische den Broadway angreifen.«

»Ich verstehe nicht, was daran so sensationell war«, bemerkte Truman. »Der Broadway wird jeden Abend von Außerirdischen angegriffen.«

Seit acht Uhr p. m. warf Gloria Vanderbilt jedem hübschen Typen, der vorbeikam, ein »Hello« zu. Wenn er ihr ein Lächeln schenkte, verließ sie den Tisch, ging zur Bar und kam mit Visitenkarten zurück, die sie dann von Sessel zu Sessel reichte, bevor sie sie schließlich im weißen Aschenbecher vergaß. Es war eine große Ehre, wenn die reiche Erbin bei ihrer Bande lärmender Freunde auf der roten Bank sitzen blieb.

Carol stand auf, um mit Truman zu tanzen. Sie hatten beide so blondes Haar ... Um sie in der Menge der Tänzer ausfindig zu machen, brauchte man nur die zwei Flammen mitten auf der Tanzfläche zu verfolgen, die da wie Irrlichter über einem Moor schwebten.

Wollen Sie ein von vielen begehrtes Mädchen verführen, so müssen Sie ihr vermitteln, dass Sie Zeit haben ... dabei haben Sie keine. Sich nicht auf sie stürzen wie die anderen, sondern Interesse zeigen. Es ist ein subtiles und widersprüchliches Spiel. Sie haben nur zwei Minuten, um die beiden folgenden Botschaften zu vermitteln: Ich pfeif drauf, aber ich pfeif nicht drauf. Tatsächlich ist es so: Wenn das Mädchen länger als zwei Minuten bei Ihnen bleibt, dann, weil es Sie gewählt hat, also seien Sie still.

Oona warf Jerry, der an seinen Nägeln kaute, einen unauffälligen Blick zu; sie begriff, dass auch er sich fragte, was er da machte. Sie taxierten sich, ohne etwas zu sagen. Der Spiegel über der Bar hatte zwei Funktionen: die anderen ausspionieren und die eigene Frisur überprüfen. Von Zeit zu Zeit öffnete einer den Mund, um einen Satz zu beginnen, sprach ihn aber nicht aus. Der andere versuchte es seinerseits, aber nichts drang hervor, abgesehen von ein paar Chesterfieldkringeln. Sie suchten nach etwas, was sie sich sagen könnten und was keine Banalitäten wären. Sie spürten, dass sie sich als einander würdig erweisen müssten. Dass ein gemeinsames Gespräch verdient werden musste. Oder sie tauschten Gestammel aus, aber die meiste Zeit ihrer ersten Begegnung (immerhin eine gute halbe Stunde) verbrachten sie damit, winzige Vodkatini-Schlucke zu trinken und aufmerksam den Boden ihres Glases zu inspizieren, als würden sie darin nach einem Schatz, einer Olive oder einer Haltung suchen.

»…«

»Ähh …«

»Ich …«

»…«

»Hm …«

»Es ist warm …«

»Ja …«

»…«

»Dieser Song …«

»*Smoke Gets in Your Eyes*?«

»Vielleicht …«

»Mmm …«

»…«

»…«

»Hübscher Titel …«

»Oh, ja …«

»Hier hat man ständig Rauch in den Augen …«

»Die beste Version ist die von Fred Astaire … wenn er tanzt, kommt es einem so vor, als würde er gleiten …«

»Wie ein Schlittschuhläufer in Tanzschuhen …«

»Mmh … Wissen Sie, dass Sie ihm ein wenig ähneln?«

»Ach?«

»…«

»Das sagen Sie wegen meines länglichen Gesichts.«

(Verlegenes Lächeln)

(Fassungsloses Seufzen)

»Geben Sie mir bitte den Aschenbecher …«

»Hier …«

»Ist ja richtig, dass ich ein Gesicht in Form einer Erdnuss habe.«

»Aber nein, Fred Astaire ist sehr hübsch.«

»Entschuldigen Sie, wenn ich Sie das frage, aber … wie alt sind Sie?«

»Fünfzehn, warum?«

»…«

»…«

»… nur so …«

»Und Sie?«

»Einundzwanzig …«

»…«

»…«

»Wissen Sie …«

»Was?«

»Ich schweige … aber ich langweile mich nicht.«

»Ich mich auch nicht.«

»Ich schweige gern mit Ihnen.«

»…«

»…«

An dieser Stelle höre ich auf, den Dialog zwischen zwei Fischen zu transkribieren, denn der Leser wird denken, ich schinde Zeilen (was stimmt), oder ich liefere ihm nicht genug für sein Geld (was falsch ist). Und doch handelt es sich um die exakte Niederschrift des ersten Nicht-Gesprächs zwischen Oona O'Neill und Jerome David Salinger. Die beiden großen Gelähmten wagten sich nicht einmal anzusehen, während sie nebeneinandersaßen, den Blick in den Raum gerichtet. Sie betrachteten das Ballett der Kellner und hörten der Band zu, wie sie sich unter dem Netz aus Ballons die Lungen aus dem Leib blies. Oona kratzte ihre Serviette, Jerry schnupperte an seinem Glas, als würde er sich mit Martinis auskennen, während er sich mit der anderen Hand an der Armlehne seines Stuhls festkrallte wie ein phobischer Flugreisender beim Start. Manchmal zog er eine oder beide Brauen hoch. Man kennt den Begriff des »Small Talk«; an diesem Abend erfanden Oona und Jerry den »Silent Talk«. Eine redselige Stille, eine Stille voller Andeutungen. Der restliche Tisch machte Lärm um nichts; sie waren von stummer Neugier. Der Anblick nervte regelrecht – so viel plötzliche Tiefgründigkeit inmitten New Yorker Leichtigkeit. Diese beiden Menschen, die sich nicht wohl in ihrer Haut fühlten, waren vielleicht erleichtert, endlich gemeinsam schweigen zu können. Die anderen kamen zurück und setzten sich wieder, erschöpft vom Flirten und Tanzen. Truman sah Jerry gerührt an und sagte Sätze wie:

»Sieht so aus, als habe Orson einen Film über die Familie Hearst gedreht. Keine Zeitung wird je darüber schreiben!«

»Hören Sie auf, sie mit Blicken zu verschlingen, Darling. Das ist peinlich, versuchen Sie wenigstens, den Mund zuzumachen.«

»Haben Sie den *Großen Diktator* gesehen? Chaplin ist zum Lachen, aber ich fand es seltsam, seine Stimme zu hören. Ich hatte sie mir tiefer vorgestellt.«

»Ich liebe es, wenn er Deutsch nachmacht«, sagte Carol. »›Und Destretz Hedeflüten sagt den Flüten und destrutz Zett und sagt der Gefuhten!!‹«

»Was heißt das?«

»Das ist kein richtiges Deutsch. Du bist wirklich ein Sprachengenie, wenn du trinkst.«

»Vielleicht hält der echte Hitler seine Reden ja auch in Küchendeutsch. Und das ist auch der Grund, wieso ihm nie jemand geglaubt hat, was er sagte.«

Die blonde Carol lachte selbst am lautesten über ihre Witze, um auf sich aufmerksam zu machen. Sie mochte es nicht, wenn Oona ankam. Sie wollte nicht teilen, sie wollte Ooona für sich behalten, wie die kleine Schwester, die sie nie gehabt hatte. Man sah ihr ihren Ärger an, nervös zog sie die Puderdose hervor und wedelte sich mit der Puderquaste übers Gesicht. Gloria war froh, nicht die einzige »Tochter von« am Tisch zu sein. Das ist der Fluch der Töchter von Prominenten: Anstatt unbekümmert von ihrem Namen zu profitieren (schließlich haben sie sich ihre Eltern nicht ausgesucht), fühlen sie sich von ihm verunstaltet, wie eine Handtasche mit einem dicken goldenen Logo. Aber die drei wussten, woran sie waren: Die Männer waren zunächst von ihrem Äußeren angezogen. Die Berühmtheit und das Vermögen ihrer Eltern waren nur das (vergiftete) Sahnehäubchen auf ihren zarten Körpern. Während sie weiter scherzten, runzelte Jerry die Stirn. Man kann sich vorstellen, was er dachte: »Was hat dieses Mädchen nur, was die anderen nicht haben? Warum regt ihr süßes Gesicht mich derartig an? Warum vergöttere ich AUGENBLICKLICH ihre Brauen und ihre Traurigkeit? Warum fühle ich mich neben ihr so dumm und so gut? Was warte ich noch, warum nehme ich nicht ihre Hand, um sie zu entführen?«

»Also, was mir an Chaplin am besten gefällt, ist Paulette Goddard«, sagte Gloria. »Wie schick sie ist!«

»Er hat immer einen guten Geschmack mit seinen Frauen bewiesen: Er sucht sich sehr junge«, murmelte Truman zwischen seinen nicht vorhandenen Lippen.

»Ich fand seinen *Diktator* nicht lustig. Hitler bringt die Massen in Europa nicht zum Lachen«, stieß Jerry Salinger hervor, bevor er seine Unfähigkeit zur Leichtigkeit bedauerte. »Ich frage mich, ob er ihn gesehen hat.«

Eine Sekunde später stand er vom Tisch auf, wandte sich zur Ausgangstür und drehte sich dann wütend zu Oona um, wie ein Schauspieler der Royal Shakespeare Company, der seinen Abgang zelebriert.

»It was nice not-talking with you, Miss O'Neill.«

»Hey! Aber die Nacht ist noch jung!«, rief Truman.

»Ich MUSS jetzt SOFORT einen Crêpe Suzette haben, sonst STERBE ich«, erklärte Carol.

»Nice not-to-meet-you, too, Jerry«, sagte Oona leise ... (dann wandte sie sich, um ihr Erröten zu verbergen, zu ihren Freundinnen um, während der lange Lulatsch zur Garderobe marschierte und dabei an einem Hautfetzen seines linken Daumens kaute). »Seltsam, dieser Tollpatsch ... Wie spät ist es?«

»Zu früh, um schlafen zu gehen«, antwortete Capote.

»Wir müssen abwarten, bis die Ballons losgelassen werden«, sagte Carol.

»*There's a great day coming mañana*«, stimmte die Band an.

Jeden Sonntag gab es im Stork Club die Nacht der Ballons: Um Mitternacht balgten sich beim zwölften Glockenschlag die Mädchen darum, die Luftballons zum Platzen zu bringen, die ihnen auf die Köpfe fielen. In einigen davon waren Überraschungsgutscheine versteckt, für Schmuck, Geschenke, ein Kleid oder einen Schal … Die Gewinnerinnen schrien noch lauter, an der Grenze zum Orgasmus, und die Verliererinnen brüllten aus Wut und aus Neid ebenfalls, bevor alle ihre Aufregung in Strömen von Whisky ertränkten. Man sollte diese Überraschungsballon-Abende wieder einführen: Es fehlt an knallenden Nächten. Beim Explodieren machten die hundert Ballons den Lärm einer MP-38-Maschinenpistole, der die Rumbas kurz übertönte. Carol war die Irrste des Trios. Sie stand auf dem Tisch und war bereit, jeden zu kratzen und zu beißen, der sich ihr bei der Eroberung des höchsten Ballons, den sie mit ihren rasiermesserscharfen Nägeln platzen ließ, in den Weg stellen würde.*

---

* Carol hatte später den Ruf, ein verdammtes Ekel zu sein. Ihr letzter Ehemann (der Schauspieler Walter Matthau) war der Einzige, der es mit ihr aufnehmen konnte. Eine berühmte Anekdote: Auf einer Polenreise in den 1960er-Jahren, bei der sie vor allem die Erinnerungsstätte eines berühmten Vernichtungslagers besichtigten, beklagte sie sich ununterbrochen über die Kälte, bis Walter Matthau schließlich sagte: »You ruined my trip to Auschwitz!« Gloria Vanderbilt war die feierfreudigste Nachtschwärmerin der Bande. Sie war mit achtzehn Jahren Waise geworden, heiratete viermal, veröffentlichte Gedichte und erotische Romane und lancierte die ersten »Designerjeans«. Später war sie die Erfinderin des Begriffs »Cougar«: Einem ihrer jungen Liebhaber verpasste sie den Spitznamen »Nijinski des Cunnilingus«. (Anmerkung des fröhlichen Verfassers)

J. D. Salinger ging zu Fuß zurück zu seinen Eltern, die nicht weit entfernt von dem Haus wohnten, in dem ich vierundvierzig Jahre später bei meinem Onkel George Harben am Riverside Drive untergekommen war. Oonas trauriges Lächeln hatte sich ihm ins Gedächtnis und in die Fassaden der Häuser der Park Avenue gebrannt. Fucking Fred Astaire. Er fror am Kopf, denn er hatte seinen Hut im Stork vergessen, aber es war ihm zu unangenehm, zurückzukehren und ihn vor aller Augen zu holen. Die nächsten Wochen verbrachte er damit, den Abend Sekunde für Sekunde auseinanderzunehmen. Warum war sie so lange bei ihm geblieben? Warum war er nicht in der Lage gewesen, anders mit ihr zu reden als in Gestammel? Was hätte er sagen müssen, um sich unvergesslich zu machen? Als er das Haus betreten wollte und in der Jacketttasche nach den Schlüsseln suchte, fühlte er einen schweren Gegenstand. Jemand hatte ihm den weißen Aschenbecher des Stork Club ins Jackett gesteckt. So leblos der rauchende zylindertragende Storch auch war, sein Anblick schenkte ihm doch das Lächeln zurück.

II

Nobelpreistochter

»Leben ist Angst. Eine lange Agonie
von der Geburt bis zum Tod! Leben ist Tod!«

Eugene O'Neill, *Und Lazarus lachte,* 1927

In Frankreich ist Eugene O'Neill ein wenig in Vergessenheit geraten. Man vernachlässigt den griesgrämigen, schnurrbärtigen Dramatiker, der den Realismus der Nordländer auf die Vereinigten Staaten übertrug. Statt der Kopie beschäftigt man sich lieber mit den Originalen: Ibsen (der Norweger) und Strindberg (der Schwede) haben jenes Theater der Ehedramen und metaphysischen Zweifel erfunden. In *Nora oder ein Puppenheim* oder *Fräulein Julie* werden Türen geschlagen wie bei Feydeau, aber es wird deutlich weniger gelacht. Eugene O'Neill hat beides aufmerksam gelesen und dann, von 1917 an, gequälte Dramen geschrieben, denen er des naturalistischen Charakters wegen Alkohol, Drogen und Nutten hinzufügte. Die Szenerien suchte er sorgfältig aus: Die Handlung spielte auf einem Walfänger, der im hohen Norden im Eis feststeckte, oder in einer dreckigen Fischerkneipe oder einem Sanatorium für Tuberkulosekranke oder mitten auf einem Minenfeld … Die ganze hysterische Folklore, diese Gruppenpsychoanalysen, die verbitterten Monologe erscheinen uns heute überholt und schwülstig. Und doch: ohne Eugene O'Neill kein Tennessee Williams. Also kein Marlon Brando. Also weder Johnny Depp noch Sean Penn, noch Ryan Gosling. Da seht ihr, ihr jungen Leserinnen, dass die Vergangenheit zu was nutze ist.

Das Leben von Eugene O'Neill ist eine Tragödie. Natürlich spiegelt seine Kunst das wider. Listet man sein Unglück auf, so beginnt man, ihm seinen verschlossenen Charakter zu verzeihen. Er wurde 1888 in New York geboren, kurz nach dem Tod seines zwei Jahre älteren großen Bruders (Edmund), der an unbehandelten Masern gestorben war. Seine Mutter, Ella O'Neill, sollte sich von diesem Trauerfall nie wieder erholen und wurde bei Eugenes Geburt morphiumsüchtig: Damals verschrieben Ärzte jungen Müttern rasch harte Drogen, damit sie sich von den Geburtsschmerzen erholten. Sein Vater war ein irischer Theaterschauspieler, der trank, um den Tod seines Sohns zu vergessen, und sein Leben auf Tourneen verbrachte, wo er immer dieselbe Rolle spielte (die des Edmond Dantès in *Der Graf von Monte Christo*). In *Eines langen Tages Reise in die Nacht* (1942) beschreibt Eugene O'Neill, wie seine zugedröhnte Mutter im Haus umherirrt, ihr Hochzeitskleid in den Händen hält und den vergangenen Zeiten nachweint. Es ist eine Szene, die er in seiner Kindheit häufig erlebt hat. Die Sucht seiner Mutter erzeugte bei Eugene Schuldgefühle: Seine gesamte Kindheit über wiederholte ihm sein Vater, die Mutter habe am Tag nach seiner Geburt begonnen, Drogen zu nehmen. 1912, mit vierundzwanzig Jahren, versuchte Eugene O'Neill, Hand an sich zu legen; seinem Bruder Jamie gelang es, sich im November 1923 umzubringen. Eugene begann, genauso viel Whisky zu trinken wie sein Vater. Und dann sah er eines Abends im Jahre 1917 in New York, im Nebenraum einer Bar namens The Hell Hole, Höllenloch, an der Ecke 6th Avenue und 4th Street, diese Person:

Agnes Boulton wollte Schriftstellerin werden wie er. Einstweilen schrieb sie Artikel für Zeitschriften und gelegentlich eine Pulp-Fiction-Erzählung. Eugene begann nervös zu zittern. Er saß in einer Ecke der Bar und stierte sie traurig an wie ein frustrierter Kranker. Eine gemeinsame Freundin stellte sie einander vor: »Das ist der Theaterautor Gene O'Neill.« Er starrte sie weiter an, sprach den ganzen Abend kein Wort mit ihr und begann frenetisch zu trinken und dabei mit der Schuhspitze konzentrische Kreise in das auf dem Boden ausgestreute Sägemehl zu zeichnen. Als Agnes die Bar verließ, bot Eugene ihr an, sie zu Fuß zu ihrem Hotel, dem Brevoort, in Greenwich Village zurückzubringen. Durch sein hartnäckiges Schweigen neugierig geworden, willigte sie ein. Sie liefen stumm durch die Nacht. Als sie vor dem Brevoort angekommen waren, wird Agnes so etwas gesagt haben wie: »Na, also dann … gute Nacht.« Nie vergaß sie den Satz, den Eugene O'Neill darauf entgegnete. Er blickte ihr gerade in die Augen und erklärte: »Von jetzt an will ich jede Nacht meines Lebens mit Ihnen verbringen. Das meine ich ernst. Jede Nacht meines Lebens.«

Agnes glaubte ihm. Sie heirateten noch im selben Jahr. Merken Sie sich diesen Satz gut: Er funktioniert bei romantischen, literaturbegeisterten oder seelisch gestörten jungen Mädchen. Zwecklos, bei denen mit einer Liebeserklärung zu warten. Bei diesen Verrückten muss man seine Sehnsucht rasch zum Ausdruck bringen, sonst wird man ein geschlechtsloser Kumpel, und die Sache ist für immer verloren.

Eugene O'Neill wusste es noch nicht, aber er war – vielleicht wegen seiner Kindheit – allergisch gegen Vaterschaft. Als er erfuhr, dass Agnes schwanger war, ging er sich besaufen und wurde die gesamte Schwangerschaft über nicht mehr nüchtern. Ihre Tochter Oona O'Neill kam am 14. Mai 1925 auf den Bermudas zur Welt. Sie hatte die gerade Nase ihrer Mutter und die dunklen Augen ihres Vaters. Eugene fand sie sehr hübsch, war aber bald der Ansicht, ihr Geplärr störe ihn beim Schreiben. Für Gene O'Neill behinderten Kinder die Kreativität. Sie waren eine Schöpfung, die verhinderte, schöpferisch zu sein. Die schwangere Agnes wurde zur Konkurrentin, da auch er sein Werk zur Welt bringen musste. »Wozu Kinder gebären? Wozu dem Tod das Leben schenken?«, schreibt er in *Der große Gott Brown*. Und in *The first man* findet sich der Monolog: »Zum Teufel mit den Kindern! Hass! Ja, Hass! Warum ihn leugnen? Ich muss es jemandem sagen … Ich hasse es, dieses Kind! (…) Warum musst du diese neue Sache in unser Leben bringen?« Natürlich äußern sich hier Bühnenfiguren, die in keiner Weise die persönliche Meinung des Autors widerspiegeln. Das versteht sich von selbst.

Die beiden anderen Söhne von Eugene O'Neill (Eugene Jr., Alkoholiker wie sein Vater, und Shane, Heroinsüchtiger wie seine Großmutter) sollten sich später das Leben nehmen. Solange Agnes sich ausschließlich um Eugene kümmerte, war er glücklich. Von der Geburt der Kinder an dachte er nur noch an Flucht. Eugene, der in seiner Kindheit von einem abwesenden Vater und einer völlig außerhalb der Realität lebenden Mutter vernachlässigt worden war, wiederholte bei seinen Sprösslingen exakt dasselbe Schema. Wir wissen nicht, ob die Psychoanalyse Neurosen behandelt, aber dass die dramatische Kunst sie nicht heilt, ist bewiesen.

Willkommen in Oonas Familie. Eugenes Versprechen vor dem Hotel Brevoort galt nicht lange. Nachdem Eugene O'Neill Agnes für eine Schauspielerin verlassen hatte, als Oona zwei Jahre alt war, sah er seine Kinder nicht mehr. 1928 zog er nach Paris und heiratete dort erneut. Dennoch schrieb er Oona weiter Briefe, um die Schuldgefühle loszuwerden, die ihn plagten, weil er sie verlassen hatte. Die Briefe und Fotos, die Eugene ihr aus England, Frankreich oder China schickte und in denen er seine kleine Tochter anflehte, sich seiner zu erinnern, können als moderne Briefversion der Tantalusqualen angesehen werden. Während ihrer gesamten Kindheit und Jugend sah Oona O'Neill ihren Vater nur dreimal kurz. Sie liebte ihn so, dass sie jedes Mal weinte, wenn sie ihn in einer Zeitung erkannte.

Das berühmteste Theaterstück von Eugene O'Neill, *Eines langen Tages Reise in die Nacht*, ist so autobiografisch, dass er forderte, es solle erst fünfundzwanzig Jahre nach seinem Tod veröffentlicht werden. Seine Witwe Carlotta, die Kaliumbromid nahm, wartete nicht so lange: Das Stück wurde zwei Jahre nach Eugenes Tod aufgeführt – 1956. Er führt darin seinen Familienalbtraum vor: der Vater ein alternder alkoholabhängiger Schauspieler, die Mutter morphiumsüchtig, der eine Sohn ein gescheiterter Schauspieler, der andere ein tuberkulosekranker Matrose. Seine Tochter wird kein einziges Mal erwähnt. »Mit mir selbst allein sein in einer anderen Welt ... Mir war, als ginge ich auf dem Grund des Meeres. Wie ein vor langer Zeit Ertrunkener. Wie ein Gespenst des Nebels ...« Man sieht, dass Eugene ausgesprochen wenig Talent dafür hatte, glücklich zu sein. Ein anderer Text von ihm, *Der Strick* (1918), erzählt die Geschichte eines Vaters, der eine Schlaufe um einen Balken in der Scheune gelegt hat und darauf wartet, dass sein Sohn sich daran aufhängt.

Menschen haben eine Herkunft: Die einzige Männerfigur, die Oona O'Neill kennengelernt hatte, war ein leicht verletzbarer Vater, der von der Vergangenheit, dem Schweigen, von Geheimnissen und Gespenstern besessen war. Ein Mann, dessen Lieblingsbeschäftigung darin bestand, seine Wunden zu kratzen. »Life is a lie«, sagte er. »Das Leben ist eine Einzelzelle, deren Wände aus Spiegeln bestehen.« Ein anschauliches Bild, dessen Konsequenzen schrecklich sind: Eugene O'Neill war lebend in seinem Werk eingemauert. Er konnte in der einen Minute lieb und wohlwollend sein und in der Minute darauf bösartig, herrisch und grausam. Er lebte von seiner eigenen Verzweiflung. Die Lust, sich zu entziehen, hat nicht J. D. Salinger erfunden, sondern vielleicht wirklich Eugene O'Neill im Gefolge von Emily Dickinson. Er ist einer der ersten Autoren der Welt, der die aufgelöste Familie beschreibt, die im darauffolgenden Jahrhundert zur westlichen Norm geworden ist. Er hat das Ende der Struktur kommen sehen, die die christliche Gesellschaft als unveränderlich angesehen hat. Angst, Alkohol, Einsamkeit, seelische Erschütterungen sind alles gewaltige Trümpfe, um einen Schriftsteller zu prägen, stellen aber größte Handicaps dar, um Familienvater zu sein. Vielleicht sollte man depressiven Schriftstellern verbieten, Kinder zu zeugen.

Durch sein ausdauerndes Nachahmen nordischer Schriftsteller war es nur logisch, dass Eugene O'Neill schließlich eine schwedische Belohnung erhielt. 1936 krönte der Literaturnobelpreis einen berühmten zeitgenössischen Theaterautor, der bereits dreimal – für *Jenseits vom Horizont, Anna Christie* und *Seltsames Intermezzo* – in seinem Heimatland den Pulitzerpreis erhalten hatte (und der ihn danach für *Eines langen Tages Reise in die Nacht* posthum noch ein weiteres Mal bekommen sollte).

Bei einem der seltenen Besuche in New York lud Eugene O'Neill seine Tochter Oona zum Lunch mit seiner neuen Frau ein. Nach dem Essen fuhr er seine Kinder in einem großen Cadillac zum Central Park aus. Oona war sechs Jahre alt. Sie erbrach sich in dem brandneuen Wagen über ihren Vater und ihre Stiefmutter.

Während der gesamten 1930er-Jahre versuchte sie, mit dem genialen Vater, von dem ihr alle erzählten, der aber niemals mit ihr redete, in Kontakt zu treten. Ihre zahlreichen schriftlichen Bitten um Besuche, Treffen, Nachrichten blieben ergebnislos: Ihre Stiefmutter antwortete ihr, es sei nicht der richtige Moment, ihr Vater müsse sich auf seine Arbeit konzentrieren, sie hätten bereits Gäste im Haus, oder aber, als sie in die Nähe von San Francisco zogen, »der Klimawechsel sei nicht gut für ihre Gesundheit«, der »Ort, an dem sie auf dem Land lebten, sei für Kinder nicht sehr lustig«. Eines Tages schrieb Eugene O'Neill selbst: »Es ist zu lange her, dass wir uns gesehen haben.« Da war Oona vierzehn: Tatsächlich war sie ihrem Vater seit acht Jahren nicht begegnet. Als Oona zum Essen auf Tao House eingeladen war, das neue Anwesen ihres Vaters, wurde sie bei Tisch ohnmächtig.

Die Wahrheit ist, dass er sie nach seiner Scheidung praktisch nicht mehr sah. An dem Tag, an dem Oona jemanden traf, der ebenso berühmt war wie ihr Vater, der mit ihr redete und es hinnahm, dass sie ihn anhörte, beschloss sie augenblicklich, alles für ihn zu opfern. Das Glück ist sehr einfach: Es besteht darin, das Unglück umzukehren.

Aber so weit sind wir noch nicht. Erst einmal wird Oona bald sechzehn, sie verbringt den Sommer 1941 mit Bruder und Mutter an einem Strand in New Jersey namens Point Pleasant, südlich von New York. Hier hat ihr Großvater mütterlicherseits ein altes zweistöckiges Haus an der Kreuzung Herbertsville Road/Hall Avenue gekauft, in einer Kiefernlandschaft an der Gabelung des Manasquan River. Hierhin ist ihre Mutter nach der Scheidung gezogen. Dort ist Oona in luxuriöser Melancholie aufgewachsen. Ihre Mutter weinte häufig, während sie Lena Horne hörte. Sie wischte sich die Augen und wandte dabei das Gesicht ab, damit Oona nicht sah, wie sie sich mit abgewandtem Gesicht die Augen wischte. Hier wird Salinger sie wiedersehen.

III

Das Herz einer gebrochenen Geschichte

»Schauspielerinnen sind mehr als Frauen,
und Schauspieler sind weniger als Männer.«

Truman Capote

Ist der Mond rund und gelb wie eine Zitronenscheibe, so weil das ganze Leben ein Cocktail ist. Die Atlantikwellen brachen sich auf dem Sand, unermüdlich, mit stetigem Atem, mit einem flüssigen Toben, das die Schritte von Jerry und Oona auf den Brettern der Strandpromenade in Richtung Martell's Tiki Bar übertönte. Schweigen ist am Ufer des Meeres weniger peinlich.

Erlauben Sie mir, einen Auszug aus einer Erzählung zu übersetzen, die auf Französisch noch unveröffentlicht ist und im September 1941 in der Zeitschrift *Esquire* unter dem Titel *The Heart of a Broken Story* erschien. Meiner Ansicht nach schreibt J. D. Salinger dort, was er über Oona O'Neill dachte, als er sie zum ersten Mal gesehen hat. Es ist der erste Text, in dem er den Ton findet, der zehn Jahre später seinen Roman *Der Fänger im Roggen* bestimmen wird.

»Shirley las eine Kosmetikwerbung auf der Wandtafel im Bus, und beim Lesen entspannte sich Shirleys Kiefer ein wenig. Und in dem kurzen Augenblick, als Shirleys Mund leicht offen

stand, die Lippen auseinander, war Shirley womöglich die verhängnisvollste Frau in ganz Manhattan. Horgenschlag sah in ihr das absolute Allheilmittel gegen das riesige Einsamkeitsmonster, das sein Herz umschlich, seit er nach New York gekommen war. Ach, welche Qual! Die Qual, neben Shirley Lester zu stehen und sich nicht niederbeugen und Shirleys offenen Mund küssen zu können! Diese unsagbare Qual!«

Die Wiederholung des Wortes »Qual« ist vielleicht eine kindische Hommage an die des Wortes »Grauen« am Ende von *Herz der Finsternis* von Joseph Conrad.

The Heart of a Broken Story imaginiert die verschiedenen Versionen einer Begegnung, die nicht stattgefunden hat: die Sätze, die der verliebte Mann nicht aussprechen kann. »*Um eine schöne Boy-meets-Girl-Geschichte zu schreiben, ist es besser, dass der Junge das Mädchen auch trifft.*« Schließlich stiehlt Justin Horgenschlag hier Shirley in der Hoffnung, sie wiederzusehen, die Handtasche, er wird verhaftet und ins Gefängnis gesteckt, und aus seiner Zelle schreibt er ihr glühende Liebesbriefe, stirbt aber, von einem Wärter niedergeschossen, bei einer Meuterei. Jerry hat mit einundzwanzig Jahren die folgende Vorstellung von Liebe, wenn er nachts von Oona träumt: Die Liebe ist schöner, wenn sie unmöglich ist, die absoluteste Liebe ist nie gegenseitig. Aber Liebe auf den ersten Blick gibt es, sie geschieht täglich, an jeder Bushaltestelle, zwischen Menschen, die sich nicht anzusprechen wagen. Die Menschen, die einander am stärksten lieben, sind jene, die sich nie lieben werden.

»Wichtig ist, Sie zu lieben, Miss Lester. Es gibt Leute, die glauben, Liebe sei Sex und Ehe und Sechs-Uhr-Küsschen und Kinder, und vielleicht ist es das auch, Miss Lester. Aber wissen Sie, was ich glaube? Ich glaube, Liebe ist eine Berührung und doch keine.«

Dieser letzte Satz ist schwer zu übersetzen. Salinger schreibt: »Love is a touch and yet not a touch«, ich weiß nicht, wie ich diesen Ausdruck wiedergeben soll. »Die Liebe ist Greifen und Nicht-Greifen«? »Berühren und Nicht-Berühren«? »Kennen und Nicht-Kennen«? »Liebe bedeutet, erreichen, ohne zu erreichen«? Eines ist sicher: Es ist eine der vollkommensten Definitionen aufkeimender Liebe, und sie klingt auf Englisch besser. Sie erinnert an den Titel eines Romans von Hemingway: *Haben und Nichthaben*.

In *The Heart of a Broken Story* erfindet Salinger jenen Stil der zärtlichen Selbstironie, die Figur des romantischen und leidenschaftlichen jungen Losers, der in den 50er-Jahren die Leser auf der ganzen Welt hinreißen wird. Schon vor dem Krieg hat Salinger den in der Großstadt verlassenen Typen im Kopf, den ewig verzweifelten und verlorenen, egozentrischen und hellsichtigen, armen und freien Teenager, den beharrlichen und frustrierten Liebenden, der das absolute Klischee von einem Menschen in der westlichen Gesellschaft des 21. Jahrhunderts darstellt. (Salinger war extrem stolz, dass seine Erzählung von Arnold Gingrich im *Esquire* veröffentlicht wurde: Dieser hatte fünf Jahre zuvor drei autobiografische Fragmente von Scott Fitzgerald publiziert, die inzwischen unter dem

Titel *Der Knacks* bekannt waren.) Wir leben jetzt in der salingerschen Ära der hochmütigen Unentschlossenheit, des mittellosen Luxus, der nostalgischen Gegenwart, des Konformismus der hoch verschuldeten Revolte. Wir haben einen unendlichen Durst nach Vergnügen, Glück, Liebe, Anerkennung, Zärtlichkeit. Und dieser Durst wird niemals allein durch Befriedigung gelöscht, noch wird er durch die Religion getröstet. Justin Horgenschlag macht Shirley Lester eine schöne Liebeserklärung, aber zuvor hat er ihr die Handtasche geklaut! Seinen Brief schickt er aus dem Gefängnis. Sie antwortet nicht. (In der Erzählung antwortet sie höflich, aber am Ende erfährt man, dass es sich um einen imaginären Brief handelt.)

Die Welt wird heute von schrecklich unabhängigen, komplexbeladenen, unbefriedigten Menschen bevölkert; zum Lieben unfähige Verliebte, Schafe, die sich weigern, Schafe zu sein, aber trotzdem grasen, während sie sich der Phantasie hingeben, sie seien anders als die Herde, kurz: ausgezeichnete Kunden für Freud, Buddha, Fashion TV und Facebook.

Diesen ganzen künftigen Schlamassel kann Jerry Salinger nicht voraussehen, aber er spürt unbestimmt, dass etwas geschehen wird, als er im Sommer 1941 eine Freundin von Oona O'Neills Mutter besucht: Elizabeth Murray, deren Bruder er auf dem Gymnasium kennengelernt hat. Er will Oona wiedersehen, ihr Engelsgesicht, ihre hohen Wangenknochen, ihre verschmitzten Grübchen, ihre Augen eines aufgescheuchten Rehs. Mit ihrem Hang zur Welt der Reichen und Schönen geht sie ihm ein bisschen auf die Nerven: Oona ist am Ende zum Glamour Girl des Stork Club gewählt worden, ihr Foto, auf dem sie inmitten von alten Krawattenträgern zu sehen ist, fand sich auf Seite 6 der *New York Post*, gibt es etwas Vulgäreres? Das ist, als hätte sie heute eingewilligt, in einer Realityshow aufzutreten. Die Debutante of the Year hat daraufhin Werbeaufnahmen gemacht, bei denen sie sich die Bekanntheit ihres Vaters zunutze machte: »Dank dem Zauber der Woodbury-Gesichtscreme bewahrt Oona O'Neill ihre strahlende Frische.« Die Pressekonferenz im Stork war einer der schlimmsten Fehler in Oonas Leben. Mitten im Krieg posierte sie mit einem riesigen Strauß roter Rosen in der Hand. Sherman Billingsley, der Chef des Stork, hatte ihr ein Glas Milch in die Hand gedrückt, um keinen Ärger mit der Polizei zu bekommen. Ein wenig gebildeter Journalist fragte Oona, was ihr Vater beruflich mache ... Ohne die Fassung zu verlieren, antwortete sie: »Er schreibt.«

Ein weiterer Journalist: »Wie hat er auf Ihre Wahl zur Debütantin des Jahres reagiert?«

Oona O'Neill: »Ich weiß es nicht und habe keine Lust, ihn danach zu fragen.«

Ein weiterer Journalist: »Was denken Sie über das Weltgeschehen?«

Oona O'Neill: »Während gerade ein Weltkrieg im Gange ist, wäre es unpassend von mir, meine Meinung in einem Nachtclub zu äußern.«

Als ihr Vater das Foto in der *Post* entdeckte, gab er eine einzige öffentliche Äußerung ab: »Gott, erlöse mich von meinen Kindern!« Dann schrieb er einen Brief an seinen Anwalt (der die Unterhaltszahlungen an Agnes O'Neill verwaltete): »Oona ist kein Genie, sondern nur ein gemeines verwöhntes, faules und oberflächliches Kind, das bislang noch nichts bewiesen hat, abgesehen davon, dass sie dümmer und schlechter erzogen sein kann als die meisten Mädchen ihres Alters«, und danach einen sehr grausamen Brief an Oona: »All die Publicity, die du bekommen hast, ist schlecht, es sei denn, dein Ehrgeiz läge darin, eine zweitklassige Filmschauspielerin zu werden, so eine, die zwei Jahre lang ihr Bild in den Zeitungen hat und dann in die Dunkelheit ihres stumpfsinnigen, untalentierten Lebens zurückkehrt.«

Dieses wenig schmeichelhafte Porträt verhindert nicht, dass Jerry erneut der Atem stockt, als er Oona am Strand von Point Pleasant wiedersieht. Er weiß, dass sie Fitzgerald gelesen hat, und wie der Gefahr widerstehen, die von einem jungen, brünetten sechzehnjährigen Mädchen mit schlanken Fesseln ausgeht, das Fitzgerald gelesen hat? Wieder trägt sie Schwarz, diesmal aber eine Hose und ein Strick-Babydoll, was zeigt, dass sie nicht drei Stunden lang über ihre Abendkleidung nachdenkt. Dieses Mädchen macht ihn asthmatisch. Mit Elizabeth und Agnes, Oonas Mutter, setzen sie sich in eine Bar am Meer. Oonas kindliche Anmut, ihre schlanke Gestalt, ihr milchweißer Teint lassen ihn die Kiefer zusammenpressen. Er hat bemerkt, dass er jedes Mal, wenn ihn jemand anrührt, sei es ein Mensch oder ein Kätzchen, sehr stark die Kiefer zusammenpresst, wie ein Sadist. Der Beginn ist ein völliger Reinfall. Stellen Sie sich vor, Sie sind das It-Girl von New York, und Ihre Mutter stellt Ihnen einen großen mageren Kerl vor, der mühsam atmet und die Kiefer aufeinanderpresst. »Wir haben uns schon mal gesehen, erinnern Sie sich nicht an mich?« Nein, sie erinnert sich nicht an ihre erste Begegnung im Stork Club. Leute, die viel ausgehen, darf man nie fragen: »Erinnerst du dich an mich?« Natürlich erinnern sie sich nicht, Dummkopf, sie treffen jeden Abend dreihundert Leute! Jerry ist gekränkt. Als die beiden Damen Tee bestellen, fängt er an, von seinem Unterricht an der Columbia University zu erzählen, in der Schreibklasse von Whit Burnett, dem Direktor der Zeitschrift *Story*.

»Und, wie ist der berühmte Whit zu seinen Schülern?«, fragt Oona.

»Er kommt zu spät zu seinem Unterricht, liest eine Erzählung von Faulkner vor, dann geht er vor Ablauf der Zeit wieder«, berichtet Jerry.

Hier verbucht er einen Erfolg, denn Whit Burnett ist ein Freund von Oonas Vater. Oona wirft ihrem Vater vor, dass er sich nie um sie gekümmert hat, ist aber nicht in der Lage, ihre krankhafte Neugier gegenüber allem, was ihn betrifft, zu zügeln. Jerry hat Mühe, es sich einzugestehen: Ja, er ist *auch* von Oona angezogen, weil sie die Tochter eines der größten lebenden amerikanischen Schriftsteller ist. Das ist nicht rühmlich, aber warum es leugnen? Er ist aufgeregt, leidenschaftlich, er hat Angst vor dem schüchternen Schweigen bei ihrer letzten Begegnung, er versucht sie zu beeindrucken, indem er Burnett beschreibt, der zum ersten Mal eine Erzählung von ihm, *Die jungen Leute,* in seiner Zeitschrift veröffentlicht hat.

»Davor hat er einen ganzen Packen von mir abgelehnt. Und jetzt gibt er mir auf einmal fünfundzwanzig Dollar. Das ist das erste Mal, dass Schreiben mir Geld einbringt!«

»Wenn jemand Sie für das, was Sie schreiben, bezahlt, ist er entweder verrückt, oder Sie sind Schriftsteller«, sagt

Oona mit der Gönnerhaftigkeit der Grundschullehrerin, die einen guten Schüler lobt. »Vor allem, wenn dieser jemand Whit Burnett heißt.«

In den Monaten, die zwischen dem Stork Club und dem Strand von Point Pleasant verstrichen sind, hatte Jerry Zeit gehabt, seinen Rückstand aufzuholen: Er hat den ganzen Eugene O'Neill gelesen. Er schießt einen Bock, als er Oona etwas Nettes zu ihren »breiten Beinen« sagt und eigentlich ihre Zähne meint, und am Ende stößt Oona ihr Bierglas auf dem Tisch in der Tiki Bar um. Er lacht laut auf, wischt die Pfütze mit dem Hemdsärmel weg. Zum ersten Mal ist er nicht wie hinter dem Mond. Sie sind zwei Außerirdische mit verzogenem Mund: sie schmollend, er vor Intensität. Die Mutter und ihre Freundin sind mit ihrem Eistee fertig, sie stehen auf, um nach Hause zu gehen, endlich haben sie ein bisschen Ruhe, um zu zweit etwas zu trinken, im Hintergrund Benny Goodman im knisternden Radio. Oona betrachtet Jerrys Hände mit den langen, zierlichen Fingern. Sie hat Lust, eine der großen Hände, die auf dem Tisch liegen, zu berühren: Die Handfläche sieht so weich aus, und sie würde das gern überprüfen. Mit sechzehn geht man keinerlei Verpflichtung ein, wenn man einem Jungen die Hand auf die Hand legt. Mit vierzig ist das schwerwiegender. Sie will es gerade tun, als er ein vorwurfsvolles Gesicht macht.

»Entschuldige, dass ich noch mal darauf zurückkomme … was ist das für eine Geschichte mit der Debutante of the Year? Warst du damit einverstanden, dass der Stork Club auf deine Kosten diese ganze Werbung für sich macht?«

»Ähh … Nein, also ja, das sind Freunde, die das organisieren … Ich weiß, das ist lächerlich … Wegen dieser Farce denkt mein Vater jetzt, dass ich mir seinen Namen zunutze mache, um mich zu vergnügen und überall eingeladen zu werden … was die reine Wahrheit ist! Er ist nie da, da kann mir sein Name doch zu irgendwas dienen, oder? Er hat in seinem ganzen Leben eh nie mit mir geredet, wenn er also nie mehr mit mir spricht, ändert das nichts. Da, sieh dir den Brief an, den er mir geschickt hat.«

Sie zieht einen Umschlag aus der Tasche, der mit einer strengen Handschrift beschrieben ist, einer Handschrift, die ihre Wichtigkeit allein durch die Form der Konsonanten und Vokale zeigen will. Der typische Umschlag, den zu öffnen man fürchtet, weil man sich sagt, dass es die Ankündigung einer Steuerprüfung oder eine Vorladung vor Gericht sein muss. Sie liest vor: »Ich will diese Art Mädchen, die Du seit einem Jahr geworden bist, nicht sehen. Die einzigen Nachrichten über Dich erhalte ich aus der Regenbogenpresse.« Ihre Mundwinkel sinken um einen Zentimeter. Sie hebt den Kopf und fährt fort:

»Wenn du eine Tochter hättest, würdest du ihr so etwas schreiben?«

»Ich weiß nicht, vielleicht will er dich schockieren, damit du nicht eines dieser mondänen Flittchen wirst. Anders als du glaubst, ist das ein Beweis dafür, dass ihm das Leben, das du führst, nicht gleichgültig ist.«

»Ach was, er denkt nur an sich, ich ziehe den Namen O'Neill in den Schmutz – auf mich pfeift er. Er hat Angst, dass sein Ansehen als Schriftsteller in den Gesellschaftsspalten befleckt wird. Du kannst ja nicht verstehen, wie egal ich ihm bin, deine Eltern sind bestimmt noch zusammen…«

»Wenn es dir eine Freude macht, kann ich sie bitten, sich scheiden zu lassen.«

Oona zuckt mit den Schultern. Jerry trägt einen grauen Mantel mit schwarzem Samtkragen, genannt Chesterfield, so wie die Zigaretten und die Sofas. Der Mantel ist zu schmal, und Jerrys Arme ragen aus den Ärmeln: Der Überzieher ist inzwischen ein wenig aus der Mode gekommen. Aber Jerry ist selbstsicherer als zuvor; die Veröffentlichung seiner ersten Texte hat ihm das Vertrauen gegeben, das ihm fehlte. Er hält sich für einen Romanhelden. Wird er den Sprung wagen? Er springt:

»Trink dein Bier aus, Oona, bestell einen Wodka-Martini, und erzähl mir von den wichtigen Dingen. Ich will nicht plaudern, ich versuche, dich kennenzulernen. Was ist da passiert, verdammt? Warum hat er dich fallen lassen? Nur weil man sich von der Mutter trennt, muss man doch nicht die Tochter im Stich lassen. Ich will dir sagen, was ich darüber denke: Ich denke, dass dein Vater ein großer Tragöde ist – bis in sein Familienleben hinein. Er macht keinen Unterschied zwischen seinem Leben und seiner Kunst mehr. Das sieht man in seinem letzten Stück: Er redet von sich, er nutzt sein Unglück – also deines –, um sein Theater zu produzieren. Kurz, er ist ein großer Autor und ein kleiner Mensch.«

Oona ist platt. Gewöhnlich spricht ihr gegenüber niemand anders über ihren Vater als in lobenden Worten. Sie spürt, wie ihr die Tränen kommen, hält sich die Hand vor den Mund, steht auf und rennt aus der Bar (nicht um vor Jerry zu fliehen, sondern um ihr Schniefen zu verbergen). Jerry bezahlt und folgt ihr nach draußen. Er packt sie am Arm, sie dreht sich um und … er findet, dass sie sehr gut weint.

»Entschuldigung«, sagt er. »Ich wollte dich nicht brüskieren … aber doch, ich wollte dich brüskieren.«

»Nein … aber das ist nicht schlimm, du hast ja recht, ich bin es einfach nur leid, dass man mir ständig von ihm erzählt.«

»Du hast angefangen, von ihm zu reden. Sei mir nicht böse, dass ich mich für Gene interessiere. Ich … Ich bin neugierig auf dich. Das ist kein Verbrechen, verstehst du? Du gefällst mir, so ist das. Wenn du willst, gehe ich auf der Stelle, und du siehst mich nie wieder. Du brauchst nur ein Wort zu sagen, und ich haue ab.«

»Welches Wort?«

»Good bye.«

»Das sind zwei Wörter. Bleib.«

Sie begreift, dass sie es schon wieder mit einem schmerzerfüllten Verehrer zu tun hat. Oona findet sie mühsam, unter den Aufreißern gehören sie zur schlimmsten Kategorie, aber es sind auch die Einzigen, die nett sind. Die anderen Verführerkategorien sind: der blasse Vergewaltiger mit Neigung zum Selbstmord, der bösartige Don Juan, der Angeber, der mit seinen vorherigen Eroberungen prahlt, der aggressive Passive, der einen beschimpft, um die Abfuhr zu provozieren, die er fürchtet, der anti-erotische Spaßvogel und natürlich der narzisstische Perverse, die schmerzhafteste Kategorie – zusammen mit dem verklemmten Schwulen. Aber der schmerzerfüllte Verehrer ist der mühsamste von allen.

»Wie gut sie nach ihren Tränen lächelt!«, sagt sich Jerry. Er hat das Bedürfnis, ihr in die Zunge zu beißen, bis sie blutet. Er hat das Bedürfnis, die Finger in diesen unschuldigen Mund zu stecken. Er hat das Bedürfnis, diese Loserin aus gutem Hause auseinanderzunehmen. Ihre Stimme ist süß, rau, heiser, melancholisch. Sie ist so ein Mädchen, das redet, während es das Meer betrachtet. Die Möwen bellen, ich mache keine Witze, sie machen wirklich »wau, wau«, wie Hunde, die im Tiefflug über den Strand fliegen. Hören wir genauer, was Oona jetzt am Ufer sagt.

»Gene, also … meinen Vater kenne ich nicht. Ich schwöre dir, ich habe ihn öfter auf Fotos gesehen als in Wirklichkeit. Auch seine Stücke habe ich nicht gelesen. Wenn die Leute mir von ihm erzählen, tue ich so, als wüsste ich, von wem sie reden, aber in Wahrheit weiß ich nicht, wer der Typ ist, der mir das Leben geschenkt hat. Ich trage den berühmten Namen eines Unbekannten, der sich in den Zeitungen zeigt und mir vorwirft, dass ich dasselbe tue. Als er von den Bermudas weg ist, war ich zwei Jahre alt. Er hat sich verdrückt, um ein Stück zu proben, das *Seltsames Intermezzo* hieß … Von wegen. Er hätte es *Ewiges Intermezzo* nennen sollen! Immer habe ich gespürt, dass ich ihm im Weg bin; er hat seine Kinder nie ertragen, immer waren wir eine Last für ihn. Wenn ich ihm jetzt auf der Straße begegnen würde, wüsste ich nicht mal, ob er mich erkennt … Ach, verdammt.«

Sie sieht Jerry an, wendet den Blick wieder ab, und ihr Kinn beginnt, unkontrolliert zu zittern. Sie ärgert sich, dass sie es nie schafft, von ihrem Vater zu erzählen, ohne aus der Fassung zu geraten.

»Versteht du jetzt, warum ich das Thema vermeide?«, fragt Oona. »Es ist verrückt, nach all der Zeit sollte ich meine Gefühle unter Kontrolle haben, ach, verdammt, er hat mich wirklich mein ganzes Leben lang angekotzt.«

»Ich kriege einfach nicht raus, ob du mir lieber bist, wenn du weinst oder wenn du lächelst«, sagt Jerry.

»Ich hoffe doch, dass du mich lieber zum Lächeln bringst«, erwidert Oona. »Sonst werden wir uns nicht verstehen.«

»Willst du denn, dass wir uns verstehen?«

»Hör auf, dir Sorgen zu machen, großer Jerry, natürlich schlafen wir heute Abend miteinander, auf diese Weise hast du's hinter dir und kannst zur Nächsten übergehen.«

Sie lächelt wieder, grausam. Sie hat die Oberhand gewonnen. Jerry schweigt. Wie stark sie ist! Sie hat sich in die süße Einsamkeit einer High-Society-Teenagerin eingeschlossen, ist stolz auf ihren Kummer und ihr Umfeld. Auf unwiderstehliche Art changiert sie zwischen Zärtlichkeit und Zynismus. Tut sie das absichtlich? Ein Mädchen öffnet sich und verschließt sich wieder: Das Problem besteht darin, das richtige Losungswort zu finden. Je schöner, berühmter und verwöhnter sie sind, umso schwerer ist der Zugangscode zu dechiffrieren. Sie zu verführen erfordert komplexe Spionagekenntnisse, die Jerry erst zwei Jahre später, 1943, in Diensten des zwölften Regiments der vierten Infanteriedivision erwerben wird.

Sie gehen am Strand entlang in Richtung Mole. Noch immer tost der Atlantische Ozean im Hintergrund: sehr praktisch, um Gespräche auszufüllen. Die Möwen lachen, sie scheinen sich über das ungleiche Paar lustig zu machen – ein großer Dunkelhaariger und eine kleine Elfe. Im Wind weht Sand: Er legt sich ihnen ins Haar und auf die Wimpern. In einem Film würde man ihnen in einer langen Kamerafahrt von hinten folgen. Diese bei Woody Allen häufig auftauchende Stilfigur heißt »Walk and talk«. Zum Glück beginnt Oona irgendwann wieder zu reden, denn schweigend laufen wäre eher Bergman.

»Hör mal«, sagt Oona. »Als ich vorhin sagte, ich würde mich nicht an unsere erste Begegnung erinnern, habe ich gelogen. Ich weiß, wer du bist: Du bist der geheimnisvolle Riese aus dem Stork. Im Trio der Waisenkinder reden wir oft von dir. Truman hat dich ›Der-vor-der-Rechnung-geht‹ genannt.«

»Hey! Aber ich dachte, der Wirt hält frei.«

»Aber ja! Ich necke dich nur … Truman sagt gern Abscheulichkeiten über die Leute, die er mag, das ist seine Art, Zuneigung zu bekunden. Ich habe deine Novelle gelesen, die in *Story* erschienen ist, *Die jungen Leute*. Ich hatte den Eindruck, du hättest dir Notizen über unseren Abend gemacht!«

»Ich habe mir Notizen über unseren Abend gemacht.«

»Kann ich offen mit dir reden?«

»Äh … Es ist immer ein bisschen beunruhigend, wenn Menschen so etwas fragen.«

»Was du schreibst, ist witzig, aber man versteht nicht recht, worauf du hinauswillst. Der Junge und das Mädchen reden aneinander vorbei, umkreisen einander, aber treffen sich nie, nicht wahr? Was soll das heißen? Abgesehen davon, dass du dich über die Jeunesse dorée lustig machst und uns erklärst, dass diese jungen, gut betuchten Leute alles Idioten sind, die an nichts anderes denken, als zu bechern und zu flirten …«

»Ja, das ist es! Du hast genau verstanden, was ich sagen wollte.«

»Okay, aber in dem Fall hat es Fitzgerald vor dir besser gemacht.«

»Ich fange ja erst an …«

Jerry gelingt es nicht, die Demütigung zu verbergen. Er seufzt, fährt sich mit gespreizten Fingern durchs Haar, eine Geste, die signalisieren soll: ›Da stehe ich drüber‹, die Oona aber als ›Für wen hält die kleine Schnepfe sich?‹ versteht. Der Wind in den Segeln von Point Pleasant überdeckt jetzt die Schreie der fliegenden Hunde.

»Schon gut«, fährt sie fort. »Du lernst ja noch. Aber mach nicht so ein Gesicht, es ist doch schon genial, in deinem Alter veröffentlicht zu werden. Weißt du, dass Truman ganz grün wurde, als er erfahren hat, dass du vor ihm veröffentlicht hast? Ich dachte, er hätte sich eine Hepatitis eingefangen. Weißt du, was er gesagt hat? ›Was zählt, ist nicht, veröffentlicht zu werden, sondern im *New Yorker* veröffentlicht zu werden.‹«*

»Capote erinnert an einen Fötus.«

(Schallendes Gelächter) »Es ist nicht nett, kleine Menschen zu kritisieren!«

»Das ist keine Kritik, sondern eine Feststellung. Der Mensch ist noch nicht fertig, es sei denn, er wäre ein Troll. Als Troll ist er perfekt gelungen.«

---

* Die erste publizierte Erzählung von Truman Capote, *My Side of the Matter*, erschien 1945 in *Story*, derselben Zeitschrift, die *Die jungen Leute* veröffentlicht hatte, den ersten Text von J. D. Salinger im März 1940. Fünf Jahre vor ihm. (Anmerkung des Verfassers)

»Hör auf, schlecht über meinen besten Freund zu reden, Mister Ich-gehe-vor-der-Rechnung!«

Sie sprachen weiter im Gehen und gingen weiter im Sprechen. Jerry brachte zwei Bier und eine Tüte Popcorn vom Kiosk. Sie warfen den Möwen welches hin, die es im Flug aufschnappten. Oona lachte laut und trank aus der Flasche wie Jerrys Mutter – die zum Teil Irin war –, und vielleicht war das einer der unbewussten Gründe, weshalb er sich zu ihr hingezogen fühlte. Irinnen haben immer etwas Besonderes. Sie sind sexy wie die Engländerinnen, aber lebhafter, weniger snobistisch, echter, weniger hochmütig. Sie lachen lauter und haben mehr Busen und mehr Sommersprossen. Und sie sind betrunkener. Neben ihnen begann eine Drehorgel zu spielen.

»Zu Hilfe!«, rief Oona. »Ich hasse Automatenmusik.«

Sie entfernten sich von der Kurbelmaschine – Vorläuferin der Technomusik – und näherten sich einem Tanzlokal mit Lampions, in dem eine Jazzband swingte.

»Es ist zu heiß zum Tanzen«, sagte Oona.

»Lös deinen Knoten.«

»Wenn ich ihn löse, bin ich zu schön. Das kann ich mir heute Abend aber nicht erlauben.«

»Warum?«

»Dann wollen alle mit mir schlafen. Das wird uns den Abend verderben.«

Jerry wusste nicht recht, was sie da für einen Tanz tanzte, so tanzten sie schlecht, aber sie tanzten lange. Mit abwechselnden Soli jazzte das Sextett unter den Lampions; die silbrigen und goldenen Instrumente glänzten unter den bemalten Glühbirnen. Oona steckte sich eine

Blüte ins Haar. Jerrys war vom Schweiß pomadisiert. Er zog das Jackett aus, und ihre Körper wanden sich umeinander. Zu der Zeit war das Tanzen das einzige legale Mittel, sich jemandem zu nähern. Die Band tobte stärker als der Ozean. Der Tanz befreite Oonas Haar: Ihr Knoten löste sich, und auf ihre Schultern regnete es Haare. Die Blüte fiel zu Boden, und die beiden traten sie wild mit Füßen, während sie »I can't dance, got ants in my pants« sangen, was so viel heißt wie »Ich kann nicht tanzen, ich habe Ameisen in der Hose« (aus Sorge um Anstand werden wir den weiteren Song nicht übersetzen:

Let's have a party,
Let's have some fun,
I'll bring the hot dog
You'll bring the bun.)

Erschöpft, froh darüber, ihre Schüchternheit in Schweiß verwandelt zu haben, kehrte das Paar zurück und setzte sich wieder vor die beiden Biere, die inzwischen lauwarm waren und ihnen zwei schöne weiße Schnurrbärte malten.

»Gefällst du nicht gern?«, fragte Jerry.

»Nein. Und genau das gefällt«, antwortete Oona.

Sie lachte bei ihren eigenen Witzen, aber nicht aus Selbstzufriedenheit, sondern eher weil sie fürchtete, nicht komisch zu sein. Jerry wusste nie, ob Oona Scherze machte oder ob sie aufrichtig war.

»Du tanzt fast genauso schlecht wie ich, und das ist weiß Gott schwer«, sagte sie.

»Ich möchte dich küssen, also tanze ich absichtlich schlecht, damit wir uns schnell wieder setzen können.«

Oona tat, als hätte sie nicht gehört, aber wenige Sekunden später standen sie draußen nebeneinander und hielten sich an der Taille. Oona warf ihm sein Parfüm und seinen Haarschnitt vor.

»Du denkst nur dran, Tausende Mädchen zu verführen«, sagte sie.

»Willst du mich heiraten?«, fragte Jerry.

»Nie im Leben. Du bist zu jung!«

»Schau, was ich in der Tasche habe. Ich glaube, das gehört dir.«

Jerry griff in den Mantel und zog den Aschenbecher aus dem Stork Club heraus. Als Oona den Gegenstand erkannte, brach sie in ein noch schallenderes Lachen aus und errötete zum ersten Mal an diesem Abend. Jerry runzelte die Stirn wie ein Polizist:

»Miss O'Neill, Sie sind des nächtlichen Aschenbecherdiebstahls schuldig.«

»Hey! Aber technisch habe nicht ich ihn gestohlen: Du warst es, der mit dem Porzellan in der Tasche das Stork verlassen hast.«

»Was einen heimlichen Hehler aus mir macht. Danke für das Geschenk. Mach dir keine Sorgen, wenn die Polizei mich verhaftet hätte, hätte ich ihr deinen Namen nicht verraten. Ich wäre ganz allein nach Sing Sing gegangen. Glaubst du, sie hätten mir meine Schreibmaschine gelassen?«

»Wenn du mir eine Zigarette schenkst, können wir das Ding mit Asche füllen.«

»Gute Idee.«

Ein Streichholz wurde angerissen: zwei weitere rote Lampions in der Dämmerung. Jerry sah, dass sie den Rauch nicht inhalierte. Das Schweigen zwischen beiden dauerte immer weniger lang. Die Luft war lau, die Nacht legte sich über den Sand, die Laternen auf der Promenade gingen eine nach der anderen an. Sie liefen am Strandkino vorbei, in dem *Vom Winde verweht* gezeigt wurde.

»Hey«, sagte Oona, »und wenn wir uns das ansehen würden?«

»Ich habe ihn schon gesehen«, erklärte Jerry.

»Es heißt, er sei besser als das Buch.«

»Ach was … Ich verstehe nicht, was interessant daran sein soll, sich drei Stunden lang im Dunkeln einzuschließen, wenn man dich ansehen kann. Du bist besser als Vivien Leigh. Du brauchst nur die Augen zu schließen und dir vorzustellen, ich wäre Clark Gable und hätte dir gerade eine lächerliche französische Mütze geschenkt.«

»Weißt du, dass Scott Fitzgerald am Drehbuch des Films mitgearbeitet hat?«

»Bestimmt haben sie nicht viel davon behalten. Der arme Junge, weißt du, sein Tod hat mir Kummer bereitet.«

»Hör mal, Jerry. Ich glaube, ich möchte, dass du mich küsst, aber unter einer Bedingung: dass das ohne Folgen bleibt.«

»Ganz ehrlich: Sehe ich aus wie jemand, der zu den Folgen dessen steht, was er tut?«

Er beugte sich zu ihr, aber wagte sich nach halber Strecke nicht weiter. Sie stellte sich auf die Zehenspitzen, um den Weg zu verkürzen. Plötzlich fühlte sie sich in die Lüfte erhoben, konkret wie bildlich gesprochen. Sie küssten sich, sie erfuhr eine Levitation, und er trug sie. Der Schwindel kam unvorhergesehen: Dieser erste Kuss hätte den Geschmack von kaltem Tabak haben können, aber da Jerrys Nase den Duft von Oonas Haar einatmete, behielt er auf immer diesen süßen Geschmack, und sie atmete an seinem Hals einen Duft nach Zimtseife. Wenn zwei Zungen sich berühren, geschieht manchmal nichts. Aber manchmal geschieht etwas … Oh, mein Gott, es geschieht etwas, das die Lust weckt dahinzuschmelzen, sich aufzulösen, es ist, als beträte man den anderen mit geschlossenen Augen, um in seinem Inneren alles durcheinanderzubringen. Er presste sie an seinen Mund, atemlos. Als er sie auf den Holzplanken der Promenade absetzte, hatte sie nur ein Bedürfnis: erneut abzuheben.

»All das ist vollkommen normal.«

»Jaa, vollkommen. Vielleicht sollten wir von vorn beginnen?«

Und es war sehr angenehm, von vorn zu beginnen. Sie begannen noch mehrmals von vorn. Jedes Mal, wenn er sie küsste, hatte sie den Eindruck aufzufliegen und er, zu Boden zu fallen. Es war ein Wunder, dass sie noch standen.

»Gut, gut. Und wenn wir, statt uns noch mal den Sezessionskrieg anzusehen, zu dir gingen, um Wodkaflaschen zu leeren und dabei Cole-Porter-Platten zu hören? Ganz ohne irgendwelche Absichten. Wir bleiben in deinem Wohnzimmer. Deine Mama wird hochgehen zum Schlafen, und wir tanzen zu *Moonlight Serenade.*«

»Ich weise dich darauf hin, dass *Moonlight Serenade*

nicht von Cole Porter, sondern von Glenn Miller ist. Zweitens habe ich keinen Wodka zu Hause, nur Weißwein. Drittens habe ich gelogen, als ich sagte, ich würde mit dir schlafen.«

»Ich weiß, Entzückende Tote von Tisch sechs.«

»Hmm? Was erzählst du da?«

»*The Lovely Dead Girl at Table Six,* das ist der Titel der Erzählung, die ich gerade schreibe. Ich hoffe, dass der *New Yorker* die nimmt.«

»Du bist verrückt.«

»Das weiß ich auch. Hast du Hunger?«

»Niemals.«

»Warum ich?«

»Wie bitte?«

»Warum hast du mich ausgesucht? Ganz New York liegt dir zu Füßen.«

»Ich habe dich nicht ausgesucht, ich wehre mich nicht, das ist etwas anderes. Hör auf, so ein Gesicht zu machen. Küss mich noch mal, bevor ich meine Meinung ändere.«

Für alle Fälle erinnere ich daran (aber dieser Einschub hat seine Bedeutung!), dass Churchill an diesem Abend Roosevelt anflehte, in den Krieg einzutreten, um Hitler, der gerade in Russland einmarschierte, zu umzingeln.

Im Wohnzimmer des alten Hauses in Point Pleasant erfanden Jerry und Oona ein Spiel: auf die Songs hören und gehorchen. Zum Beispiel *Night and Day:* »Only you beneath the moon and under the stars« unter dem Mond und den Sternen hören, *Smoke Gets in Your Eyes* hören und sich dabei den Zigarettenrauch in die Augen pusten,

Cheek to Cheek, Wange an Wange usw. Zum Glück besaß Oona keine Aufnahme von *Stormy Weather*.

Ihre Mutter, Agnes Boulton O'Neill, war sehr tolerant, sie vertraute ihr und besaß ansonsten sowieso keinerlei Autorität. Wie viele Mütter, die sich in dieser Zeit, in der das niemand tat, scheiden ließen, fühlte sie sich schuld am Scheitern ihrer Ehe und verzieh ihrer Tochter deshalb alles. Jerry konnte es nicht fassen, dass er da in dem Wohnzimmer mit den dunklen Wandbehängen mit der berühmten Oona O'Neill zusammensaß, stundenlang, allein mit der schönsten Teenagerin New Yorks, die ein Glas in ihrer weißen Hand hielt, die ihn anblickte, ihm zuhörte, ihm antwortete. Er wusste, dass das eine seltene Gelegenheit war, die sich vielleicht niemals wiederholen würde (und in gewisser Weise hatte er recht, da dieser Abend sich nie wiederholte).

»Aber warum hast du mich nie angerufen?«, fragte Oona.

Jerry konnte nicht antworten, dass es in seiner Studentenbude kein Telefon gab.

»Ich wollte dir einen Brief schreiben, auf den hin du dich in mich verliebst«, antwortete er.

»Hör auf, dich über mich lustig zu machen.«

Mitunter hatte er den Eindruck, sie immer besser zu verstehen, ihr wirklich zu gefallen, und dann plötzlich, rumms!, verschloss sie sich für eine halbe Stunde, weigerte sich, ihn zu küssen, und sagte nichts anderes als »der Körper der Leute widert mich an« oder »du bist doch sowieso wie alle« oder auch »was dich an mir interessiert, ist mein Vater« (worauf er erwiderte, das einzige Meisterwerk von Eugene O'Neill sei seine Tochter).

Diese Augenblicke der Bewährung waren schrecklich. Plötzlich hatte er, genau wie im Stork Club, das Bedürfnis, aufzustehen und allein nach Hause zu gehen, er spürte sich als großer schlaksiger Misthaufen. Nicht »Der-vor-der-Rechnung-geht«, sondern eher »Der-Mann-der-es-leid-ist-dass-eine-kleine-Schlampe-ihn-verrückt-macht«. Und jedes Mal, wenn sie spürte, dass sie zu weit gegangen war, wurde Oona wieder sanft, lieb und aufmerksam. Das Wechselbad haben wahrscheinlich die Iren erfunden.

»Ich will das Leben, das für mich vorgesehen ist, nicht, verstehst du, Jerry? Ich finde, das Leben der Leute … Das ist unmöglich, das schaffe ich nicht, ich will etwas anderes. Wenn das das Leben ist, dann … ist das nicht genug.«

»Was willst du?«

»Ich will das glücklichste Mädchen der Welt sein.«

Oona hatte den Satz ausgesprochen, als hätte sie gesagt: »Jeder zum Tode Verurteilte wird geköpft.« Ein Urteil ohne Möglichkeit der Berufung.

»Übrigens werde ich Theaterschauspielerin, weißt du?«, fuhr sie fort. »Ich bin von Cheryl Crawford entdeckt worden, der Direktorin des Maplewood-Theatres. Deswegen die Debütantin, das Glamour Girl … Das ist wie vorhin, als wir uns geküsst haben, ich lasse mich tragen. Es ist lächerlich, ich weiß, aber es ist besser, als weiter Dummheiten zu studieren, die mir nie zu irgendwas nutze sein werden.«

»Im Grunde bist du nur ein Starlet …«

»Oh, halt die Klappe, armer Poet! Nein, ich habe Angst vor dem langen Leben, das vor uns liegt, ich weiß nicht, was ich daraus machen soll. Es kommt mir vor, als stünde ich vor einem Abgrund. Weißt du genau, was du aus deinem Leben machen willst?«

Sie lehnte an der Balustrade, vor dem tosenden Ozean, als betrachte sie die unendliche Zeit vor ihr, als wäre der Ozean die Zukunft, die ihr entgegendonnere, böse Wellen, die in Schaumfontänen brachen.

»Ja. Ich weiß, dass ich den großen amerikanischen Roman schreiben will«, sagte Jerry. »Ich will nichts anderes. Ich will das Aufregende von Fitzgerald, die Prägnanz von Hemingway, die Gewalt deines Vaters, die Präzision von Sinclair Lewis, den Zynismus von Dorothy Parker mischen …«

»Für Dreck hältst du dich ja nicht gerade.«

»Ach ja, wenn man bescheiden ist, sollte man sich besser für einen anderen Beruf entscheiden als für den des Schriftstellers.«

»Trotzdem hast du die Beste nicht genannt.«

»Wen?«

»Willa Cather.«

»Stimmt, ja. Ich bin eingebildet, aber so sehr dann doch nicht! Sie und die Brontë-Schwestern sind unübertrefflich.«

»Schreibst du mir dann Rollen?«

»Ja. Rollen für eine kleine nervige Puppe, die nicht weiß, was sie im Leben will. Es überrascht mich nicht, dass du ans Theater willst, du spielst ja die ganze Zeit Theater.«

»Ach ja?«

»Ja: Du tust, als wärst du naiv, dabei bist du es nicht.«

»Idiot! Ich maule einfach nur nicht gerne, so wie du.«

»Deine Traurigkeit kommt trotzdem raus, sie findet immer einen Ausgang. Das macht deinen Reiz aus: Du lächelst die ganze Zeit, aber deine Augen rufen um Hilfe.«

Oona wechselte das Thema. Das Mädchen war eine Kriegsmaschine. Eigentlich schrecklich, wenn man darüber nachdenkt: diese Ungerechtigkeit, dass sechzehnjährige Mädchen immer reifer sind als zweiundzwanzigjährige Jungen.

»Damit du schreiben kannst, wirst du einen ruhigen Ort finden müssen, außerhalb der Stadt«, fuhr Oona fort. »Mein Vater schreibt in einer Hütte hinten in seinem Garten.«

»Ach ja?«

»Natürlich. Er hasst Journalisten und geht nie aus. Ein Schriftsteller lebt doch nicht in der Welt, der schließt sich in einem Häuschen ein, um arbeiten zu können, sonst ist er kein Schriftsteller, sondern ein Hanswurst. Der Ausdruck ›New Yorker Schriftsteller‹ ist ein Widerspruch in sich.«

Sie taxierte ihn unablässig.

Es gibt immer einen Moment, in dem ein verliebter Mann sich wie ein Arbeitsloser fühlt, der gerade ein Einstellungsgespräch absolviert. Jerry versuchte, mit jedem Satz zu punkten. Wenn Oona lächelte, war das für ihn wie ein Gewinn im Lotto. Er musste sich beherrschen, dann nicht »Yess!« zu rufen.

Sie warf ihre Zigarette in den Garten: Nach ein paar Sekunden war sie inmitten all der Glühwürmchen, die den Rasen in eine Galaxie verwandelten, nicht mehr zu erkennen.

»Es ist normal, dass du dir all die Fragen zu deiner Zukunft stellst«, fuhr Jerry fort. »Aber ich habe diesen Luxus nicht. Du vergisst den Krieg. Unser Land schickt Geld und Waffen nach Europa, aber das wird nicht genügen, bald wird man Männer schicken, und ich werde umkommen.«

»Wirst du hingehen, Soldat? Um die Freiheit zu verteidigen? Aber ich pfeife auf die Freiheit. Freiheit interessiert mich nicht. Ich bin für die Sklaverei.«

»Hör auf, so einen Blödsinn zu reden, bist du besoffen?«

»Eine O'Neill ist nie betrunken«, sagte sie und hob den Zeigefinger der rechten Hand und die Flasche in ihrer linken. »Na gut, vielleicht ein bisschen. Machen wir noch eine Flasche auf ... unnd fffeiern wir die Kämpffer der Fffreiheittt.«

»Jedenfalls werde ich mich während des Krieges nicht bei meinen Eltern versteckt halten, so viel ist sicher.«

»Du bist mein Held. Ich werd dich zum Schiff begleiten und am Kai mein Spitzentaschentuch schwenken.«

Diesmal lehnte sie sanft den Kopf an Jerrys Kinn. Er bemühte sich, stabil zu wirken, dabei fühlte er sich genauso brüchig wie die sechzehnjährige Kindfrau mit ihren unlösbaren Fragen. Jedes Mal, wenn er ihr die Hand auf die Taille legte, um zu tanzen, war es, als betätige er einen Schalter: Die Hand auf dem schwarzen Wollstoff bewirkte automatisch ein Öffnen von Oonas Lippen, und je stärker er ihre Hüfte drückte, desto weiter öffnete sich der Mund. Ein sehr praktisches System. Draußen roch die Luft nach Hotdog, Pommes frites, jodhaltigem Meer, Samstagabend.

Wie süß die beiden sind, ich liebe es, sie mir auf der Terrasse dieses alten Hauses in New Jersey vorzustellen, während der Mond sich in der Ferne im Ozean spiegelt … und ich schreibe das, während ich auf der anderen Seite desselben Ozeans in Biarritz sitze. Wir sitzen uns gegenüber, und ich betrachte sie, trotz der siebzig Jahre, die mich von jenem Sommerabend im Jahr 1941 trennen, trotz des Atlantiks, trotz ihres Todes, ich sehe sie, wie sie sich umkreisen und sich küssen, als würden sie in ein reifes, saftiges Stück Obst beißen … Sich küssen und sich streiten, das ist das Geheimnis des Glücks. »Love is a touch and yet not a touch.«

Liebe bedeutet haben und nicht haben. Als Werther zufällig Charlottes Fuß berührt, hat er das nicht absichtlich getan: Es zählt und zugleich zählt es nicht. Die Liebe entsteht aus einer unwillentlichen Liebkosung, einem unkontrollierten Ausrutscher. Es ist, wie wenn man mit jemandem am Telefon spricht: Die Person ist da, ohne da zu sein.

Liebe bedeutet, so zu tun, als pfeife man darauf, ohne darauf zu pfeifen. Sie bedeutet, sich zu suchen, ohne sich zu finden. Wenn dieses Spielchen gut gespielt wird, kann es ein ganzes Leben ausfüllen.

Sie tanzen einen Slowfox. Es kommt sehr selten vor, dass beide Tänzer eines Slowfox dasselbe wollen: Im Allgemeinen will einer der beiden mit dem anderen schlafen, während der andere höflich und mit abgewandtem Kopf das Ende des Stücks erwartet …

Gerade hat sich etwas Seltsames ereignet. Als ich dabei war, mir Jerry Salinger und Oona O'Neill in Point Pleasant vorzustellen, beschließe ich, eine Pause zu machen, ich schalte den Fernseher ein und ... sehe den verwüsteten Strand von Point Pleasant. Ein Orkan namens Sandy ist über den Ort hinweggezogen. Die Planken der Uferpromenade, auf der Jerry Oona emporgehoben hat, sind wie Strohhalme davongeflogen und liegen wie ein Mikadospiel übereinander, die Swimmingpools der Landhäuser sind voller Sand, das Riesenrad ist auf den Strand gestürzt, und Boote wurden auf Hausdächer, in Gärten, neben blaue Rutschen und entwurzelte Bäume geschleudert. Autos sind von zwei Meter hohem Wasser durch die Fenster in Wohnzimmer getragen worden, Straßen sind jetzt Seen. Ein Konzertflügel wurde mitten auf einem Kreisverkehr abgesetzt, ein umgestürzter Container versperrt die Straße. Alle Autos sind U-Boote, die Strommasten zerknickt wie Streichhölzer. Seltsamer Zufall: In dem Moment, in dem ich beschließe, von einer Liebe in Point Pleasant zu erzählen, die einschlägt wie ein Blitz, fällt ein Wirbelsturm über den Ort her. Im Oktober 2012 bleibt nichts mehr von der Szenerie des Sommers 1941 zurück.

Ein paar Stunden, zwei Flaschen Weißwein und ein Päckchen Zigaretten später drehte sich Jerry und Oona der Kopf. So wird es häufig empfunden, wenn man sich zum ersten Mal im Leben verliebt. Man fühlt sich so gut, dass man erschöpft ist, und plötzlich kommt die Angst, der Sache nicht mehr gewachsen zu sein. In genau diesem Moment muss man gehen. Oona ergriff das Wort und erhob dazu noch einmal feierlich den Zeigefinger.

»Soldat Salinger, ich habe noch nie so große Angst vor jemandem gehabt«, sagte Oona. »Du hast ein Mördergesicht.«

»Du hast recht: Ich werde dich erwürgen, so werde ich dir nachtrauern können … und Trübsal blasen. Ich blase gern Trübsal, das ist meine Lieblingsbeschäftigung. Ich habe meine ganze Kindheit damit verbracht. Als ich ein kleiner Junge war, hat mir nie irgendjemand ein Kompliment gemacht, abgesehen von ›er hat kräftige Beine‹.«

»Es stimmt, dass du kräftige Beine hast. Kann man zu zweit Trübsal blasen?«

»Natürlich. Willkommen im Club der Trübsalbläser.«

Unter ihrer marmornen Haut hatte sie pochende Organe, komplexe Röhren voller Blut, Gallenflüssigkeit und Säure, hinter dem Gesicht vibrierten Muskeln, Nerven und Knochen; er hätte sie schälen wollen wie eine Birne, um ihre offenen Adern zu sehen, den Engel zu verunstalten, um nicht mehr Gefangener ihres Gesichts zu sein, sie wie einen Kaugummi aus Menschenfleisch kauen. Es ist nicht zu leugnen, dass Jerry, hätte er nicht geschrieben, eine brillante Karriere als Serienmörder hätte beginnen können. (Übrigens hat er einige dazu angeregt.)

»Ich blase auch gerne Trübsal«, sagte Oona, die ihr Glas in den Händen drehte. »Wenn du dann in den Krieg ziehst, werde ich im Abendkleid Trübsal blasen. Ultrastreng und schmucklos, mit gesenktem Kopf, alle werden kommen und mich trösten. Mein Blick wird erstorben sein, ein Arzt wird mir doppeltkohlensaures Natron verschreiben. Kleiner Dreckskerl, wie eilig ich es habe, deine Witwe zu sein!«

Sturzbetrunken entdeckten sie gegenseitig eine gemeinsame schwarze Seite. Niemand hatte zu jener Zeit Sinn für gothic humour; Kurt Cobain und Marilyn Manson (zwei künftige Leser Jerrys) waren noch nicht geboren. Oona verstand es, vollkommen reglos zu bleiben, wenn sie seltsame Sachen sagte. Am Ende wollte sie vielleicht zu Recht Schauspielerin werden.

»Bei deiner Beerdigung werde ich eine erschütternde Rede halten«, sagte Oona. »Dir wird posthum eine Auszeichnung verliehen. Man wird mir zu meiner Hingabe gratulieren. Man wird mir mitleidig die Hand schütteln. Wie eilig ich es habe, auf deinem Grab zu heulen, Jerry. Danach heirate ich einen reichen Brasilianer, und im Austausch mit dem Luxus, den er mir verschafft, wird er meine Jugend und die intellektuelle Aura einer Nobelpreistochter bekommen ....« (Die zehn Auslassungspunkte genügen nicht, um das Unbehagen auszudrücken, das darauf folgte.)

»Du bist wirklich ein dreckiges Flittchen. Ach, wie gern wäre ich dich los. Jeden Abend träume ich von der wunderbaren Welt, in der du nicht geboren wärst. Seit ich dir begegnet bin, ist jede Sekunde meines Lebens eine Hölle.«

»Danke. Es lebe der Krieg!«

»Einen Toast auf den Krieg!«

Sie prosteten sich zu, ohne zu wissen, dass ihre makabren Erwartungen bald über jede Hoffnungslosigkeit hinaus erfüllt würden. Dann stellte Oona ihr Glas ab, begann es mit beiden Händen fast zu erwürgen und starrte es dabei wie eine halb Verhungerte an, ohne auch nur zu blinzeln.

»So, jetzt habe ich genug getrunken, um offen mit dir reden zu können. Los … sag es … ich weiß, dass du mir etwas sagen willst, was du seit Monaten zurückhältst …

los … ich werde dir helfen, es rauszubringen … sprich mir nach … ›I love you, Oona‹ … los, ich bin's gewohnt … das wird dir guttun … es sind nur vier Wörter … I, love, you, Oona.«

»Ich liebe dich, Oona. Mein ganzes Leben ist im Eimer. Es ist Selbstmord, dich zu lieben. Ich bin zerstört, am Boden zerstört. Niemand war jemals so glücklich und so jämmerlich. Du bist auf abscheuliche Weise für mich geschaffen. Mir wäre es lieber, man hätte mir beide Beine amputiert, als dass ich deinen Weg gekreuzt hätte.«

»Na also. Gut … jetzt bist du erleichtert … hör mir gut zu. Ich nehme deine Liebe an … ich bewahre sie sorgfältig auf … Sieh mir tief in die Augen … ich kann nicht lieben, aber will mich gerne von dir lieben lassen und nur von dir, und ich werde dir sagen, warum: weil du mir zuhörst und dabei dieses faszinierte Gesicht machst, wenn ich Blödsinn rede.«

»Ich könnte auch Schauspieler werden! Gut, abgemacht. Eines Tages schreibe ich den schönsten Roman des zwanzigsten Jahrhunderts. Einstweilen überlass es mir, mich um alles kümmern, little Oona. Es ist leicht, dich zu lieben. Es kommt einfach so, ohne eigenes Zutun. Es sollte sogar allgemein verbindlich sein.«

Sie küsste ihn mit geschlossenen Augen und drückte sich übertrieben an ihn. Ich vermute, dass ein professioneller Romancier jetzt die umgebende Meereslandschaft beschreiben würde, den Wind, die Wolken, die taunassen Rasenflächen, aber das tue ich aus zwei Gründen nicht. Erstens, weil Oona und Jerry auf alles, was Landschaft war, pfiffen; zweitens, weil man nichts sehen konnte, da der Tag immer noch nicht angebrochen war.

»Das ist komisch … Wenn du mich küsst, wird mir genauso schwindlig wie im Fahrstuhl des Empire State Building …«

»Das kommt, weil du betrunken bist, Liebling. Weißt du, dass ein Penny, den man oben vom Empire State hinunterwirft, unten mit einer Geschwindigkeit von zweihundert Kilo ankommt – der Penny kann einen Passanten töten, kaum zu glauben, nicht?«

»Oh, mein Gott, mir dreht sich alles, als würde ich ohnmächtig …«

Plötzlich wurde Oona übel, sie rief: »Oh my God!«, stürzte ins Haus, rannte, die Hand vor dem Mund, in großen Sätzen die Treppe hinauf und schloss sich oben im Bad ein. Die Mischung Wodka-Bier-Wein war für den ersten Abend schon immer zu untersagen, aber das wissen junge Leute nicht zwangsläufig, selbst wenn sie irischer Abstammung sind.

Jerry hörte ein wenig romantisches Aufstoßen hinter der oberen Tür. Er ging ins Haus und befand sich allein im Erdgeschoss, im dunklen Wohnzimmer. Er strich über die französischen Romane der Bibliothek und machte sich Vorwürfe, dass er diese blödsinnige Penny-Geschichte erzählt hatte. Gehen, bleiben? Er wusste nicht, wie er Oona helfen sollte, ohne unschicklich zu sein. Er hörte, wie sie hervorstieß: »Mein Vater ist das Empire State Building!«

Ihre Mutter wachte auf, kam aus ihrem Zimmer und ging zu Oona ins Bad. Er hörte sie reden.

»Oona?«, rief Jerry vom Fuß der Treppe. »Soll ich dir die Zähne putzen?«

Nach sehr langer Zeit, als schon die Amseln in den

Bäumen zu singen begannen, kam Agnes, Oonas Mutter, zu ihm herunter.

»Oona fühlt sich nicht sehr gut, ich denke, Sie sollten gehen, sie möchte in diesem Zustand nicht gesehen werden.«

Und schon stand Jerry draußen vor der verschlossenen Tür, ohne dass er mehr als »Das tut mir leid, wünschen Sie ihr von mir eine gute Nacht, meine Verehrung, Ma'am« hätte sagen können. Bevor Ex-Mrs O'Neill (die ebenfalls nach Alkohol roch) die Tür schloss, fügte sie ohne Aggressivität hinzu:

»Ich habe ihr doppeltkohlensaures Natron gegeben. Das hilft bei allem, wissen Sie, das macht weiße Zähne, es ist gut für die Verdauung, ich benutze es sogar als Gesichtsmaske. Oona ist noch ein Kind, you know. Sie tut, als wäre sie eine Frau von Welt, aber in Wahrheit ist sie noch ein kleines Baby, man muss gut auf sie aufpassen. Sind wir uns darin einig?«

»Völlig einig, aber ich …«

Während er noch stammelte, hatte die Tür sich geschlossen.

Als wäre es seine Schuld, dass es ihr nur in volltrunkenem Zustand gelang, ihre Schüchternheit zu überwinden. Er hatte vermutet, eine Irin würde zwangsläufig Alkohol vertragen. Oona hatte ihn vergessen lassen, dass sie erst sechzehn war.

Jerry merkte, dass es hell geworden war. An den Stränden New Jerseys sind die Nächte im Sommer kurz; die Sonne geht unter, ein paar Gläser später geht sie auf. Jemand wie Sylvia Plath würde an dieser Stelle einen lichtempfindlichen Satz hinzufügen wie: »Die reine Morgensonne schien durch das grüne Blattwerk der Pflanzen in der kleinen Glasveranda, und die Blumenmotive auf dem chintzbezogenen Sofa leuchteten im Licht des frühen Tags natürlich und rosa.« Ich mag diese Momente des Innehaltens, die dem Leser Zeit lassen durchzuatmen, etwas zu trinken oder pinkeln zu gehen. Ach, wenn ich nur so schreiben könnte. Ich aber würde nur sagen, dass der erste Sonnenstrahl blassviolett und das unheimlich schön war.

Als Jerry allein über die Promenade von Bradshaw Beach an dem geschlossenen Kino vorbeilief, den diesigen, tönenden Wellen gegenüber, sagte er sich, dass er nie wieder so glücklich sein würde wie in dieser Nacht. Eine vollständig gelungene Begegnung – wie oft kommt so etwas in einem Leben vor? Ein Mal. Ein einziges Mal, das wissen Sie so gut wie ich.

Jerry kratzte sich am Kopf und wiederholte laut dieselbe Frage: »Worauf habe ich mich da eingelassen, verdammt?« Er atmete tief ein, und gleichzeitig runzelte er die Stirn. Ein Mädchen zu küssen, das man mehr als alles andere auf der Welt verehrt, ist ein Sieg, aber wenn das Mädchen sich kurz danach übergibt – wie soll man das verstehen? Vielleicht war es der Beweis dafür, dass er sie verwirrt hatte. Er ließ ihr buchstäblich den Mund übergehen. Oder aber er widerte sie an, und von diesem Tag an wäre der Name Jerry Salinger für sie ein Synonym für Brechreiz. Er wusste nicht, ob er hoffen sollte, dass sie sich an alles erinnerte oder dass sie am nächsten Tag alles vergessen haben würde. Sich verlieben bedeutet, alsbald vor einem neuen Problem zu stehen, das es zu lösen gilt. Sollte er sie anrufen oder ihr einen Brief schreiben? Wie konnte er sie wiedersehen, ohne als Klette zu gelten? Wie konnte er von einem verwöhnten Kind bewundert werden, das von der ganzen New Yorker High Society bewundert wird? Jerry war bereits deutlich vor seinem Land in den Krieg eingetreten.

IV

The toast of café society

»Es heißt, man kann jemanden umbringen,
indem man ihm seine erste Liebe nimmt.
Es ist ein Verlust, der die innere Chemie verändert.«

Carol Marcus Matthau

Wieder in New York, hatte Oona nicht alles vergessen, aber tat so, als erinnere sie sich nicht, wie jener Abend in Point Pleasant geendet hatte. Jerry sprach nie wieder davon. Sie verbrachten den Herbst und Winter des Jahres '41 turtelnd, ohne Oonas kleines Magenproblem jemals zu thematisieren. Beide wähnten sich zum ersten Mal »in einer Beziehung«; dennoch hielten sie sich vor ihren Freunden nicht bei der Hand.

Die erste Liebe ist selten die gelungenste oder die perfekteste, doch sie bleibt … die erste. Es ist eine unbestreitbare Tatsache: Keiner der beiden sollte diesen Beginn jemals vergessen.

Jerry holte Oona bei Schulschluss an der Brearley School ab, sie gingen im Central Park spazieren, trafen sich in Carol Marcus' riesigem Apartment an der Ecke Park Avenue und 55th Street, in Coffeeshops, Spielwarengeschäften oder gingen ins Kino. Sie hatten immer Tisch sechs im Stork Club, ihre Bank auf dem Washington Square, ihre Lieblingsbuchhandlung (Strand, in der 4th Avenue), wo sie antiquarische Bücher stahlen und dann die Sätze deklamierten, die vorangegangene Leser unterstrichen hatten. Eng aneinander geschmiegt, fütterten sie die Eichhörnchen, küssten sich ein bisschen oder lasen Filmzeitschriften. Man muss wirklich sehr verliebt sein, um zu zweit eine Zeitschrift lesen zu können; das entspricht etwa einem Paar, das im 21. Jahrhundert fernsehen würde, ohne einen Gedanken daran zu verschwenden, wer über die Fernbedienung verfügt. Wenn sie, die Taschen voller kleiner gestohlener Gegenstände, das Kaufhaus Bendel verließen, kauften sie Tütchen mit heißen Maronen. Zwischen sechzehn und zweiundzwanzig Jahren liebt man wirklich. Die Liebe ist absolut, ohne den geringsten Zweifel, das geringste Zögern. Oona und Jerry liebten sich auf diese Weise, ohne nachzudenken, mit weit aufgerissenen Augen. Manchmal schob er die Hand unter ihr Kleid und streichelte ihre frischen Brüste durch den BH, bis sie ihn anflehte, er solle aufhören, und sie schloss die Augen, um ihn zu küssen und ihn dabei sehr fest zu drücken, als wollte sie, dass er weitermachte.

»Vor dir habe ich nie geliebt«, sagte er.

»Rede nicht von etwas, das du nicht kennst«, antwortete sie.

Er las ihr seine ersten Erzählungen vor: *Geh zu Eddie, The Heart of a Broken Story, The Long Debut of Lois Taggett*. Sie erzählte ihm von der Rolle der Naiven, die sie im Theater in *Pal Joey* spielen würde, einem Musical, das nach dem Krieg, 1957, verfilmt wurde (mit Frank Sinatra, Rita Hayworth und Kim Novak). Sie erzählten sich alles, redeten von ihren Geschwistern, beklagten sich über ihre Eltern (zu präsent bei ihm, zu abwesend bei ihr). Sie schliefen nicht miteinander, doch wenn sie nebeneinander schliefen, drückten sie sich, in Pyjama und Nachthemd, lange, bis sie schwitzten. Oona weigerte sich, ihren Slip auszuziehen, Jerry kam irgendwann in seine Unterhose und hielt sich zurück, um nicht zu stöhnen. Er respektierte ihre Jungfräulichkeit. Sie wiederholte ständig: »Ein Mädchen kann es sich nicht erlauben, schwanger zu werden.« Er konnte es nicht fassen, dass er sie in den Armen halten, die Zungenspitze in ihren roten Mund schieben, mit der Hand durch ihre seidigen Haare fahren, ihr den nackten Rücken kratzen konnte, mit gespreizten Fingern die Beine einer Spinne nachahmend, die die Wirbelsäule entlang aufwärtswandert, stundenlang ihren zitternden Oberkörper an seinem spüren konnte, ihren Atem an seinem Hals. Welch ein Luxus!

Jerry und Oona waren zwar keusch, dabei aber sehr sinnlich; im 21. Jahrhundert, wo man sich bereits gegenseitig durchdringt, nur um sich zu begrüßen, ist das schwer zu verstehen, aber diese nicht sehr weit gehenden Zärtlichkeiten genügten ihnen. Nichts drängte die beiden: Sie war noch zu jung zum Heiraten, und er spielte den Blasierten, um sie nicht zu ersticken. Sie seufzte mit halb geöffnetem Mund unter seinen Liebkosungen, er sah ihr beim Schlafen zu und zählte die Leberflecke auf ihrem Rücken und ihren weißen Armen; ihre Leberflecke zu betrachten war für ihn, wie die Sterne am Himmel zu beobachten: Es bedeutete, vor einem höheren Mysterium zu kapitulieren. Jerry war ein hübscher Junge, mit weniger scheuen Mädchen hätte er ohne Weiteres seine Jungfräulichkeit verlieren können, doch er zog es vor, das kindliche Starlet zu hätscheln. Ihre Art, seinen Annäherungsversuchen zu widerstehen, war tausendmal erotischer als eine Nacht mit irgendeiner großbusigen Schlampe namens Samantha.

Was existierte im Jahre 1940 in New York an Informationen über Sex? Ganz einfach: nichts. Weder erotische Bilder noch pornografische Fotos, noch »heiße« Filme, noch Sexromane. Keinerlei Zugang zu irgendeiner Gebrauchsanweisung für körperliche Beziehungen, nirgends. Hierin liegt der Hauptunterschied, wenn man das New York von 1940 mit dem New York von heute vergleicht, wo Jugendliche uneingeschränkten, augenblicklichen und kostenlosen Zugang zur ganzen Pornografie der Welt haben. Obwohl Jerry und Oona sehr voneinander angezogen wurden, waren sie sexuell völlig gelähmt, weil niemand ihnen erklärt hatte, wie man sich liebte und wie sie aus ihrer grauenvollen, verliebten Blockade herauskamen. Jerry war zu respektvoll und wagte sie nicht zu brüskieren, und Oona ihrerseits war zu eingeschüchtert, um ihn zu ermutigen (und in großer Angst bei der Vorstellung, schwanger zu werden).

Da sie sich nicht bei Oona treffen konnten, die mit ihrer Mutter im Hotel Weylin an der Madison Avenue wohnte, fanden ihre Begegnungen gelegentlich in einem Zimmer statt, das Jerry wochenweise mietete, oder zumeist bei Carol. Sie mussten darauf achten, kein Geräusch zu machen. Auf Zehenspitzen verließ er mitten in der Nacht die Wohnung, schloss ganz leise die Tür hinter sich, dann ging er zu Fuß nach Hause, ein Lächeln auf den Lippen und Frustration in der Hose. Das Unbefriedigtsein steigerte seine Freude, wie bei manchen Mönchen, deren ekstatische Gesichter die beste Werbung für ein keusches Leben sind. Nichts verbot ihm, sich ganz allein in seinem

Bett einen stürmischen Orgasmus zu verschaffen, während er an Oonas ungestillte Küsse dachte, an ihre feste Haut, den Babyduft ihren Milchteint die halb geschlossenen Augen ihr weißes Kleinmädchenhöschen die kleinen gewölbten Füße die Leberflecke auf den Brüsten den Vamp-Mund ihre Seufzer an seinem Ohr die fruchtige Zunge oooh yyeeess.

Wenn sie mit ihren Freunden ausging, kam Oona hin und wieder mitten in der Nacht zu ihm, um bei ihm zu schlafen, denn sie hasste es, allein zu schlafen. Sie roch dann nach Alkohol und Tabak, doch er war glücklich, sie in seinem Mietzimmer eines armen Poeten zu empfangen. Sie hatte das Bedürfnis zu reden, gehätschelt, von keuschen Küssen bedeckt, von seinen verliebten Armen beruhigt zu werden. Sie wiederholte ständig, wie sie ihren Körper hasse, sich klein und pummelig finde, und bat ihn trotz seiner Proteste, das Licht auszumachen. Dann schlief sie in absurden Haltungen ein, schnarchend oder während sie in eine Ecke des Kopfkissenbezuges biss. Oder aber sie verhielt sich wie eine Prinzessin, die Befehle erteilte: »Zieh mich aus, please … Putz mir bitte die Zähne, ich bin zu müde … Kannst du mir ein Glas Wasser bringen? …«

Es störte Jerry nicht, wie ein Diener behandelt zu werden, sobald er nur ihre kleinen zarten Füße betrachten konnte. Eines Abends hatte er Champagner aus ihrem Schuh getrunken. O mein Gott, dieser weiße Fuß, wie er sich gewölbt hatte, als er sich aus dem Pumps löste … Die lackierten Zehen, wie sie das Leder streiften und sich röteten, ehe sie freikamen … Es ist albern, aber mit zweiundzwanzig ist man stolz darauf, dass eine solche Schönheit einen erwählt, und sei es nur, um einzuschlafen, während man selbst ihr den Kopf kratzt, damit sie wie ein Kätzchen schnurrt, und sich an ihrem Duft von Alkohol und Glimmstängeln berauscht. Wenn sie wieder ging, bedauerte er, dass er ihr gegenüber nicht fordernder gewesen war. Ahnte er, dass die Zärtlichkeit, die Sanftheit, das Rückenkratzen eine Investition waren, die sich nie bezahlt machen würde?

Und sie hatten das Tanzen im Stork Club. Zu Jazzmusik zu tanzen war ein anderes Vergnügen. Die Band brachte nicht nur die Körper einander näher, sie lieferte auch noch ein Gesprächsthema.

»Warte auf die Klarinette«, sagte Jerry. »Du wirst sehen, der Typ dichtet mit seinem Atem.«

»Nein, der Gitarrist ist besser«, antwortete Oona. »Er redet mit den Fingern.«

»Ach was, bist du etwa taub? Hör mal das Schlagzeugsolo, der Kerl ist irre: Er streichelt über die Felle, als berührte er den Hintern einer Negerin.«

»Sei mal eine halbe Sekunde still, und enjoy die Trompete, Banause! Der Mann stößt Noten aus, die ihn öffentlich ruinieren.«

Woody Allen hat recht: Mit dem Rock 'n' Roll hat sich alles geändert. Man wartet nicht mehr darauf, dass jeder Musiker der Gruppe sein großes Solo hinlegt (es sei denn, die Gruppe heißt Led Zeppelin). Vor der Erfindung der Diskothek hörte man der Musik, die auch nie zweimal dieselbe war, wirklich zu, sie war kein zuvor eingespieltes Hintergrundgeräusch zum Übertönen der Leere.

»Kannst du Charleston tanzen?«, rief Oona.

»Diesen Alte-Leute-Tanz?«

»Komm, versuch doch mal: Du bewegst die Arme und wirfst beide Beine nach vorn, aber nicht gleichzeitig, sonst fällst du auf die Schnauze!«

»Sie hatte nur einen Makel: Sie war perfekt. Davon abgesehen, war sie perfekt«, wird Truman Capote später über Oona O'Neill, seine Freundin aus Kindertagen, schreiben, als er sich in den 1970ern im Studio 54 zerstört und löffelweise Koks snifft, während er den Jünglingen auf dem Dancefloor bei ihren Zungenküssen zusieht. Es stimmte: Oonas Problem war ihre Perfektion. Da sie ihre Ängste unter einer exzessiven Freundlichkeit verbarg, lief sie Gefahr, eines Tages zu explodieren (was ihr mit zweiundfünfzig passierte). Jerry hingegen war nicht perfekt: Er hatte einen fiesen Charakter und einen übermäßigen Ehrgeiz. Er war besitzergreifend, größenwahnsinnig und reizbar. Ihre Augenblicke absoluten und makellosen Glücks dauerten nur ein paar Wochen an, so lange, bis Oona begann, dieses treuen Begleiters, der sie allzu sehr vereinnahmte, müde zu werden, und bis er (früher als sie) erkannte, dass er sie langweilte und ihre Geschmäcker, ihre Sehnsüchte, ihre Lebensstile absolut unvereinbar waren. Es gelang ihm nicht, sich damit abzufinden, aber er war nicht blind und wusste im Grunde, dass Oona, von ihrem Vater im Stich gelassen, nie jemanden lieben würde, wie sie ihn netterweise auf ihrer New-Jersey-Girl-Strandpromenade hatte wissen lassen.

»Was willst du nur mit diesen blöden Ziegen?« fragte Jerry eines Abends, als er seinen Ärger nicht mehr beherrschen konnte. »Deine Freundinnen sind ungebildet. Sie denken nur daran, sich volllaufen zu lassen und einen Millionär zu heiraten. Siehst du nicht, dass sie nichts im Hirn haben?«

»Ihre Gesellschaft beruhigt mich«, sagte Oona. »Es gefällt mir, dass sie die ganze Zeit so tun, als wären sie guter Laune, meine Poor Little Rich Girls. Ich brauche Ablenkung.«

»Ich auch, und zwar, indem ich sie nicht mehr sehe!«

Der Schlafmangel grub sich in Oonas Züge. Bei Carol gab es ständig Feste, mit Punsch, serviert von Hausangestellten in weißer Weste, die zuvor den Teppich im Living-Room zusammengerollt hatten, nachdem die Eltern ins obere Stockwerk verbannt worden waren. Wenn Oona ihn spätnachts besuchte, waren ihre Augen dunkel umschattet, ihr Gesicht blass, die Zähne grau vom Rotwein, das Haar roch nach Asche. So wird sie aussehen, wenn ich sie heirate, sagte sich Jerry. Ich muss sie verlieren, damit sie in meiner Erinnerung unschuldig bleibt. Jerrys Augen wollten zynisch sein, aber es gelang ihnen nie. Er brannte, gegen seinen Willen.

»Ich habe es satt mitanzusehen, wie du zugrunde gehst«, sagte Jerry.

»Damit ich aufhöre, meine Freunde zu sehen, müsste man mir das Telefon kappen«, sagte Oona. »Hast du eine Schere?«

»Du bist nicht verpflichtet hinzurennen, wenn sie nach dir klingeln.«

»Stell dir mal vor, jeder hätte ein tragbares Telefon in der Tasche! Das wäre ein Albtraum, man würde nicht mehr leben. Ständig würde man gestört.«

»Lenk nicht vom Thema ab! Du weißt genau, dass es so was Grauenvolles nie geben wird: Man wird immer ein Kabel brauchen, um Leute miteinander zu verbinden.«

Der nachgeborene Romanautor ist in der Lage, seinem illustren Helden in diesem Punkt zu widersprechen.

»Ist mit dir ein ruhiges Leben möglich?«, fragte Oona. »Ich meine, ohne dass wir uns die ganze Zeit streiten?«

»Ich bin ruhiger als du. Du bist es, die ihre Zeit – und folglich auch meine – mit diesem Haufen belangloser Nachteulen verliert.«

»Du bist zu ernst. Ich liebe meine Müdigkeit. Lange zu schlafen. Nicht ständig nachzudenken. Es ist angenehm, im Stehen zu schlafen. Die Probleme gleiten weg ... Es sind Freunde, sie mögen mich, sie sind lustig. Wir amüsieren uns, ist das schlimm?«

»Du amüsierst dich nicht, schau dir dein Gesicht an! Sie nutzen deine Höflichkeit aus und ziehen dich in ihren Alkoholismus und ihr oberflächliches Geschwätz hinein. In Wahrheit kannst du einfach nicht alleine sein. Du hast eine Heidenangst davor, mit dir selbst dazusitzen. Du fliehst dich wie die Pest!«

»Oh, es reicht, du Spielverderber! Entspann dich ein bisschen, wenn du Schriftsteller sein willst. Weißt du, wie viel Champagner Fitzgerald in einer Nacht getrunken hat? Genug, dass er Lust bekam, den Barmann mittendurch zu sägen, um zu sehen, was in ihm drin ist.«

»Und der Barmann war einverstanden? Ich werde dir etwas sagen: Dieser Barmann bin ich. Okay? Und ich weigere mich, dass du meine Seele mittendurch schneidest! Adieu!«

Jerry ging, doch er kam immer zurück, und Oona wusste es. Er konnte vielen Versuchungen widerstehen, doch nicht dem unendlichen Leiden, das Miss Oona O'Neill ihm zufügte. »Ach, welche Qual! Die Qual, neben Oona zu stehen und sich nicht niederbeugen und Oonas offenen Mund küssen zu können! Diese unsagbare Qual!« Dieses Mal hatte sie ihn aber immerhin am Arm zurückgehalten.

»Du solltest es machen wie ich«, hatte sie gesagt. »Dich oberflächlich unterhalten, um das Wesentliche für deine Bücher aufzusparen. Für einen Schriftsteller zählt, was er schreibt, nicht, was er erlebt.«

»Ich weigere mich, meine Zeit zu verlieren«, hatte Jerry geantwortet.

»Du redest wie mein Vater, und er ist der trübseligste Mann, den ich je gekannt habe.«

»Ich weiß. Er hat es in einem Interview gesagt: ›Writing is my vacation from living‹ (Schreiben ist mein Urlaub vom Leben).«

Wenn das Freundinnen-Trio im Oak Room, dem Restaurant des Hotel Plaza, inmitten von Topfpalmen und kitschigen Goldverzierungen zu Mittag aß, konnte man sie wirklich für die Andrew Sisters halten. Übrigens pflegte Truman Capote sie »Rum and Coca-Cola« zu nennen und Jerry dann zu ergänzen: »Working for the yankee dollar«, was darauf hinauslief, sie als Flittchen zu beschimpfen. Jerry hatte es satt, mit dieser Bande jugendlicher Alkoholikerinnen auszugehen, aber es war seine einzige Chance, Oona zu sehen.

Die schlief immer öfter bei Carol Marcus in dem riesigen Apartment in der Park Avenue, wo sie wie eine Königin von deren achtzehn Dienstboten bedient wurde, und trennte sich nie von ihren beiden »Adoptivschwestern« Carol und Gloria. Oft wurden sie von den Leuten gefragt: »Sind Sie Schwestern? Drillinge?«

»Nein, nur Doppelgängerinnen. Aber wir wissen nicht mehr, wer von uns die andere nachmacht.«

»Einzeln sind wir furchtbar, aber gemeinsam schlagen wir ein wie die Bombe!«

Ihre Mutter ließ Oona, seit sie fünfzehn Jahre alt war, auswärts übernachten, das verschaffte ihr Zeit, zu schreiben und ohne Wissen ihrer Tochter ihren neuen Geliebten zu sehen. Die stillschweigende Übereinkunft kam beiden entgegen, vor allem seit Shane (ihr fünf Jahre älterer Bruder) sich auf die Bermudas davongemacht hatte, um zu kiffen.

»Meine Mutter reißt Männer auf und ist deprimiert, mein Vater lebt in San Francisco und antwortet nicht auf meine Postkarten … Betrachten wir es von der positiven Seite: Das macht mich zum freiesten Mädchen von New York!«

Die ganze Stadt schaute auf das berühmte Mädchentrio Oona, Gloria und Carol, die sich gemeinsam kleideten, schminkten, zu Mittag und zu Abend aßen, tanzten, tranken, schliefen. Sie funkelten alle drei, mit ihren geschminkten Augen und dem Bankkonto ihrer Eltern. Jerry begriff schnell, dass man sich nicht zwischen sie stellen durfte. Er hatte keine andere Wahl, als ihnen wie ein Pudel zu folgen.

Ihr Lieblingssport: die 5th Avenue hinauf- und wieder hinunterzugehen und dabei den nasalen Akzent von Mae West zu imitieren.

Gloria: »When I'm good, I'm very good. But when I'm bad, I'm better.«

Carol: »I'll try everything once, twice if I like it, three times to make sure.«

Truman: »Good girls go to heaven, bad girls go everywhere.«

Oona (sich die Nase zuhaltend): »I used to be Snow White, but I drifted.«

Truman: »Ten men waiting for me at the door? Send one of them home, I'm tired.«

Die Frechheiten der legendären Mae West zu übersetzen ist keine Kleinigkeit, doch der Druck meiner nicht Englisch sprechenden Freunde zwingt mich zu einem Versuch:

»Wenn ich gut bin, bin ich sehr gut. Aber wenn ich schlecht bin, bin ich besser.«

»Ich probiere alles einmal; zweimal, wenn es mir gefällt, dreimal, um sicher zu sein.«

»Nette Mädchen kommen ins Paradies, böse kommen überallhin.«

»Früher war ich Schneewittchen, aber ich habe eine schlechte Wendung genommen.«

»Zehn Männer warten vor meiner Tür? Schicken Sie einen von ihnen nach Hause, ich bin müde.«

Jerry kannte keine Mae-West-Zitate, aber erzählte eine Filmszene, in der ein schmachtender Liebhaber sie bis in ihre Bühnengarderobe verfolgt. Sie seufzt und verdreht die Augen, als der Typ sie anfleht: »Sie machen mich wahnsinnig, seit ich Sie das erste Mal gesehen habe, bin ich verrückt nach Ihnen, wenn das so weitergeht, bringen Sie mich noch ins Irrenhaus!« Mae wirft ihm einen mitleidigen Blick zu und antwortet ruhig: »Vor allem rufe ich Ihnen ein Taxi.«

Die Mädchen lachten sehr über Jerrys Geschichte. Diese Schauspielerin zu zitieren war nicht so harmlos, wie es wirken mag: Oona bewunderte sie, weil sie die erste Femme fatale war, die Männer mit solcher Lässigkeit behandelte. Zuvor hatte es zum guten Ton gehört, verliebt mit den Wimpern zu klimpern; mit Mae West wurde das Konzept vom Mann als Objekt geboren (heute sagt man Toy Boy). Mae West hat die Lage der Frau ebenso revolutioniert wie Simone de Beauvoir. Seit Mae West wagen Jungen es nicht mehr, »Ich liebe dich« zu Mädchen zu sagen, aus Angst, lächerlich oder altmodisch zu wirken.

Jerry verfügte nicht über die Mittel, doch da er der Älteste war, bezahlte er oft, mit zunehmend gekränkter Miene, wobei er auf die Oberflächlichkeit dieser Bande von Verbrechern schimpfte. Die Wochen vergingen, und Oona weigerte sich weiter, mit ihm zu schlafen, und erfand Ausreden, um ihn seltener zu sehen. Zum Beispiel erklärte sie ihm mit naivem Gesichtsausdruck, sie habe die Nacht damit verbracht, barfuß im Garten der Vanderbilts zu tanzen, und als sie *Moonlight Serenade* hörte, habe sie so sehr an ihn denken müssen …

Er erstickte darüber vor Zorn. Darin lag das Drama: Er war ihr so lange wie ein kleiner Hund gefolgt, bis er in ihren Augen zu einem geworden war. Natürlich begehrte er Oona umso mehr, je mehr sie sich ihm entzog. Und je mehr sie sich amüsierte, trank, errötete, im Stork mit Alten Gin-Rummy spielte, lauthals lachte und dabei ihre schönen Zähne zeigte, desto mehr schmollte Jerry in seiner Ecke, verschlossen und finster wie ein großer ölverschmierter Storch.

»Du bist launenhaft«, sagte Oona. »Erst bist du fröhlich und dann plötzlich unglücklich. In sechzig Jahren wird man sagen, du hast eine bipolare Störung, aber so lange bist du einfach unberechenbar, wie mein Vater.«

»Du bist es, die mich deprimiert«, antwortete Jerry. »Und ich weiß nicht, was ich von dir halte. Du kannst dich nicht zu einer Elends-Irin erklären und dich gleichzeitig einen Teufel darum scheren, was in Europa geschieht.«

»Ah, da haben wir es. Gleich kommt er uns wieder mit dem Krieg. Vorsicht, jetzt kriegen wir eins auf den Deckel.«

»Du willst dich amüsieren, als hätte es die Krise nicht gegeben? Aber heute sind all die Flapper obdachlos oder verheiratet, und dein Vater hat das verstanden: Seine Stücke sind so düster, weil alle, die gefeiert haben, 1930 Selbstmord begangen haben. Die Zeit des Gelächters ist vorbei, jetzt ist Verzweiflung dran, jetzt verkauft sich die große Angst.«

»Ja, es tut mir wirklich total leid, dass ich 1925 geboren wurde. Erinnere mich daran, mein Geburtsdatum zu korrigieren!«

»Die Party ist vorbei, seit du vier Jahre alt warst.«

»Und der Krieg hat begonnen, als ich vierzehn war. Super. Danke für die Nachhilfestunde in Mathematik. Aber ich werde mir von Adolf Hitler nicht meine Jugend verderben lassen!«

Jerry grübelte:

›Ich muss daran arbeiten, nicht länger unsichtbar zu sein. Ich will von diesem Mädchen, das ich hasse, geliebt werden. Ich will, dass die Verachtung das Lager wechselt. In meinem Schreiben muss ich ungeheuerlicher sein als sie. Liebe? Please, keine obszönen Wörter, wir sind unter Gentlemen. Am Anfang war auf beiden Seiten allenfalls Neugier. Kann dieser Mensch mir wehtun? Die Liebe ist die Utopie zweier einsamer Egoisten, die sich gegenseitig helfen wollen, um ihre Strafe erträglich zu machen. Die Liebe ist ein Kampf gegen das Absurde durch das Absurde. Die Liebe ist eine atheistische Religion. Wenn das vorübergehend ist, wo ist das Problem? Das Leben ist es schließlich auch. O mein Gott, wie ich sie hasse, wenn ich sie sehe, aber wie viel schlimmer ist es, wenn ich sie nicht sehe …‹

Für eine realistische Darstellung dessen, was sich in Jerrys Hirn abspielte, sollte man diesen Absatz immer und immer wieder von vorn lesen.

Und dann sah Oona ihn lächelnd an, und er hörte auf zu denken, um die tiefen Grübchen im Oval ihrer Wangen zu betrachten. Gelegentlich wurde sie sich ihrer Macht bewusst, es gelang ihm nicht mehr, ihr zu verbergen, dass sie den Kampf gewonnen hatte. Ungeduldig wartete er darauf, dass ein anderer Krieg kam und ihn von jenem, den er allabendlich verlor, befreite.

Am Ende erwiderte Oona seine Küsse nicht mehr. Er versuchte seine Zunge in einen geschlossenen Mund zu schieben. Am schmerzlichsten war ihre Höflichkeit. Manchmal lag Oona die ganze Nacht neben ihm auf dem Bett, angezogen, regungslos, stumm und deprimiert, und um ihm nicht wehzutun, ließ sie sich die Brüste streicheln, ohne sich zu rühren. Ein hübsches Mädchen, das aus innerer Abwendung zur Statue geworden ist, ist vielleicht die schlimmste Demütigung, mit der ein Mann konfrontiert sein kann.

Was im Lauf des Winters 1941 geschah:

- 15 Brunchs im Oak Room des Plaza, um die von Truman am Vortag verkündeten Schreckensnachrichten zu rekapitulieren
- 23 Besäufnisse im Stork Club, in La Martinique, dem Rainbow Room, bei Delmonico's und im Copacabana
- 4 Versuche, im Central Park richtig eiszulaufen
- 13 Rotweinflecken auf den gestreiften Bänken im El Morocco und 22 Kerzenwachsflecken auf den weißen Tischdecken im 21
- 1 Tour durch die französischen Bistros – zum Zeichen der Solidarität mit der Résistance –, ins Café Pierre, ins Versailles und ins Coq Rouge
- 18 Vorstellungen des Theaterstücks *Pal Joey* im Maplewood Theatre, in dem Oona einen kurzen, aber entzückenden barfüßigen Auftritt absolvierte
- 12 Nachmittag-Shopping-Ausflüge zu Bloomingdale's, Bergdorf & Goodman, Macy's
- 2 Bälle im Waldorf Astoria, ein weiterer im Roseland Ballroom plus ein Kostümfest im Iridium Room des St. Regis
- am 7. Dezember 1941 zerstörten 360 japanische Kampfflieger 188 amerikanische Flugzeuge und versenkten 7 Kriegsschiffe auf der Insel Oahu in Hawaii im Perlenhafen (Pearl Harbor), so genannt, weil man dort Perlmuscheln produzierte. Die Zahl der Opfer (2335 Tote) war fast dieselbe wie bei dem Angriff auf das World Trade Center am 11. September 2001, sechzig Jahre später (2606 Tote), der ebenfalls einen Kriegseintritt der Vereinigten Staaten auslöste.

V

Warten auf den Krieg

»Es war die Luft dieses makellosen Himmels,
an dem so viel Ruhm funkelte, so viel Eisen glänzte,
welche die Kinder damals atmeten.
Sie wussten wohl, dass sie zum Gemetzel bestimmt waren
(…). Und selbst wenn man hätte sterben müssen,
was hatte das für eine Bedeutung?
Der Tod selbst war damals so schön,
so groß, so prächtig in seinem dampfenden Purpur!«

Alfred de Musset,
Bekenntnis eines jungen Zeitgenossen, 1836

Wenn ein Krieg naht, gibt es nur zwei vernünftige Reaktionen:

- sich zu amüsieren, so gut man kann und solange noch Zeit dafür ist,
- sich mit Vorräten und Waffen in einem Schutzraum zu verkriechen.

Jerome Salinger wird sich für eine dritte Option entscheiden. Nach seiner Einberufung – Präsident Roosevelt hat gerade die Militärpflicht eingeführt – hätte er versuchen können, ihr aus gesundheitlichen Gründen zu entkommen: Bei der Musterung hat der Militärarzt eine Herzschwäche bei ihm diagnostiziert. Anstatt von dem unverhofften Glück zu profitieren und sich ausmustern zu lassen, beharrte Jerry auf seiner Einberufung und meldete sich als Freiwilliger bei der Wehrbehörde. Der Offizier versuchte, ihm das auszureden:

»Sie wollen Nazis umbringen? Dazu müssten Sie erst mal trainieren gehen.«

Er bestand darauf, sich bei der Armee zu verpflichten, um nicht das Unternehmen seines Vaters übernehmen zu müssen. Er wollte sich nicht um den Emmentaler-Import kümmern und dachte, dass der Krieg ihm ein Thema liefern würde – schließlich hatte Fitzgerald sein erstes Buch im Militärdienst geschrieben. »Lieber den Krieg als die Käserei!«, sagte er sich, so wie andere im selben Alter davon träumten, Chateaubriand zu sein oder nichts. Von der Park Avenue in den Nachrichtendienst der U.S. Army zu wechseln war keine Verzweiflungstat, sondern der Versuch, Fitzgeralds Traum zu verwirklichen.*

Außerdem wollte Jerry Mut beweisen, um sein Ansehen bei Oona zu steigern. Da er sein Studium an Militärakademien absolviert hatte, war er zwar kein brillanter Harvard-Absolvent, kannte aber dafür die Sitten und Gebräuche der amerikanischen Armee: Er wusste, dass das Leben in der Garnison viel Zeit zum Schreiben lässt. Wie alle beunruhigte auch ihn der Krieg, nicht aber der Beruf des Soldaten. Übrigens rechnete er damit, dass er rasch zum Offizier befördert werden würde und daher weniger exponiert wäre als ein einfacher Soldat. Er würde sich in einem militärischen Umfeld wohler fühlen als in Anzug und Krawatte mit Prominentenwaisen im Plaza,

* Sein ganzes Leben lang beklagte sich F. Scott Fitzgerald, dass er nicht wie Hemingway oder Dos Passos im Ersten Weltkrieg gekämpft hatte. Nach dem Studium in Princeton wurde der künftige Autor des *Großen Gatsby* 1917 in einem Ausbildungslager für Offiziere eingesetzt, dann wurde er Leutnant beim siebenundsechzigsten Infanterieregiment in Alabama, wo er als Flügeladjutant des Generals diente, ohne jemals an den Weltkriegskämpfen in Europa teilzunehmen. Heute fällt es schwer zu glauben, dass die jungen Amerikaner in der ersten Hälfte des 20. Jahrhunderts sich darum drängelten, loszuziehen und sich beschießen zu lassen. (Anmerkung des Drückeberger-Verfassers, der seine Grundausbildung Gott sei Dank in Friedenszeiten beim 120. Régiment du Train im Winter 1987 absolvierte.)

und er dachte, dass er durch die Entfernung von Oona in ihren Augen an Geheimnis gewinnen würde. Er phantasierte das Bild des schmucken Kerls in Uniform, der seiner weinenden Verlobten auf dem Quai Lebewohl sagt, im Hintergrund der Qualm des Ozeandampfers, der gleich in Richtung Südengland aufbrechen wird. Angesichts einer solchen Demonstration von Männlichkeit und Tapferkeit würde Oona nur nachgeben können, wie eine Prinzessin in einem mittelalterlichen Schloss, die ihren wackeren Ritter auf den Kreuzzug schickt, nicht ohne ihm den Schlüssel zu ihrem Keuschheitsgürtel in die Hand zu drücken …

Die Dinge liefen nicht ganz so ab, wie er sie geplant hatte. Oona kam nicht, um ihm Lebewohl zu sagen. Am letzten Abend, den sie zusammen verbrachten, kündigte sie ihm an, sie werde nach Los Angeles ziehen.

»Du verschwindest nach Osten und ich nach Westen«, sagte sie. »So etwas nennt man ein modernes Paar. Ich ziehe zu Mama nach Kalifornien, das ist für meine Karriere als Schauspielerin besser. Dort nehme ich Schauspielunterricht. Sei mir bitte nicht böse. Ich bewundere dein Pflichtgefühl, aber ich muss auch selbst weiterkommen.«

Was sollte er antworten? Oonas Mutter war nach Hollywood gezogen, wo sie hoffte, ihre Geschichten an Produktionsfirmen verkaufen zu können. Agnes Boulton O'Neill arbeitete an einem Roman mit dem Titel *Tourist Strip* und lebte infolge der kriegsbedingten Wohnraumbeschränkungen in einem mobile home … Auch Gloria und Carol emigrierten an die Westküste. Oonas Aufbruch gen Los Angeles war vorhersehbar gewesen … aber Jerry, geblendet vom Krieg, hatte ihn nicht kommen sehen.

»Aber … du wartest auf mich?«

»Oh je … hör auf, so zu jammern, wir sind doch nicht in *Vom Winde verweht*!«

»Liebst du mich nicht mehr?«

»Ich hatte dich gewarnt, dass ich emotional verkrüppelt bin. Hör auf, immer Fragen zu stellen, das ist unmännlich. Das ist nicht der Weltuntergang, wir werden uns schreiben …«

»Doch, das ist der Weltuntergang. Siehst du das nicht? Genau das geschieht gerade: der Untergang der Welt. Wenn dieser Krieg nicht der Weltuntergang ist, was brauchst du denn noch?«

»Das ist zu einfach. Ich lehne es ab, dir in deiner üblichen Neigung zu folgen.«

»Es ist die Wahrheit. Es ist alles hinüber, es ist schrecklich, unser Land hat gerade der Hälfte des Planeten den Krieg erklärt, und jetzt kommst du noch mit der Trennung, als reichte eine Welttragödie nicht aus. Ist mir egal, ich werde dort sterben, so bist du mich los.«

»He, vertausch nicht die Rollen, du hast dich zur Armee gemeldet, ich habe dich um nichts gebeten. Wie kannst du es wagen, mich zu verlassen? Willst du nicht das Ende des Films erfahren?«

»Erzähl mir bitte nicht vom Kino, Miss Glamour. Du hast mir gerade die Augen geöffnet: Du warst immer eine fade Schauspielerin, dein Vater hatte recht, du hast naive Mädchenträume wie alle Dummchen in deinem Alter, du willst berühmt sein, bravo, willkommen unter den Myriaden von Glühwürmchen, die von den Neonlichtern des Sunset Boulevard angelockt werden ... Na, komm, küssen wir uns ein letztes Mal, ich will dich die Abschiedsszene spielen sehen ... Kamera? Läuft. Ton? Läuft. Und ... Action!«

»Lies mir von den Lippen ab: GEH, ZUR, HÖLLE. Okay?«

»Das ist exakt mein Programm fürs kommende Jahr.«

Ihr letzter Kuss ähnelte den Kinoküssen, wenn die Schauspieler die Augen schließen und sich auf die Mundwinkel küssen und so tun, als würden sie sich lieben, während sie darauf warten, dass jemand »Cut!« ruft. Aber einer der beiden spielte nicht.

27. April 1942

Liebe Oona,

ich schreibe Dir in meiner schneidigen, verführerischen Uniform, um Dich um Verzeihung zu bitten. Das letzte Mal, als ich Dich gesehen habe, war ich grob. Ich schäme mich für meinen Hang zur Sentimentalität. Diesen Hang zum Melodramatischen muss ich von meiner Mutter haben. Eine Irin sollte diese lächerliche Manie verzeihen können. Gerade bin ich unter der Stammrollennummer 32325200 in Fort Dix, New Jersey, eingezogen worden. Der Militärdienst ist eine faszinierende Sache – unter einer Bedingung: dass man sein Hirn nicht einschaltet. Unteroffizieren graut vor Soldaten, die Fragen stellen. Der GI darf nicht denken. Ein Soldat ist kein menschliches Wesen, er ist eine Nummer, die ihr Gewehr hebt, wenn der Unteroffizier sagt: »Präsentiert das – Gewehr!« Ansonsten: ein zu stopfender Mund, schlecht aufgeräumtes Marschgepäck, dreckiger Spind, werfen Sie mir das alles auf den Boden, und wir fangen neu an: Inspektion der gewichsten Schuhe, Auseinandernehmen und Zusammensetzen des Sturmgewehrs, Schießübungen auf Ziele, Gewaltmärsche mit tonnenschweren Rucksäcken, Lernen, wie man sein Zelt in einem eisigen Loch aufstellt. Der gute Soldat schläft abends schnell ein, denn er weiß nicht mal mehr, wie man es anstellt, die Augen offen zu halten. Mein Problem dabei: Ich denke an all die Dinge, die wir am Strand von Point Pleasant

oder in meinem New Yorker Bett zusammen nicht getan haben. Ich erinnere mich, wie wir in diesem Teesalon für alte Damen saßen, wo ich mein ganzes Monatsgeld ausgegeben habe, um Dich zu einem Tee und zwei Cookies einzuladen, ich schäme mich, wenn ich mich sehe, wie ich an einen Baum im Central Park gelehnt sitze, Deinen Kopf auf den Knien, und Dich nötige, der selbstgefälligen Lesung einer meiner Erzählungen zuzuhören, die auf dem Weg zur Nichtveröffentlichung ist; in diesem Moment drücke ich den Aschenbecher aus dem Stork Club an mich … Er ist mein Glücksbringer, er begleitet mich überallhin. Wenn ein Kamerad mich fragt, was ich mit einem Porzellanaschenbecher in meinem Gepäck mache, statt Orangen oder Whisky zu schleppen, hebe ich den Blick zum Himmel und antworte: »So kann ich besser Trübsal blasen.« Im Allgemeinen zuckt der Typ daraufhin mit den Schultern und drückt seine Kippe auf dem Storch aus. Dann überlege ich, ob ich ihn schlagen soll, und tue es nicht, denn 1.) bin ich ein pazifistischer Soldat, und 2.) hat er Schultern wie ein Quarterback.
Sobald ich einen Moment Zeit habe, übertrage ich meine Gedanken auf dieses himmelblaue Briefpapier. Verzeih, wenn mein Brief zusammenhanglos ist, er folgt dem Faden meiner Gedanken, die keinen haben (keinen Faden). Du brauchst dieses Kauderwelsch nur von Zeit zu Zeit wegzulegen und ins Wohnzimmer zu gehen, um Dir einen Vodkatini einzugießen. Ich will Dich nicht belasten, aber wisse, dass die Entfernung eine Halbgöttin aus Dir gemacht hat, die

meine Gedanken beschäftigt wie ein Geduldspiel. Ich langweile mich intensiv, wenn ich nicht an Dein Lächeln einer Elends-Irin denke. Es ist lang und ermüdend zu lernen, wie man Deutsche umbringt, und trotzdem, glaub mir, habe ich es nicht eilig aufzubrechen. Aber der Müßiggang quält uns hier, es gibt nichts zu tun, außer sich immer wieder unsere glücklichen Erinnerungen vor Augen zu rufen, unsere frivolen Anekdoten zu erzählen, Bilder-die-einen-abends-wenn-die-anderen-unter-klebrigen-Laken-an-sich-rumfummeln-traurig-lächeln-lassen … Die Jungs reden von ihren Freundinnen, und ich schweige. Ich weiß nicht, ob ich eine habe. Habe ich eine Verehrerin? Ach, da haben wir's, ich fange schon wieder an, was bin ich plump, plump, PLUMP! Du hast mir einen Lippenstiftkuss auf einem weißen Blatt geschickt, aber ich habe Kaffee darübergeschüttet. Ich bewahre ihn trotzdem auf. Es ist ein bisschen, als hätte Dein Mund diese abstoßende Sockenbrühe getrunken! Es tut mir leid, dass ich so KITSCHIG bin, aber es gefällt mir, dass ich Dich das schmutzige Gebräu mit mir habe teilen lassen. Wie lief es mit dem Theaterstück, das nicht von Deinem Vater war? Ich bin mir sicher, dass er *Pal Joey* hassen wird: Die Geschichte ist zu einfach. Der liebe Joey, der zwischen einer Reichen und einer Armen zögert. Natürlich entscheidet er sich für die Arme, dabei sollte er doch beide behalten! Deinen Vater zu ärgern – das war es sicher, was du wolltest. Er beschimpft Dich als unwürdige Tochter, dabei bist Du nicht unwürdig, im Gegenteil, Du hast denselben störrischen, ungehorsamen, freien und unerträglichen Charakter wie er, und im Grunde muss er das merken: Was ihn an Dir nervt, ist er selbst. Was macht das Trio aus der Park Avenue? Sind die Misses Carol Marcus und Gloria Vanderbilt in Hollywood immer noch genauso fesch? Aber was sage ich? Die Debutante of the last year warst ja Du! Mein Gott. Wenn ich das den Kameraden vom zwölften Infanterieregiment sage, werden sie mich massakrieren. Gerade ist der Oberst vorübergegangen: Man erkennt ihn daran, dass er sich aufrecht hält, die Hände im Rücken hat und schweigt, um wichtig zu wirken. Der Unteroffizier ist zum Brüllen da, er aber, der Oberst, begnügt sich, schweigend Angst zu machen. Dieses System nennt sich Armee. Es existiert schon so lange, dass niemand daran denkt, es zu ändern: Ein Typ marschiert schnell, um den Typen darunter zu beeindrucken, der die ganze Zeit brüllt, um den Typen noch eine Stufe darunter zu beeindrucken, der sich in die Bux macht und seinen Rucksack aufhebt, den der Typ darüber in den Schlamm geworfen hat, und abends weint er bei dem Gedanken, dass er weit von zu Hause ist und nicht weiß, wann er seine Farm in Kentucky oder Alabama wiedersieht ... Verdammt, das ist doch schon eigenartig, wenn man darüber nachdenkt, Oona. Man muss im Takt marschieren, ich weiß nicht, ob Du Dir vorstellen kannst, wie ich im Gleichschritt marschiere, aber das ist höchst komisch. »Left, left, left right left«, und wir singen die Nationalhymne oder schwachsinnige Militärlieder und haben Blasen an den Füßen, und weißt Du, was ich mir im Kopf vorsinge? »When they begin the beguine«,

oh, ich spüre genau, wie das klingt, wenn man es schreibt: schon wieder KITSCH. »When they begin the beguine, it brings back the sound of music …«, und darauf marschiere ich im Gleichschritt und denke an das Fest zum St. Patrick's Day, diesen verrückten irischen Abend gemeinsam im Stork, als wir uns unter Jameson-Fluten drehten. Ach, wäre die amerikanische Armee doch nur auf die Idee gekommen, bei Cole Porter Trainingshymnen in Auftrag zu geben … Kleine Oona, Du rettest mir mehrmals am Tag das Leben und HAST DAVON NICHT DIE GERINGSTE VORSTELLUNG.
Dein Held der U. S. Army, der Dich auf die Wange küsst, auf Dein rechtes Auge, Dein linkes Ohr und dann hinunter zum Hals wandert, fieberhaft und gebrechlich.

Jerry

PS: Ich habe meine Schreibmaschine zur Wäscherei geschickt.

8. Mai 1942

Dear Oona,

ich bin nach Fort Monmouth verlegt worden, immer noch in New Jersey, für eine zehnwöchige Fortbildung bei der Fernmeldetruppe. Frag mich nicht, was das bedeutet. Ich habe nicht die geringste Vorstellung. Ich vermute, dass die Soldaten, die an der Front ballern, Informationen an die übermitteln müssen, die in der Etappe herumlungern. Man wird mir beibringen, ins Mikrofon eines Funkgeräts zu brüllen, eine Telefonleitung zu installieren, verschlüsselte Nachrichten zu senden. Vielleicht wird mein nächster Brief in einem nicht zu entschlüsselnden Geheimcode verfasst sein. Das wird nicht viel an meinem berüchtigten verschlossenen Stil und dem Fehlen jeglicher Antwort von Dir ändern. Warum dieses Schweigen? Ich weiß, dass ich Dir zu viel schreibe, aber das tue ich nicht aus Müßiggang. Ich denke viel an Dein liebes Gesicht. Ich hoffe, Du hast keine Angst vor dem Krieg: Dank mir werden weder die Deutschen noch die Japaner Los Angeles angreifen. Ich werde sie Dir kein Leid antun lassen. Sag dem Trio, dass ich bereit bin, für den Stork Club zu sterben!

Hier hat man mich damit beauftragt, die neuen Rekruten anzulernen; das verschafft mir mehrere Dutzend Sklaven, die ich nicht missbrauche. Ich habe immer Dein Gesicht im Visier. Erträgst du Los Angeles? New York wird sich davon nicht erholen. Ich spüre, dass ich bald nicht mehr der Einzige sein werde, der im Dunkeln groß Dein Gesicht vor sich sieht. Absolvierst Du Castings für Filme? Ist das für einen geborenen Star nicht zu erniedrigend? Ich bitte Dich wegen unserer Streitigkeiten, meines abscheulichen Charakters, meiner kriegerischen Obsessionen, als wir gemeinsam hätten glücklich sein sollen, um Verzeihung. Wir waren schon ein bisschen gut zusammen, oder habe ich alles verdorben? Meine Erinnerung beschönigt unsere Vergangenheit, es ist eine Geisteskrankheit, die schönen Momente zu zerstören, um sie danach zu vermissen. Ich habe die unerfreuliche Tendenz, Dich zu idealisieren, seit ich in eine mannhafte Uniform gekleidet und umgeben von solidarischen und trinkfesten Jungen mit Sommersprossen und Akneproblemen bin. Ich mag sie, ich hoffe, ich werde meine Meinung nicht ändern. Ich bin einem schmächtigen Kerlchen begegnet, der im Gang weinte, weil er von einer Bande von Dreckskerlen bedroht wurde. Ein anderer ist ihm zu Hilfe gekommen und hat sich an seiner Stelle die Fresse polieren lassen. Siehst Du, jeden Tag passieren derlei hübsche Dinge, das gibt doch trotz allem Vertrauen. Ich habe beantragt, als ehemaliger Offiziersanwärter zum Offizier ernannt zu werden. Wir werden sehen, aber ich gestehe, dass ich Dir das ausschließlich sage, um anzugeben. Ich schreibe weiter an meinen kleinen Geschichten, und die schreibe ich auch für Dich, meine Erzählungen sind weitere Briefe an Oona, indirekte, verkleidete Briefe, die Dich vielleicht erreichen, wenn Du *Esquire* kaufst oder die letzte *Story*. Es gibt meine privaten Briefe und diese offenen Briefe. Und alles ist für Dich, damit kannst Du machen, was Du willst. Ich bitte Dich, dieses Übermaß an Korrespondenz zu entschuldigen; seit ich Dich kenne, bin ich auf Eroberung aus. Ich bin Dein Hitler, und Du bist mein Frankreich. Hab keine Angst, im Austausch für meine Besetzung Deines geistigen Territoriums fordere ich nichts. Begnüge Dich damit, mich zu inspirieren, es ist nicht Deine Schuld, es hat Dich getroffen, und ich weiß wohl, dass wir nicht füreinander gemacht waren, dass an unserem Abenteuer von Anfang an etwas faul war. Ich habe mich Deiner bedient, um besser zu schreiben, und jetzt treibe ich dank Deiner abwesenden Präsenz, Deines mutwilligen Schweigens einfach und hartnäckig dieses Schreiben voran, das in mir an Boden gewinnt. Ich werde kämpfen, verzeih meine hochtrabende Ausdrucksweise, nicht für mein Land, auch nicht für die Freiheit, das Gute oder all diese Albernheiten, sondern für Deine Wangenknochen, Deine rosa Wangen, Deine großen Schneidezähne, Deine sanften Schultern, seidig wie Pfirsiche. Das wird mein Krieg sein: Ich werde Dir Briefe schicken, und Du wirst mir nicht antworten. Ich will nicht, dass Du mir antwortest: Die Gefahr ist zu groß, dass Du mir sagst, Du würdest mich nicht mehr lieben. Ich werde Dir mein ganzes Leben lang Briefe schicken, und später, wenn meine Bücher veröffentlicht werden, werden alle denken, es seien Romane, da auf dem Umschlag »Roman« stehen wird, aber Du wirst wissen, dass dies an Dich allein gerichtete Briefe sind.

Vergiss Deinen heldischen Helden nicht und seine künftige Versehrtenrente, die Dir ein luxuriöses Leben garantieren wird.

Jerry

VI

Der lange Anfang der Oona O'Neill

»I hate the movies like poison.«

J. D. Salinger

Von der Armee aus schickte Jerry weiter Erzählungen an literarische Zeitschriften. *The Long Debut of Lois Taggett* wurde im September 1942 von *Story* veröffentlicht. Wie *Die jungen Leute* ist es eine Satire auf die gedankenlose, arrogante Jeunesse dorée New Yorks. In diesem Fall kann man aber von einer Schlüsselerzählung sprechen: Lois Taggett scheint direkt von Oona O'Neill und ihren Freundinnen Carol und Gloria inspiriert zu sein. Salinger verpasst ihnen ein »literarisches Pearl Harbor«, ähnlich dem Bombardement, dem Capote sie 1975 mit *Erhörte Gebete* unterzieht. Ein weiteres Mal hat Salinger Vorsprung vor seinem Rivalen.

»Lois trug ein weißes Kleid, ein orchideenfarbenes Mieder und ein recht entzückendes, verlegenes Lächeln. Die älteren Herren unter den Gästen sagten: ›Sie ist wirklich eine Taggett‹, die älteren Damen sagten: ›Sie ist ein wirklich reizendes Kind‹, die jungen Damen sagten: ›Hey, sieh dir mal Lois an. Nicht schlecht. Was hat die denn mit ihren Haaren gemacht?‹, und die jungen Herren sagten: ›Wo steht der Schnaps?‹

In jenem Winter tat Lois ihr Möglichstes, um mit den fotogensten jungen Männern, die im ›Gott-und-Walter-Win-

chell‹-Teil des Stork Club Whisky-Sodas tranken, durch Manhattan zu ziehen. Es gelang ihr ganz gut. Sie hatte eine hübsche Figur, trug teure und geschmackvolle Kleidung und galt als intelligent. Es war die erste Saison, in der Intelligenz Trend war.*«

Man spürt, wie bei Jerry die Wut gegen diese verwöhnten jungen Damen aus der Park Avenue aufsteigt, die weiter nur an ihre hübschen Klamotten denken, während in Europa und Asien der Krieg tobt. »*Es war das erste Jahr, in dem die Debütantinnen ›etwas tun‹ mussten. Sally Walker sang jeden Abend im Alberti's, Phyll Mercer entwarf Kleidung oder so, Allie Tumbleston machte Probeaufnahmen.*« Salinger absolviert täglich Hindernisrennen durch den Schlamm, klettert am Seil, kriecht unter Stacheldraht und – was menschlich ist – nimmt es nur mühsam hin, dass seine Ex weiter jeden Abend mit ihren Gossip Girls aus New York durch die Clubs von Los Angeles tingelt. Aber mir scheint, dass darin nicht der einzige Grund für seine Strenge gegenüber Oona liegt. Er erahnt, dass sie ihm entgleitet. Er versucht, ihrer im Vorhinein überdrüssig zu werden, als wolle er dem unvermeidlichen Bruch zuvorkommen: »Die kleine Oona ist hoffnungslos in die kleine Oona verliebt«, wird er einem Freund anvertrauen (»*Little Oona's hopelessly in love with little Oona*«). Bei sehr sensiblen Männern bemerkt man derlei Verhalten häufig: Besser, man zerstört das geliebte Objekt, als dass man dessen Joch erduldet. Man kann sich einreden, das sei eine Art, die

---

* Walter Winchell war ein berühmter Kolumnist, der sich auf Klatsch und Tratsch spezialisiert hatte. Er erwähnte Oona regelmäßig in seiner Kolumne im *New York Daily Mirror*, wo sie den Spitznamen »the toast of cafe society« trug. (Anmerkung des Verfassers)

Stabilität seiner Gefühle zu testen, dabei ist es vor allem eine sehr effiziente Methode, alles zu versauen.

In *The Long Debut of Lois Taggett* heiratet Lois einen hübschen Kerl, der ihr eine Zigarette auf der Hand ausdrückt und mit einem Golfschläger den Fuß bricht. Dann kauft sie sich einen Hund, den sie ein paar Wochen später auf der Straße aussetzt, weil er in ihren Fahrstuhl gepinkelt hat.

Salinger, der in Oona verliebt ist, schreibt, dass man den anderen zerstören müsse, bevor man zerstört werde. Lieben ist viel zu gefährlich. Jerry hat sich entschieden, in den Krieg zu ziehen, bevor er in Versuchung kommt, Oona leiden zu lassen oder ihretwegen zu leiden. Er hatte sich schon gedacht, dass Oona nicht auf ihn warten würde. Das hinderte ihn nicht daran zu zerbrechen, als sie ihn ersetzte.

Unterschätzen wir dabei auch nicht den sozialen Minderwertigkeitskomplex bei dem Sohn eines jüdischen Käseimporteurs, der sich in die Tochter eines der berühmtesten Schriftsteller seines Landes verliebt. Sicherlich weigerte er sich zuzugeben, dass er sich unterlegen fühlt, so wie Justin Horgenschlag gegenüber Shirley in *The Heart of a Broken Story* oder Bill gegenüber Lois in *The Long Debut of Lois Taggett*. Köstlich finde ich die Definition von Reichtum, die Salinger am Ende des Absatzes gibt: »*Lois bestellte einen Whisky-Soda, trank ihn und noch vier weitere. Als sie den Stork Club verließ, war sie ziemlich betrunken. Sie lief und lief und lief. Schließlich setzte sie sich auf eine Bank vor den Zebrakäfig im Zoo. Dort blieb sie, bis sie nüchtern war und ihre Knie nicht mehr zitterten. Dann ging sie nach Hause.*

Zu Hause war ein Ort mit Eltern, Nachrichten im Radio

und gestärkten Dienstmädchen, die immer von links kamen, um einem ein kleines gekühltes Glas Tomatensaft hinzustellen.«

Auf Dauer halten die großen Gefühle dem Klassenkampf nicht stand. Eifersucht, Unsicherheit, Verachtung: Alle Zutaten für eine erhabene, leidenschaftliche, aber einseitige Liebe waren vereint. Diese unmögliche, wacklige Geschichte verstärkte sich den gesamten Krieg über immer mehr: Es ist die Geschichte einer Liebe, die durch die Abwesenheit verklärt wird. Der junge Schriftsteller verliebt sich umso stärker, je weiter der Krieg ihn von einer Verlobten entfernt, die er (zu Unrecht) für leichtfertig und belanglos hält.

In dieser Idylle zwischen einem Emporkömmling mit dem Bestreben, sich zu läutern, und einer weißen Gans der »cafe society« liegt etwas von Gatsby und Daisy. Wer ist der Unschuldigere der beiden? Wer leidet stärker? Weil Soldat Salinger sich auf den Krieg vorbereitet, glaubt er, dem Glamour Girl aus den wohlhabenden Vierteln Tugendlektionen erteilen zu können; er belügt sich selbst: Er weigert sich zuzugeben, dass er genau wie Truman Capote ist – fasziniert von dieser Welt aus Flitter, Reichtum und Berühmtheit. Mit dreiundzwanzig Jahren ist Salinger ein amerikanischer Bel-Ami, ein New Yorker Rastignac. Aber er täuscht sich in Oona: Sie hat mit armen kleinen reichen Mädchen Umgang, aber ist keines. Ihre Mutter lebt in einem Trailerpark in Los Angeles, und ihr Vater hat seit Langem alle Brücken hinter sich abgebrochen. Das Einzige, was man mit Oona zu tun brauchte, war, sie zu trösten, sich um sie zu kümmern, ihr Schutz zu bieten, anstatt ihr wegen ihres oberflächlichen Lebenswandels die Leviten zu lesen. Dieses einsame Kind in

New York suchte einen Beschützer, jemanden, der sie adoptierte, wie eine Katze, die so tut, als wäre sie unabhängig, aber zu festen Zeiten ihren Milchnapf einfordert. Sie konnte sich nicht mit einem kriegerischen Jüngling begnügen, mit einem expatriierten Infanteristen, einem leicht verletzbaren Schriftsteller und noch weniger mit einem traumatisierten Veteranen … Aber um das zu begreifen, muss man mindestens zwanzig Jahre älter sein.

Nach Jerrys Aufbruch in die Kaserne setzte Oona O'Neill sich in den Zug zu ihrer Mutter nach Hollywood. Ihre beste Freundin Carol war mit dem Schriftsteller William Saroyan verlobt (sie war siebzehn und er dreiunddreißig), und Gloria hatte im Dezember 1941 im Alter von siebzehn Jahren den zweiunddreißigjährigen Presseattaché Pat DiCicco geheiratet, den PR-Mann von Howard Hughes, einen großen Spieler und Trinker. Im Trio der Jeunesse-dorée-Waisen war Oona die letzte Unverheiratete, da ihre beiden besten Freundinnen sich entschieden hatten, Männer zu ehelichen, die älter und berühmter waren als sie. Sie zogen alle gleichzeitig an die Westküste. Ihre Ankunft in Los Angeles war eine Sensation. Die Hochzeit von Gloria Vanderbilt war eines der gesellschaftlichen Ereignisse des Jahres gewesen, die Hochzeit von Carol Marcus in Sacramento das andere. Kaum war die kleine O'Neill aus dem Zug gestiegen – in dem sie von Rekruten, die in den Krieg zogen, mit Bier betrunken gemacht worden war –, wurde sie von einem sechsundzwanzigjährigen jungen Mann namens Orson Welles, der ihr (angeblich) von seinem Projekt *Der Glanz des Hauses Amberson* erzählen wollte, ins Earl Carroll's zum Abendessen eingeladen. Er war doppelt so groß wie sie. Nach dem kommerziellen Flop seines ersten Films, *Citizen Kane*, hatte Welles gerade Dolores de Rio verlassen. Oona mochte seine tiefe Stimme, aber konnte seine Nase nicht ausstehen: Die Geschichte scheiterte. Man kann sich nicht in jemanden verlieben, ohne dessen Nase zu lieben, denn man wird sie häufig mitten im Gesicht sehen, und zwar immer dicker und hässlicher, je mehr Zeit vergeht. Orson Welles sollte über die Enttäuschung hinwegkommen, indem er im Jahr darauf Rita Hayworth heiraten würde, die er mit Gloria Vanderbilt DiCicco betrügen würde (Beverly Hills ist klein).

An dem Abend mit Oona und Orson Welles geschah etwas sehr Seltsames. Am Ende des Essens fragte Welles Oona, ob er ihr die Hand lesen dürfe. Oona hielt ihm die Handfläche hin, und Welles musterte sie aufmerksam, dann erklärte er, ihre Herzlinie kündige eine Begegnung mit einem älteren Mann an.

»Nicht sehr originell«, sagte Oona.

»Aber ich weiß, wer es ist«, erwiderte Welles.

»Sie, vermute ich?«

»Keineswegs. Ich habe gesagt, jemand, dem Sie begegnen werden, nicht jemand, der gerade mit Ihnen zu Abend isst. Es handelt sich um Charlie Chaplin: Sie werden ihn bald kennenlernen. Und Sie werden ihn heiraten.«

Oona brach in schallendes Lachen aus und schenkte diesen alkoholisierten Belanglosigkeiten keinerlei Aufmerksamkeit.*

---

* Von dem englischen Theaterkritiker Kenneth Tynan bestätigte und von Orson Welles in seinem Fernsehinterview mit David Frost erzählte Anekdote. (Anmerkung des Verfassers)

Es war nicht erstaunlich, dass Welles Chaplin nannte: Sie waren eng befreundet. 1941 hatte Orson Welles Chaplin vorgeschlagen, die Hauptrolle in einem Film zu spielen, den er über den Frauenmörder Landru drehen wollte. Die Idee gefiel Chaplin so gut, dass er sie ihm abkaufte und 1947 *Monsieur Verdoux – Der Frauenmörder von Paris* daraus machte.

Von Ben Hecht stammt die folgende Definition eines Starlets: »Sehr junge Frau unter zwanzig in Hollywood, die nicht offiziell in einem Bordell arbeitet.« Wenn Oona nie ein Starlet geworden ist, so hat sie das ihrem Vater zu verdanken. Bei Gloria Vanderbilts Hochzeit hatte sie eine gute Agentin gefunden, Minna Wallis, die Frau, die zehn Jahre zuvor Clark Gable zum Erfolg verholfen hatte. Ein hübsches Mädchen mit einem berühmten Namen machte schnell Bekanntschaft mit allen Berühmtheiten von Los Angeles – das war weniger schwierig als heute. Aufgrund der Bekanntheit ihres Vaters und weil ihr Foto regelmäßig in den Zeitungen zu sehen war, hatte Oona O'Neill größere Chancen auf Erfolg in der Filmindustrie, als wenn sie Kellnerin in einer Bar am Sunset Boulevard gewesen wäre. Sie las Jerrys Briefe, aber antwortete nicht. Sie wusste, dass es zwischen ihnen aus war und diese Geschichte für ihn nur deshalb zur Obsession geworden war, weil er sich in einem Militärschlafsaal befand.

Und jetzt werden wir ein hypermodernes Experiment durchführen. Gemeinsam werden wir, lieber Leser, jetzt hier den YouTube-Roman erfinden. Ich erkläre Ihnen, wie wir vorgehen: Nehmen Sie sich Ihren Computer oder ein iPad oder sonst einen bescheuerten Digitalbildschirm. Gehen Sie auf YouTube.com, und geben Sie

»Oona O'Neill« ein. Als Ergebnis wird die Suchmaschine Ihnen ein Schwarz-Weiß-Bild präsentieren, das Oona mit einem Kopftuch zeigt.

Sie können Oona O'Neill zum Leben erwecken, indem Sie auf Play klicken. Oona ist zu diesem Zeitpunkt siebzehn Jahre alt und gerade nach Hollywood gekommen. Wir befinden uns im Jahr 1942. Der Schatz, den Sie jetzt sehen werden, ist Oona O'Neills erster und letzter Versuch als Schauspielerin. Es handelt sich um ein Casting, das Eugene Frenke für *The Girl from Leningrad* gefilmt hat, ein Projekt, für das Greta Garbo zugesagt hatte. Oona sollte eine junge Russin namens Tamara spielen, daher das Tuch in ihrem Haar, das ihr das Aussehen einer Prinzessin verleiht, die sich als kaukasische Bäuerin verkleidet hat. Ich befehle Ihnen, dieses Filmdokument zu bewundern, und erzähle Ihnen hinterher davon. Und dass man mir nach einem solchen Cyberkapitel ja nicht wieder damit kommt, ich wäre allergisch gegen den technischen Fortschritt.

So, jetzt haben Sie Oona mit siebzehn entdeckt. Geben Sie zu, sie verschlingt buchstäblich den Bildschirm. Die Kamera ist verliebt in ihre kindlichen Züge, der Regisseur gerät ins Stammeln. Er redet mit ihr, als spräche er mit einem Waisenkind, das er am Ufer der Wolga gefunden hat. Er bittet sie, den Kopf zu drehen, um sie von beiden, sehr anmutigen Seiten im Profil zu sehen. Sie lacht, es ist ein betretenes, schüchternes, verschmitztes und niedliches Lachen. Sie ist von einer Zerbrechlichkeit, die den Blick auf sich zieht, trotz des absurden Kopftuchs, das die braune Mähne einer Femme fatale verbirgt. Sehen Sie sich die Brauen an, die wie zwei Akzente über ihrem funkelnden Blick stehen. Hören Sie ihre kristallklare Stimme, als sie mit der Höflichkeit einer Königin fragt: »Shall I turn over here?« Das Team, das es sich herausnimmt, ihr Anweisungen zu erteilen, wirkt plötzlich wie eine Bande grobschlächtiger Flegel. Allen ist die Ehre bewusst, die ihnen zuteilwird, sich im selben Studio befinden zu dürfen wie dieser strahlende, zurückhaltende Engel. Wenn sie einen kurzen Moment ins Objektiv sieht, so reisen auf der Stelle Tausende von Gefühlen auf den Filmstreifen: Oona weiß, dass die Situation unangenehm ist, sie hat Angst davor, es falsch zu machen, sie glaubt, sie sei pathetisch, wäre gerne anderswo, sie fühlt sich gehemmt, ungeschickt, und gleichzeitig amüsiert sie sich darüber, ihre Unbehaglichkeit wird zu Schalk, zu katzenhaftem Charme, zu Reinheit und Glanz, schließlich ist der Moment zwar unangenehm, aber nicht so ernst.

Im Bruchteil einer Sekunde vermittelt sie dem Auge der Kamera zwanzig gegensätzliche Gefühle: Verwundbarkeit, Eleganz, Angst, Bescheidenheit, Höflichkeit, Überdruss, Schüchternheit, Sanftheit, Freundlichkeit, Vertrauen, Verzweiflung, Einsamkeit usw. Ihr Gesicht ist sehr beweglich, vielleicht zu nervös, es gelingt ihr nicht zu erraten, welchen Ausdruck diese Kretins von ihr erwarten. Sie sieht aus, als würde sie sich permanent dafür entschuldigen, anwesend zu sein, während sie verlegen die Komplimente annimmt. Als sie zu protestieren scheint und mit der Höflichkeit kleiner Mädchen aus guter Familie, die von ihrer Gouvernante bei einer Verfehlung ertappt werden, »I don't know what to say …«

ruft, versteht man, wieso all die Männer, die ihr damals begegnet sind, gelitten haben: Man will, man muss sich um sie kümmern, sonst ist das Leben nichts wert. Und als sie am Ende des wundersamen Videos die Augen verdreht, ist sie beispiellos, göttlich, es gibt kein anderes Wort dafür: Sie sieht nach oben, um den Himmel zu betrachten, von dem sie gefallen ist und der zugleich der Ort ist, an dem sie heute residiert.

Angesichts dieser Erscheinung konnte man ihr nur erliegen. Auf diesen Bildern, die höchsten Seltenheitswert haben, zermalmt Oona O'Neill Audrey Hepburn im Register des verschreckten Rehs, Natalie Portman in dem des zierlichen Fauns, Isabelle Adjani in dem der feinfühligen Naiven, Paulette Goddard in dem heftiger Trauer, Louise Brooks in dem des gefallenen Engels, Greta Garbo in dem des unverschämten Schmachtens, Marlene Dietrich in dem der giftigen Kälte, denn sie ist natürlicher und ungekünstelter. Ihre Komplexität entsteht unbewusst, ohne Arbeit, ohne Anstrengung. Im Gegenteil, sie scheint die ganze Zeit dafür zu kämpfen, nicht die Aufmerksamkeit auf sich zu lenken, was das beste Mittel ist, ebendies zu bewirken. Sie hätte eine gewaltige Karriere machen können, zum Star, zur weltweiten und unsterblichen Ikone werden können. Oona ist keine Frau, sie ist ein Prinzip. Ihre Schönheit ist ultramodern. Truman Capote irrt, sie ist nicht vollkommen, sie ist besser.

Was geschah dann? Hier rühren wir an das Geheimnis von Oona, das ihre Größe ausmacht: Ein paar Wochen nach diesen außerordentlichen Versuchen schwört sie endgültig jeder schauspielerischen Ambition ab.

Da auf das Casting mit Eugene Frenke noch keine Antwort gekommen war, hatte Minna Wallis ein Abendessen bei sich organisiert, um Oona mit dem größten Genie des Weltkinos bekannt zu machen, das eine junge Schauspielerin für die Rolle der Bridget suchte, die Hauptfigur eines Drehbuchs mit dem Titel *Shadow and Substance*.

Charlie Chaplin traf verfrüht bei Minna ein. Oona saß allein vor dem Kamin und blickte in das Feuer. Sie trug ein schwarzes Oberteil mit Ausschnitt, das im Gegensatz zu einem recht braven langen Rock stand, den sie sich von ihrer Mutter geliehen hatte. Oonas Zauber – violetter Mund, schwarzes Haar, die funkelnden Augen ihres Vaters, die gerade Nase ihrer Mutter – wirkte wie gewohnt. Folgendes schreibt Chaplin in seinen Erinnerungen:

»Ich war Eugene O'Neill noch nicht begegnet, doch nach dem schweren Ernst seiner Stücke machte ich mir eine düstere Vorstellung von seiner Tochter. (…) Während wir auf Miss Wallis warteten, stellte ich mich vor und sagte, ich nähme an, sie sei Miss O'Neill. Sie lächelte. Ganz im Gegensatz zu meiner vorgefassten Meinung gewahrte ich nun eine leuchtende Schönheit mit einem verborgenen Charme und einer Zartheit, die mich bezauberten.« Er wusste auf der Stelle, dass diese Person eine wichtige Rolle in seinem Leben spielen sollte.

Da Oona ihn bislang immer nur in Schwarz-Weiß gesehen hatte, ist sie von den leuchtend blauen Augen Charlies überrascht. Er ist geistreich, zuvorkommend, klein wie sie (ein Meter siebenundsechzig), mit dem berühmten Gesicht (aber ohne den Schnurrbart), weißem Haar und einer eigenartigen Art zu gehen, als würde er tanzen. Er trägt einen dunkelgrauen Dreiteiler und eine blaue Krawatte, die seine Augenfarbe unterstreicht. Er ist vierundfünfzig. Er ähnelt Charlie, dem Tramp, aber in einen reichen Bourgeois verwandelt.

Gibt es viele Schauspieler, die mit der Rolle eines Clochards Millionär geworden sind? Ich bin mir nicht sicher, ob so etwas heute noch möglich wäre. Jamel Debbouze vielleicht: Er ist mit der Rolle eines Behinderten reich geworden, der aus den benachteiligsten Siedlungen der Pariser Banlieues kommt. Durch seine Begabung für Sketche und seine Gestik, die von Pantomime und Tanz beeinflusst ist, könnte Jamel gut einer der wenigen geistigen Söhne sein, die Chaplin als solche anerkannt hätte.

Wie alle professionellen Komiker ist Chaplin sehr ernst, ja düster, aber er versucht, das Eis zu brechen:

»Sind Sie schon lange in Los Angeles?«

»Ein paar Wochen. Ich habe eine Freundin, die gerade geheiratet hat, und meine Mutter lebt hier.«

»Minna sagte mir, Sie hätten in New York ein bisschen Theater gespielt.«

»Oh, eine winzige Rolle in einem ›Musical‹ … Nichts

Besonderes ... Die Naive in *Pal Joey*, letzten Sommer im Maplewood Theatre ...«

»Das Stück ist gut. Warum wollen Sie Schauspielerin sein?«

Oona denkt nach. Sie errötet, weil sie weiß, dass das eine wichtige Frage ist. Charlie spürt ihr Unbehagen. Der eine ist so eingeschüchtert wie die andere. Dabei ist Charlie ein Frauenheld (um ehrlich zu sein, hat er sein Leben mit Nervensägen verbracht, die nur scharf auf sein Geld waren oder seine Bekanntheit dazu genutzt haben, Filme zu drehen). Möglicherweise ist Oonas Schüchternheit eine ansteckende Krankheit: Jedes Mal, wenn sie jemanden kennenlernt, tritt Stille ein. Mit der Zeit hat sie sich an das Phänomen gewöhnt und vermutet, es sei ihre Schuld: Sie ist Spezialistin darin, in Gesellschaft anderer eine unangenehme Atmosphäre zu schaffen.

»Sie müssen nicht antworten ...«, sagt Chaplin. »War meine Frage indiskret?«

»Oh, nein, die Frage war nicht unangenehm, die Antwort ist es. Ich möchte Schauspielerin sein, weil ich nicht interessant bin, weil ich nicht weiß, wer ich bin, weil ich mich vage, hohl, leer fühle, weil ich nicht weiß, was es bedeutet, wenn man mich auffordert, dass ich ich selbst bleiben solle, weil ich immer darauf angewiesen bin, dass jemand anderes mir zuflüstert, was ich sagen soll. Ich will auch Schauspielerin sein, um Applaus zu bekommen und von allen geliebt zu werden, aber das ist zweitrangig im Vergleich zu dem, was ich gerade gestanden habe. So. Habe ich gut geantwortet, Herr Vagabund?«

Die junge Frau war hochrot, aber ihre feuchten, durchdringenden Augen forderten heraus. Als Oonas und

Charlies Blicke sich kreuzten, füllten sich ihre Augen gleichzeitig mit Wasser. Wäre ich Boris Vian, hätte ich hier geschrieben, was er über die Begegnung von Colin und Chloé in *Der Schaum der Tage* sagt: »Ringsherum herrschte tiefes Schweigen, und der größte Teil der übrigen Gäste zählte nicht mehr.« Zum Glück betrat in diesem Moment Minna Wallis den Raum, sonst wäre das doppelte Ertrinken wirklich seltsam geworden. Wäre dieses Buch auf Englisch verfasst, würde sich hier das Adjektiv »awkward« aufdrängen, was zugleich »seltsam« und »misslich« bedeutet.

»Entschuldigen Sie meine Verspätung«, sagte Minna. »Aber ich gestehe Ihnen, ich habe mir absichtlich Zeit gelassen, damit Sie sich kennenlernen könnten. Was darf ich Ihnen anbieten?«

»Einen Gin Tonic, bitte«, sagte Chaplin.

»Dasselbe, danke«, sagte Oona. »Als Tochter einer Alkoholikerin weise ich darauf hin, dass ich Gin problemlos standhalte.«

»Oona«, fuhr Charlie fort. »Darf ich Ihnen eine weitere indiskrete Frage stellen, und danach höre ich auf, versprochen?«

»Ja.«

»Wie alt sind Sie?«

»Siebzehn.«

»Mein Gott«, sagte Charlie. »Ich bin dreimal so alt! Normalerweise könnte ich der Vater meiner Schauspielerinnen sein, aber es ist das erste Mal, dass ich ihr Großvater sein könnte.«

»Ich verstehe nicht, was daran unangenehm ist. Ich bin sehr viel reifer als Sie.«

»Das stimmt, schließlich spazieren Sie nicht mit durchlöcherten Schuhen, einem Spazierstock, einer zu weiten Hose und einer Melone herum.«

»Sie aber auch nicht – außerhalb der Arbeitszeiten.«

Charlie lachte, und Charlie lachte nicht oft bei Witzen anderer. Ein solches Verhalten von gleich zu gleich mit einem der größten Stars der Zeit war nur einem entweder völlig betrunkenen oder schrecklich blasierten Mädchen möglich. Oder einer Außerirdischen.

Chaplin war entzückt: Seit dreißig Jahren lebte er auf großem Fuß in Los Angeles, aber er hatte nie einen Außerirdischen kennengelernt, abgesehen vielleicht von Paulette Goddard, seiner letzten Frau, mit der er am längsten zusammengeblieben war, der intelligentesten von allen. Wer *Hollywood Babylon* von Kenneth Anger gelesen hat, weiß, dass Chaplin junge Mädchen mochte und diese Verlockung ihm zahlreichen Ärger eingebracht hatte: Prozesse, Skandale, Tratsch. Eines Tages hatte Chaplin sich gebrüstet, bis zu seinem fünfzigsten Geburtstag mit zweitausend Frauen geschlafen zu haben. In zweiter Ehe hatte er Lillita MacMurray, auch als Lita Grey bekannt, geheiratet, die mit zwölf Jahren die Rolle eines Engels in seinem Film *The Kid* gespielt hatte: Er hatte sie geschwängert, als sie fünfzehn war; am Tag ihrer heimlichen Hochzeit in Mexiko war sie sechzehn und er fünfunddreißig gewesen. Da die amerikanische Presse damals über ihn hergefallen war, sah er sich vor, wenn eine junge Frau ihn durcheinanderbrachte. Gleichwohl beruhigte ihn Oonas Gelassenheit, das Mädchen versuchte weder, sich wie eine Handelsware zu verkaufen, noch, ihm zu gefallen, indem sie mit den Wimpern klimperte wie Betty Boop. Sie war gut erzogen und zurückhaltend, und das war alles, was er nach dreißig Jahren ehelichem Ärger brauchte: ein wenig Treuherzigkeit. Nicht einen weiteren Vamp, der ihn zum Narren hielt, sondern eine Frau, die auf unschuldige Weise freigebig war, die ihm wohlwollend gegenüberstand, ihn nicht als Gegner ansah: weder als Playboy, der gezähmt werden wollte, noch als Bankkonto, das geplündert werden konnte, noch als zu überzeugender Regisseur, noch als künftiger Vater ihrer Kinder, zumindest nicht am ersten Abend.

»Darf ich meinerseits eine indiskrete Frage stellen?«, fragte Oona.

»Ja, es sei denn, Sie wären Journalistin.«

Der Witz ließ Oonas vor allem im Sommer wunderbare Grübchen erscheinen.

»Ich würde gern wissen, ob Hitler den *Großen Diktator* gesehen hat.«

»Oh, also, das weiß keiner! Man weiß nur, dass er den Film hat verbieten lassen, und zwar in Deutschland wie in Frankreich. Ich hoffe natürlich aus ganzem Herzen, dass er ihn gesehen hat. Wo er mir schon das Bärtchen geklaut hat!«

Chaplin hatte den Satz mit größter Selbstverständlichkeit gesagt. Als hätte er verkündet, zwei und zwei mache vier.

»Ach ja?«, bemerkte Oona.

»In den Zwanzigerjahren hat er sich dieses Rechteck über der Lippe wachsen lassen, so wie ich es seit 1914 gemacht habe. Er kopiert alle. Das Wort ›Führer‹ zum Beispiel hat er Mussolini geklaut, der sich ›il Duce‹ nennen ließ. Ja, ich glaube, er hat mir mein Bärtchen gestohlen! Das ist umso komischer, als dieser kleine rechteckige Bart für mich ein Symbol für die Eitelkeit meiner Figur ist, genau wie der Hut und der Spazierstock.«

»Nur dass seiner echt ist.«

»Ja, meiner war immer unecht – woher wussten Sie das?«

»Sie haben es der *Los Angeles Sunday Times* gesagt. Warum haben Sie sich nie einen echten Bart wachsen lassen? Haben Sie eine Haarallergie?«

Charlie lächelte über ihre Kühnheit. Dieses kleine Biest war mal was anderes als diese Arschkriecher aus der Polo Lounge. Je länger sie redeten, desto stärker hatte er das Gefühl, der Altersunterschied zwischen ihnen verringere sich.

»Ich will den Bart abnehmen können, wenn ich das Studio verlasse. Ich setze die zu kleine Melone ab, ziehe die zu weite Hose und die Schuhe Größe 49 aus, lege den Bambusstock beiseite … und den Schnurrbart von Adolf!«

»Sie haben mir nicht geantwortet: Hat Hitler Ihrer Meinung nach den *Großen Diktator* gesehen?«

Chaplin lachte über die Beharrlichkeit der jungen Frau.

»Ich hatte es dir gesagt, Charlie«, rief Minna. »Die Kleine hat ihren eigenen Kopf.«

»Wie könnte man da sicher sein … Ich denke, dass Goebbels möglicherweise eine Privatvorführung des *Diktators* für ihn in Berlin organisiert hat. Hitler ist ein leidenschaftlicher Kinogänger, all seine öffentlichen Auftritte sind wohlgeplant, inszeniert, eingestellt und aufgebaut wie Filmszenen. Angeblich hält er sich für ›den größten Schauspieler Europas‹, aber da bin ich nicht seiner Meinung: Er übertreibt. Visuell steht er vor allem unter dem Einfluss seiner Landsleute Lang oder Murnau. Eine Art Mischung aus *Metropolis* und *Sonnenaufgang – Lied von zwei Menschen*. Haben Sie in *Triumph des Willens* den Wechsel von Totalen und Nahaufnahmen bemerkt? Daher kommt dieser Eindruck von Macht, ein Rausch, ein Fieber. Bevor ich den *Großen Diktator* gedreht habe, habe ich mir all seine Propagandafilme angesehen. Vielleicht hat er mir meinen Schnurrbart weggenommen, aber ich habe ihm seine größenwahnsinnigen Froschperspektiven und seine ganze Mimik gestohlen: das gereckte Kinn, die nervösen Armbewegungen, seine martialischen Gedankenflüge. Ich habe mich gut mit ihm amüsiert, auch wenn er mich nicht zum Lachen bringt.«

»Geben Sie zu, dass es schon komisch wäre, wenn er Ihren Film gesehen hätte«, bemerkte Oona. »Da hätte man gern deutsches Mäuschen gespielt ... Hitlers Gesicht vor Ihrem Hynkel, der mit dem Erdball spielt.«

»Ich vermute, er hätte nach ein paar Minuten den Saal verlassen und ›Juden!‹ und ›entartete Kunst!‹ gerufen, obwohl ich weder Jude bin noch entartet.«

»Sollte es eine Vorführung gegeben haben, sind wahrscheinlich alle Verantwortlichen daraufhin gehängt worden«, sagte Minna.

»Ja, er ist nicht gerade für seinen Sinn für Selbstironie bekannt«, bemerkte Oona.

»Deshalb glaube ich, dass er ihn nicht gesehen hat. In jedem Fall zweifle ich, dass der Film ihn in irgendeiner Weise berühren könnte. Für den *Großen Diktator* habe ich sein Buch *Mein Kampf* gelesen. Er zweifelt nicht. Er ist niemand, der über sich selbst nachdenken würde, er hat keine Zeit. Er erklärt allen den Krieg, das ist alles. Seine Art, wie er mit geballten Fäusten die Arme verschränkt, verrät sein mangelndes Selbstbewusstsein. Ich bin mir sicher, dass Göring ihn beruhigt. Deshalb habe ich ihm im Film einen Dicken an die Seite gestellt: Hitler und Göring, das ist wie Laurel und Hardy!«

»Stimmt es, dass Sie am selben Tag geboren wurden?«

»Nein, ich bin vier Tage älter!«

»Vier Tage, das ist ja eigenartig … In gewisser Weise ist er Ihr Double. Ihr unheilvoller Zwilling. Sie wissen sicher, dass er blaue Augen hat wie Sie.«

»Und wir sind ungefähr gleich groß.«

Chaplin begann, im Wohnzimmer auf und ab zu gehen, als wäre er Hitler. Er begann ihn in Phantasiedeutsch mit rollendem R nachzuahmen.

»Und ich meflünzet dass ich gefünt mein Kartoffeln!«

Oona und Minna hätten sich beinahe an ihrem Gin verschluckt. Oona bewunderte Chaplin seit *Lichter der Großstadt*, das heißt seit ihrer Geburt. Wie alle in den 1920er-Jahren geborenen Kinder war sie mit seinen Filmen aufgewachsen, die sie entweder im Kino oder in Privatvorstellungen bei Freunden gesehen hatte. Ihr Lieblingsfilm war *Goldrausch*, aber auch *The Kid* und *Moderne Zeiten* mochte sie wegen ihrer sozialen Schärfe und ihrer Wut, die der Arbeit ihres Vaters nahe waren. Im Grunde war Chaplin Eugene O'Neill in komisch. All seine Themen waren dramatisch: der Hunger in Klondike, Waisenkinder, Armut, die Stellung der Arbeiter, der Totalitarismus. Und in jedem Film gelang es ihm, die schlimmsten Tragödien ins Lächerliche zu ziehen. Allmählich wurde ihr bewusst, wo sie sich befand und was gerade geschah: etwas Unglaubliches, was ihr noch nie im Leben passiert war. Mit dem Mann zu reden, dessen ›lyrische Füße‹ Scott Fitzgerald bewunderte. Der Freund von Somerset Maugham, Eisenstein und George Bernard Shaw. Dazu muss man sich klarmachen, dass seit zwanzig Jahren Puppen mit Chaplins Gesicht verkauft wurden und er die United Artists leitete, eine der bedeutendsten Filmgesellschaften, die er 1919 mit Douglas Fairbanks, Mary Pickford und D. W. Griffith gegründet hatte. Im Jahre 1942 Chaplin zu begegnen war, als begegnete man heute jemandem, der so populär ist wie Rihanna und dabei so viel Macht in Hollywood hat wie Steven Spielberg. Und trotz der Chaplinmania, deren Gegenstand er seit drei Jahrzehnten auf der ganzen Welt war, leuchteten Charlies blaue Augen noch, lebendig, aufmerksam und liebevoll. Er war nicht berechnend, er war einfach und spontan. Konnte ein solcher Künstler so leicht im Umgang sein? Oder bot er ihr die übliche Nummer des alten flirtenden Schauspielers dar, Bescheidenheit inklusive? Ohne sich dessen bewusst zu sein, beantwortete Minna Wallis Oonas Fragen:

»Charlie, das ist das erste Mal, dass ich Sie so sehe. Sie leuchten ja buchstäblich«, sagte sie.

»Ich weiß, was Sie wissen möchten. Ob das Ihnen zu verdanken ist oder Oona. Nun, ich weigere mich, in diese grobe Falle zu tappen, ich werde nicht sagen, es sei Oona zu verdanken.«

Chaplin betrachtete sie; Oona ließ das Wohnzimmer stärker erstrahlen als jede Lampe. Sie war so winzig wie er, er sah deutlich, dass sie nicht den Körper eines Busenwunders hatte (damals sprach man vom Cover Girl oder Pin-up), aber Charlie interessierte sich nur für Gesichter, wie alle Filmschaffenden. Den Körper sieht man auf der Leinwand nicht, zumindest 1942. Das Gesicht dagegen … ist der Lichtfänger.

Nach dem Abendessen bei Minna Wallis ging Oona ohne Termin zu den Chaplin Studios, um ihn wiederzusehen. Zunächst schickte man sie weg wie jedes beliebige Groupie. Charlie hütete sich vor einem neuen Skandal. Daraufhin bedrängte Minna Chaplin so lange, bis er einwilligte, Oona einen Vertrag für einen künftigen Film anzubieten. Chaplin bestellte Oona zu sich am Summit Drive zum Schauspielunterricht ein. Oona verstand sich sehr gut mit Charlies Söhnen, die in ihrem Alter waren (Charles Jr. und Sydney). Aber sie hatte nur Augen für den Vater …

Die Bekanntgabe der neuen Liaison von Charlie Chaplin mit der minderjährigen Tochter von Eugene O'Neill war ein nationaler Skandal. Die Hollywoodklatschblätter interessierten sich genauestens für Chaplins stürmisches Leben. Joan Barry hatte gerade eine Vaterschaftsklage gegen ihn eingereicht. Als Ende 1940 *Der Große Diktator* anlief, war die amerikanische Regierung, die versuchte, in dem Konflikt neutral zu bleiben und Zeit zu gewinnen, wenig erfreut über dessen Erfolg.

Zahlreiche amerikanische Bürger waren Hitler gewogen (wie Henry Ford oder Charles Lindberg), weil sie seit den Verheerungen von 1917 Isolationisten waren oder sich einfach aus Pazifismus nicht einmischen wollten. Die Amerikaner hatten keinerlei Bedürfnis, erneut in den Krieg zu ziehen; seit Beginn des Unternehmens Bar-

barossa war die Mehrheit von ihnen der Ansicht, es genüge, wenn man Nazis und Kommunisten sich gegenseitig umbringen ließe.

All das war ziemlich viel Anti-Chaplin. Das feindselige Klima trug dazu bei, seine Bindung zu Oona O'Neill zu festigen: Das Verbot steigerte seine Leidenschaft. Bei ihr wiederum beschleunigte die extrem heftige Reaktion ihres Vaters die Dinge: Sie befanden sich exakt in der Situation von Romeo Montague und Julia Capulet. Mit der Verkündung ihrer Verlobung brach Eugene O'Neill endgültig den Kontakt zu seiner Tochter ab und starb zehn Jahre später, ohne sie noch einmal gesehen zu haben. Seine Gattin, die gescheiterte Schauspielerin Carlotta Monterey, hasste Chaplin, der sie nie engagierte. Vor allem aber ertrug O'Neill die Vorstellung nicht, dass seine Tochter sich einen anderen Papa suchte als ihn. Charlie Chaplin und Oona O'Neill waren zwei Menschen ohne Vater: Auch Chaplin hatte seinen Vater nie kennengelernt. Später brachten beide Brüder von Oona sich um (Eugene O'Neill Jr., dreimal geschieden, Alkoholiker und arbeitslos, schnitt sich 1950 in seiner Badewanne die Pulsadern auf, und Shane, heroinabhängig, stürzte sich 1977 aus dem Fenster des vierten Stocks eines New Yorker Hauses), aber Oona hielt durch, denn Charlie machte sie glücklich. Oona hat kämpfen müssen, um das Glück kennenzulernen: In ihrem Leben war nichts dafür vorgesehen, und doch ist es an jenem Tag gekommen, das einsame Kind hatte einen Beschützer gefunden wie Holly Golightly in ihrem alten brasilianischen Millionär. Zwischen dem Möglichen und dem Unmöglichen zögerte sie nicht eine Sekunde.

(Brief auf Briefpapier des Restaurants Musso & Frank, 6667 Hollywood Boulevard, Hollywood, California)

20. Mai 1942

Lieber Jerry,

ich werde versuchen, ausnahmsweise einmal nicht allzu kompliziert zu sein. Du weißt, dass es mir schwerfällt, mündlich auszudrücken, was ich auf dem Herzen habe. Schriftlich wird das vielleicht klarer sein, aber die erste Lektüre wird Dir grausam erscheinen, und das bedauere ich unendlich. Lies meinen Brief, sooft wie es sein muss, jedes Wort darin ist so wohlüberlegt, dass ich ihn schon auswendig kann.

Entschuldige, dass ich Deinen Gefühlen nicht gewachsen bin.

Ich lebe jetzt mit meiner Mutter in Los Angeles.

Es ist nicht so, dass ich mit siebzehn Jahren mein Leben neu beginne, aber fast.

Ich beginne einfach mein Leben, mein Leben beginnt jetzt gleich.

Ich spüre, dass Du Dich auf mich konzentrierst, weil Du fern bist, weil Du Angst hast, und ich habe ebenfalls Angst, dass wir uns nicht verstehen.

Und doch hat etwas zwischen uns aufgehört.

Du weißt, dass ich Dich bewundere, dass Deine Originalität mich aufwühlt und dass ich keinen einzigen mit Dir verbrachten Augenblick bereue, selbst als Du mich am Schlafen gehindert und mir stundenlang Texte vorgelesen hast!

Auch du spürst, hoffe ich, sicher, dass Schluss ist zwischen uns. Das ist so obvious. Wenn Du es nicht siehst, dann weil Du es nicht sehen willst oder weil Du vorgibst, weniger intelligent zu sein, als Du bist. Ich hasse es, einen Helden der amerikanischen Armee schriftlich in einem Brief daran erinnern zu müssen. Der nahende Krieg sollte mich dazu verleiten, Dich zu belügen. Aber ich kann das nicht mehr. Nicht Dich und nicht jetzt. Du weißt, dass das schrecklich von mir wäre. Ich kann nicht weiterleben und Dir die geringste Hoffnung lassen, während Du Dich bereitmachst, Hitler zu stürzen.
Es ist over, Jerry: Auch wenn der Satz literarisch mittelmäßig ist, so sagt er doch die Wahrheit.
Du wirst immer zu meiner Vergangenheit gehören, aber du gehörst nicht mehr zu meiner Zukunft.
»Wir teilten miteinander die kostbare Vergangenheit, die keine Schilderung je wirklich fassen konnte.« Dabei weißt Du doch gut, dass Mrs Willa Cather immer recht hat? Endlich habe ich begriffen, was sie meint: Was wir erlebt haben, wird nie verschwinden. Es ist für immer da, und ich werde es nicht vergessen. Unsere Begegnung, unsere Tänze, unsere Lieder, unsere Lektüren und unsere Erinnerungen werden nicht verfliegen.
Was für eine schreckliche Sache diese Klärung ist. Ich will nicht, dass Du unter einer Trennung leidest, die Pearl Harbor bewirkt hat.
Aber ich will nicht mehr, dass Du mir schreibst, als wäre ich deine Verlobte oder künftige Frau.
Ich bin untröstlich. Und hässlich und blöd und viel-

leicht sogar … verliebt in einen anderen. Schaff mich Dir vom Hals, vergiss das kleine Biest vom Central Park, die gemeine Debütantin des Jahres. Ich bin Deines Mutes unwürdig. Dieser Brief ist das erste Zeugnis von Tapferkeit in meinem kurzen Leben einer antisemitischen Irin. (Ich scherze.)
Ich nehme Haltung an und sage Dir: »Rührt euch, ihr könnt wachsen.«
Pass auf Dich auf, stirb nicht, geh keine unnötigen Risiken ein. Du musst leben, um ein großer amerikanischer Schriftsteller wie mein Vater zu werden.

Forgive and forget,
Oona

PS: Das Mocambo (L. A.) ist erheblich weniger lustig als der Stork Club (N. Y.). Es ist dieselbe Verkommenheit, nur dass die Papageien im Mocambo echt sind! Wirklich, Du verpasst nichts.

Juli 1942

Liebe Oona,

aus der Zeitung habe ich eine gute und eine schlechte Nachricht über Dich erfahren.
Die gute Nachricht ist, dass Du Dich endlich dafür interessierst, was außerhalb des Plaza passiert. Auf dem Bild in *Life*, auf dem man Dich im Lafayette Hotel sieht, wie Du gerade Binden für den Krieg in Russland wickelst, warst Du sehr fotogen. Ich habe Dich auch auf einer Shampoowerbung gesehen, wie Du ein Schaumbad nimmst, und im Badeanzug am Rand eines Schwimmbads auf den Schultern eines Jungen. Das ist eine hübsche Art, Deinen Patriotismus zu zeigen. Auf jeden Fall haben diese Bilder Farben in meine graue Kaserne gebracht. Um zusammenzufassen, was ich in den letzten Monaten gelernt habe: Im Krieg wirft man anstelle von Konfetti Granaten. Siehst Du, mein Leben ist nicht viel anders als Deines. Die Hauptsache ist, Sachen in die Luft schleudern zu können und zu vermeiden, sich unter ihnen zu befinden, wenn sie fallen.
Die schlechte Nachricht ist dieses Gerücht, das Dir ein Verhältnis mit Charlie Chaplin nachsagt. Du legst einen alten Greis mit Prostataproblemen aufs Kreuz, der sich in dem Versuch, sein armes, verbrauchtes Instrument wiederzuerwecken, Spanische Fliege einverleibt. Ich weiß nicht, ob man angesichts einer solchen Widerwärtigkeit in wieherndes Gelächter oder in Tränen ausbrechen soll.

Ich hätte Dich an dem Abend, als wir uns begegnet sind, erwürgen sollen. Ich habe gezögert, es zu tun, ich war zu bequem. Ich wollte im Krieg sterben, aber jetzt will ich es nicht mehr, weil das nichts nutzen würde: Du würdest mich nicht einmal bedauern. Erinnerst Du Dich an unsere betrunkenen Gespräche auf dieser verdammten Strandpromenade in Point Pleasant? Du hast mir gesagt, Du würdest eine schöne Witwe abgeben, aber wie kannst Du meine Witwe sein, wenn Du einen anderen heiratest? Wenn ich sterbe, bist Du nichts, und Du wirst Dich an nichts erinnern. Vorsicht, das ist kein Heiratsantrag, sondern ein kurzer Augenblick der Revolte gegen Deine Gleichgültigkeit. Du zitierst Willa, aber Du vernachlässigst das Wesentliche, »die kostbare Vergangenheit, die keine Schilderung je wirklich fassen konnte«, verschwindet auf immer, wenn die Person stirbt, und die Erinnerungen verschwinden mit dem Menschen. Jeder Tote ist ein großer Haufen ausgelöschter Dinge. Ich habe jetzt die Aufgabe, die Offiziersschüler der Fliegerschule der Air Force in Bainbridge, Georgia, zu unterrichten. Seltsamerweise mag ich es, den Jungs zu erklären, wie man Nazis tötet; im Kontakt mit den Rekruten werde ich großzügig und nett. Ganz am Ende werde ich noch Gymnasiallehrer – mit Klassenarbeiten, einer Maispfeife und Kneifer. Es ist angenehm, für andere verantwortlich zu sein, man kann Gefallen daran finden. Ich versuche, sie zu beruhigen, indem ich ihnen Laudanum verspreche. Ich glaube, ich bin unfähig, die Schule zu verlassen, ich mag diese Atmosphäre, sich weniger allein zu fühlen und

zugleich alle im Stich zu lassen, um auf dem Land spazieren zu gehen. Ich hatte Dir zu Recht misstraut, hätte aber besser daran getan, mir zu misstrauen.
Ich muss jetzt aufhören, denn ein paar Soldaten haben ein Feuerzeug an ihre Fürze gehalten, und einer von ihnen hat sich schwer den Hintern verbrannt. Wie Du siehst, ist der Krieg sehr gefährlich.
Offizielles Lebewohl an die Elends-Irin von Beverly Hills. Mein Laudanum warst Du. Dieser Entzug ist wie eine Amputation.

Jerry

18. Januar 1943

Ferne Oona,

ich habe wieder an Dich gedacht, als ich mich auf der Queen Mary nach England eingeschifft habe. Du hattest mir geschworen, zu kommen und am Kai ein weißes Taschentuch zu schwenken, erinnerst Du Dich? Meine Mutter hat versucht, Dich zu ersetzen, aber sie hat zu sehr geweint, es war eine Schande.
Ich hoffe, Deine Schwangerschaft verläuft gut. Wir haben den Atlantik mit dem zwölften Regiment der vierten Infanteriedivision überquert. Wir werden in Südengland trainieren. Mist, ich halte es nicht aus, Du musst wissen, irgendjemand muss wissen, dass Dein Mann ein Drückeberger ist. Chaplin hat es geschafft, beiden Kriegen zu entkommen, weil er ein Feigling ist. Wir werden kämpfen, was er nie getan hat. Stört es Dich nicht, dass Du einen Mann ohne Eier geheiratet hast? Einen Mann, der Clochard-Kleidung trägt, weil er nie in der Lage war, die eines Soldaten anzuziehen?
Ich habe den Aschenbecher aus dem Stork bei mir, ich fülle ihn regelmäßig mit Asche und gekauten Kaugummis. Das schönste Geschenk, das Du mir gemacht hast, wurde in einem Nachtclub gestohlen; das hätte mich misstrauisch machen sollen. Du hast mir nie etwas geschenkt, was wirklich Dir gehörte. Du hattest nichts zu geben, Du warst leer.
Die Liebe zerstört niemanden, es ist nicht wahr, so etwas zu glauben. Unsere Nicht-Geschichte ist bereits

ausgelöscht, ich habe das Desaster begriffen und verdaut. Du hast mich nicht massakriert, Du hast mich nur altern lassen. Aber denk bloß nicht, dass ich Dich vergesse. Du hast mich alles gelehrt: Dank Deiner Grausamkeit bin ich auf Frauen fixiert, ich bin wie im Zeitraffer gewachsen, so wie jene Blüten, die einmal pro Tag fotografiert werden und die man in zwanzig Sekunden verwelken sieht, wenn die Fotos aneinandergereiht werden. Früher hast Du mir Angst gemacht, aber wenn Du wüsstest, was ich jetzt über Dich denke, wärst Du erschreckt. Ich danke Dir für all die Zeit, die ich durch Dich gewinnen durfte: In jeder mit Dir verbrachten Woche bin ich um ungefähr zehn Jahre gealtert. Dank Dir bin ich heute zweihundertdreißig Jahre alt; die Jungs in meinem Schlafsaal, die sich wegen einer Schummelei beim Poker prügeln, haben keine Ahnung, dass neben ihnen ihr Ururgroßvater schläft … Das schreibe ich bucklig auf meinem Kopfkissen, auf meiner von Läusen befallenen Matratze zusammengekrümmt wie ein Greis: Danke, danke, Oona, für Deine Kälte, die mich so verhärtet hat. Vielleicht vollendet der Krieg die Erziehung, die Du begonnen hast. Ich wünsche Dir ein langes und glückliches Leben mit Deinem Drückebergerstar.
Gezeichnet: Der, den Du einst ooh Jerry Jerry nanntest, als er ungezwungen und strahlend war. Schrecklich, nicht mehr hingerissen zu sein. Du hast mich abstumpfen lassen. Bald werde ich physisch Franklin Delano Roosevelt ähneln.
Pass auf, dass Du nicht auf Passagierschiffen reist, ich

habe gehört, dass die deutschen U-Boote sie bis in die Bucht von Manhattan hinein torpedieren.

(Der Brief ist nicht unterschrieben.)

Summit Drive, Beverly Hills, Juni 1943

Lieber Jerry,

Dein letzter Brief ekelt mich an. Du bist so ungerecht, dass ich nicht darauf antworten sollte. Was hast Du von mir gedacht? Ich war fünfzehn, als ich Dir begegnet bin. Ich war (und bin es noch und Du auch) viel zu jung und zu blöd, um was auch immer über die Liebe zu wissen. Wir haben einen kurzen Moment geflirtet, und das war schön, dann hat das Leben uns getrennt, wie es täglich Millionen von Verliebten, die ebenso aufrichtig wie wir sind, trennt. Du willst, dass ich mich erbärmlich, widerwärtig fühle und dass ich in der Hölle brate, weil wir uns wie alle Verliebten von New York irgendwann trennen mussten? Der einzige Grund, weshalb ich mich entschließe, Dir zu antworten, ist Deine gegenwärtige Situation. Ich flehe Dich auf Knien an, vorsichtig zu sein, nicht zu versuchen, den Helden zu spielen, und unversehrt zu uns zurückzukommen. Auch wenn Du das Bedürfnis hast, mir gegenüber aufzubegehren, und selbst wenn wir uns niemals wiedersehen, ist es doch besser für Dich, dass Du nicht verkrüppelt bist, wenn Du an Deinem großen Roman schreiben willst. Konzentrier Dich besser darauf als auf Dein armes kleines Flittchen, das mit einem berühmten Greis verheiratet ist. Ich möchte lieber nicht wissen, was Du über Charlie sagst, und ziehe es vor, diese ungerechte Verleumdung Deiner Enttäuschung zuzuschreiben. Du hast meine Freundschaft, meine Bewunderung, einen großen Teil meiner Gedanken und meinen definitiven Respekt, für immer. Schreibe und überlebe, das ist alles, worum ich Dich bitte. Ich werde so stolz auf Dich sein, wenn ich nach diesem schrecklichen Krieg Deine Bücher lesen werde. Schreib alles, was Du siehst, in die Hefte, die ich Dir geschenkt habe. Sei gewiss, in Beverly Hills weiß man, was Du durchmachst, selbst hier, unter den von den Hügeln Hollywoods geschützten Palmen, beten alle (und vor allem ich) für Dich, selbst diejenigen, die nicht an Gott glauben. Das ist mein letzter Brief, aber ich wünsche aus tiefstem Herzen, dass er Dir guttut, denn ich habe nie etwas anderes gewollt. Ich lehne es ab, mich mit Dir zu zerstreiten, es würde mir nicht gelingen, meine Gemeinheiten klängen unwahr. Ich muss Dir leider sagen, dass ich unfähig bin, die kleinste negative Sache über Dich zu denken. Hör auf, darauf zu bestehen! Es wird Dir nicht gelingen, meinen Stolz, Dich kennengelernt zu haben, zu schmälern, und Du wirst immer auf unbestimmte, absurde, zärtliche Weise Teil meiner Erinnerungen sein. Du bist meine einzige Chance, anders in die Geschichte einzugehen denn als Gattin eines Filmstars! Zeig diesen Brief bitte niemandem. Er wäre ein gefundenes Fressen für die Skandalpresse. Ich weiß, dass Du es nicht tun wirst, denn selbst in Deinem gewalttätigen, schlaflosen Schlafsaal bist Du der elegante junge Mann geblieben, den ich in Greenwich Village kennengelernt habe, der sich über unseren Tratsch mit Truman, Gloria und Carol lustig machte und mich immer in Filme mitnehmen wollte, in denen sich am Ende alle umbringen. Erinnerst Du Dich? Ich mochte diese einfachen Schlüsse nicht. Sie sind eine Beleidigung unserer Phantasie. Man kann immer eine bessere Lösung finden als den Tod.

Dein gemeines kleines Biest, das Dich trotz allem küsst, sobald sein Mann ihm den Rücken zuwendet (hin zu den Blitzlichtern!),

Oona O'Neill Chaplin

VII

Zu jung für dich

»Die Gebärde des Grußes, bei der er die Hand über die Schulter zurückwarf, wobei die Handfläche nach oben gerichtet war, erweckte in mir den Wunsch, ein Tablett mit schmutzigen Tellern draufzustellen.«

Charlie Chaplin

Folgendes schreibt J. D. Salinger in einem Brief, der anlässlich eines Prozesses gegen seinen ersten Biografen Ian Hamilton publik wurde: »*Ich stelle sie mir abends zu Hause vor. Chaplin kauert grau und nackt auf seiner Kommode, schaukelt seine Schilddrüse an seinem Stöckchen über dem Kopf hin und her, wie eine tote Ratte. Oona in einem blaugrünen Kleid applaudiert ihm wie verrückt aus dem Bad. Agnes, in einem Jantzen-Badeanzug, geht mit Cocktails zwischen ihnen hin und her. Ich mache Späße, aber bin traurig. Traurig für jeden, der ein junges und reizendes Profil wie Oona hat.*« (Salinger vs. Random House, U. S. Court of Appeals 2nd Circuit, No. 86-7957, January 29, 1987.)

Er wirft Chaplin vor, was er selbst sein ganzes Leben lang tun wird. Es ist das letzte Mal, dass Jerry in eine Frau seines Alters verliebt ist.

In seinen Erinnerungen, *Die Geschichte meines Lebens*, spricht Charlie Chaplin über seinen Hang zu jungen Frauen: »Die sehr junge Frau ist eine Mischung aus kleiner Mutter und erster Liebe. Wird sie älter, so wird das junge Mädchen zu einer Geliebten oder einer Dame. Das junge Mädchen verbindet, was es an Schönstem gibt, mit dem, was es an Bestem gibt.«

Ich verstehe nicht, warum reife Männer, die es auf junge Mädchen abgesehen haben, manche Leute schockieren, wo dies doch das von Platon in seinem *Gastmahl* gepriesene ideale Paar ist. Man glaubt, die wollüstigen Alten fühlten sich von festen Brüsten oder wohlgeformten Schenkeln angezogen, dabei ist es die Güte, die sie am stärksten erregt (die mit festen Brüsten und wohlgeformten Schenkeln nicht unvereinbar ist). Die Droge der perversen Opas ist die Liebenswürdigkeit. Zusammen mit der Idee, zu formen. Seit die Frau sich vom Mann emanzipiert hat, muss er sich wichtig fühlen.

Ich habe mich damit vergnügt, eine Liste berühmter Paare mit großem Altersunterschied zu erstellen:

- Hugh Hefner und Crystal Harris (60 Jahre Unterschied)
- Johann Wolfgang von Goethe und Ulrike von Levetzow (55 Jahre Unterschied)
- J. D. Salinger und Colleen O'Neill, Krankenschwester mit demselben Nachnamen wie Oona, die er 1988 heiratete (50 Jahre Unterschied)
- Georges Clemenceau und Marguerite Baldensperger (42 Jahre Unterschied)
- Liberace und sein Chauffeur Scott Thorson (40 Jahre Unterschied)
- Pablo Picasso und Françoise Gilot (40 Jahre Unterschied)
- Jorge Luis Borges und Maria Kodama (38 Jahre Unterschied)

- Mohammed und seine dritte Gattin Aïcha (zwischen 38 und 40 Jahren Unterschied, je nach Geschichtsschreiber – als er sie das erste Mal sieht, spielt sie mit Puppen)
- der Maler Rubens und Hélène Fourment (37 Jahre Unterschied; als er sie 1630 heiratete, war sie sechzehn und er dreiundfünfzig)
- Charlie Chaplin und Oona O'Neill (36 Jahre Unterschied)
- Woody Allen und Soon-Yi Previn (34 Jahre Unterschied)
- John Casablancas und Aline Wermelinger (34 Jahre Unterschied)
- Bill Murray und Scarlett Johansson in *Lost in translation* (34 Jahre Unterschied)
- Roman Polanski und Emmanuelle Seigner (33 Jahre Unterschied)
- Johnny Hallyday und Laeticia Boudou (32 Jahre Unterschied)
- Witold Gombrowicz und Rita (31 Jahre Unterschied)
- Colette und Bertrand de Jouvenel (30 Jahre Unterschied)
- Frank Sinatra und Mia Farrow (30 Jahre Unterschied)
- Nicholas Ray und Natalie Wood (27 Jahre Unterschied)
- Paul Nizon und Odile (26 Jahre Unterschied)
- Humphrey Bogart und Lauren Bacall (25 Jahre Unterschied)
- Charles Bukowski und Linda Lee (25 Jahre Unterschied)
- Humbert Humbert und Dolorès Haze, genannt Lolita (25 Jahre Unterschied)

- Romain Gary und Jean Seberg (24 Jahre Unterschied)
- Adolf Hitler und Eva Braun (23 Jahre Unterschied)
- Bret Easton Ellis und Todd Schultz (23 Jahre Unterschied)
- Alfred Stieglitz und Georgia O'Keeffe (23 Jahre Unterschied)
- Johnny Depp und Amber Heard (23 Jahre Unterschied)
- Pierre Abélard und Héloïse (22 Jahre Unterschied)
- Peter Bogdanovich und Dorothy Stratten (21 Jahre Unterschied)
- Guy Schoeller und Françoise Sagan (20 Jahre Unterschied)
- Serge Gainsbourg und Jane Birkin (18 Jahre Unterschied)

Als ich Paul Nizon fragte, warum wir von jüngeren Personen angezogen würden, überlegte er, bevor er mir antwortete.

»Es gibt zwei Gründe«, sagte er dann. »Die Haut und der neue Frühling.«

Die amerikanische Presse begann, über Charlie Chaplin herzuziehen und beschimpfte ihn als Blaubart. Sein erster Film nach dem Krieg, *Monsieur Verdoux – Der Frauenmörder von Paris* (1947), hätte übrigens beinahe *Blaubart* geheißen. Er war ein schrecklicher Flop, bei Publikum und Kritik.

Heute haben alle Schauspieler über fünfzig underaged Frauen.

Die geläufigsten Argumente gegen einen Altersunterschied von mehr als zwanzig Jahren:

- Er/sie möchte lieber einen kleinen Hintern als einen großen IQ.

- Der/die Jüngere ist ein Flittchen, der/die ihn/sie wegen einer/eines Reicheren verlassen wird.
- Er/sie will nicht, dass man ihm/ihr widerspricht, er/sie will Pygmalion spielen, ein Geschöpf nach seinem Bilde schaffen.

Widerlegen wir diese drei Argumente auf einmal, wenn Sie nichts dagegen haben:

- Man kann einen kleinen Hintern und einen großen IQ haben, genau wie man alt und dumm sein kann.
- Möglicherweise ist die junge Person bereits reich und attraktiv (sie ist dann unendlich mächtiger als ihr vermeintlicher Wohltäter).
- Das dritte Argument ist unwiderlegbar, genau darum geht es bei dieser heiklen Frage. In einem Gespräch mit dem *Daily Herald* hat Oona O'Neill Chaplin sich ausweichend zu dem Thema geäußert: »Meine Sicherheit und meine Ausgeglichenheit mit Charlie rühren nicht von seinem Vermögen her, sondern gerade aus dem Altersunterschied zwischen uns. Nur junge Frauen, die reife Männer geheiratet haben, wissen, was ich damit meine. (...) Charlie made me mature and I keep him young.«

Ich muss daran denken, diese »jungen Frauen, die reife Männer geheiratet haben«, bei Gelegenheit zu fragen: Ist das, was sie neben dem materiellen Komfort beruhigt, wirklich die Ruhe, die Ausgeglichenheit der Alten? Oder aber der Umstand, dass diese ihre berufliche Aufgabe auf Erden bereits erfüllt, bereits mit allen Frauen geschlafen, bereits ihren Durst gelöscht haben? Ist der reife

Mann womöglich ein weiser Buddhist, treu, gesättigt und beruhigend?

Bullshit. Es ist einfacher: Der reife Mann sucht sich eine junge Frau aus, weil sie ihm bis zum Dahinscheiden garantiert, dass ihm jedes Mal der Atem stockt, wenn er sie aus dem Badezimmer kommen sehen wird. Und die junge Frau ist glücklich, derart bewundert zu werden, vor allem, wenn sie Vaterprobleme gehabt hat. Im 21. Jahrhundert liefert die unübersehbare Heerschar junger vaterloser Mädchen ein Aufzuchtbecken, aus dem alle ekligen Alten nach Belieben schöpfen können. Die Erklärung für deren geheimnisvollen Hang zu reifen Männern braucht man nicht lang zu suchen: Bei manchen jungen Frauen besteht die Liebe ganz einfach darin, den Mann zu finden, der in der Lage ist, Papa zu ersetzen. Junge Männer bewundern junge Frauen nicht genug. Zwanzigjährige Männer wollen noch zu viel erreichen, um sich um eine Frau kümmern zu können. Oona hat sich in Chaplin verliebt, weil sein Ehrgeiz hinter ihm lag; Chaplin hat sich in Oona verliebt, weil ihr Leben vor ihr lag. Übrigens wird er nach ihrer Begegnung nur noch schlechte Filme machen, so sehr schwimmt er im Glück. Der Übergang zum Tonfilm ist ihm nie richtig gelungen: In *Ein König in New York* wie in *Rampenlicht* und *Monsieur Verdoux – Der Frauenmörder von Paris* trägt er zu dick auf, er monologisiert, schwingt große rührselige Reden und überstrapaziert dabei willentlich seinen englischen Akzent, um die amerikanischen Ohren zu nerven. Als Chaplin 1910 anfing, war das Kino eine komische Form der Unterhaltung, ein bisschen wie ein Zaubertrick oder eine Zirkusnummer. Dreißig Jahre später beherrschte er die mächtigste Kunstform aller

Zeiten. Er war vom Clown zum Star geworden: In den 1920er- bis 1930er-Jahren war ihm das zu Kopf gestiegen, aber jetzt war er wieder auf dem Boden angekommen. Das Älterwerden macht alle ruhiger, besonders die Selbstgefälligen. Das Nahen des Todes lässt sie bescheiden werden: Sie haben jemanden gefunden, der stärker ist als sie.

Den Altersunterschied sieht man überhaupt nicht (hahahahahaha).

Alphonse de Lamartine bringt das in *Graziella* auf den Punkt: »Ach! der allzu junge Mensch ist nicht fähig zu lieben! Von nichts kennt er den Wert! Er kennt das wahre Glück erst, nachdem er es verloren hat. Mehr quellender Saft, mehr flüchtiger Schatten ist in den jungen Pflanzen des Waldes; mehr Feuer ist in dem alten Herzen der Eiche.

Die wahre Liebe ist die reife Frucht des Lebens. Mit achtzehn Jahren kennt man sie nicht, man bildet es sich ein. In der pflanzlichen Natur fallen die Blätter, wenn die Frucht kommt. Und vielleicht ist es mit der menschlichen Natur ebenso.«

VIII

Das längste Jahr (Juni 1944 – April 1945)

»Du bist wie einer, der auf hoher See schläft.«
Buch der Sprichwörter 21,34

Utah Beach, Normandie, 6. Juni 1944, 6 Uhr 44 morgens.

In der Nacht vom fünften auf den sechsten Juni hat keiner aus Jerrys Regiment geschlafen. An diesem Strand ist er vor siebzig Jahren gelandet, auf einem der viertausend Schiffe, über die elftausend Flugzeuge hinwegflogen; glücklicherweise lag der Strand nicht am Fuß eines Felsens wie Omaha Beach. Es heißt, dass Operation Overlord nach Erbrochenem stank: Alle auf den Schiffen waren seekrank, und die, die es nicht waren, kotzten vor Angst. Auf Jerrys Drillich landeten ein kaum verdautes Stück Schinken und der Kaffee aus dem Magen seines Nachbarn. Militärgeistliche hielten Gottesdienste auf den Schiffen ab. Auf dem Atlantik geht es zu wie auf einer Achterbahn. Glauben Sie einem erfahrenen Stehpaddler aus Guéthary: Bei einem Seegang von einem Meter fünfzig kann sich einem auch ohne Krieg der Magen umdrehen.

Zum Glück gehörte Jerry nicht zur vordersten Linie. Beim Durchqueren des smoke screen (des Vorhangs aus Rauchbomben, die von der amerikanischen Armee gezündet wurden, um ihre Landungsboote zu verbergen) konnte er über die Leichen der ersten Märtyrer steigen, die zwischen zwei Wellen bereits aufgedunsen waren. Das Geheimnis einer erfolgreichen Landung besteht darin, nicht als Erster zu landen. Aufgabe der Ersten ist es, für die Nachrückenden zu sterben. Am Vorabend des sechsten Juni hatte ein amerikanischer Offizier den Soldaten eingeschärft: »Haltet euch nicht bei den Toten der ersten Angriffswelle auf, steigt über sie weg.«

Einige amerikanische Piloten hatten das Motto der römischen Gladiatoren auf ihrem Flugzeug stehen: »Morituri te salutant« (»Die Todgeweihten grüßen dich«). Andere Soldaten trugen indianische Kriegsbemalung im Gesicht oder hatten sich den Schädel rasiert. Der Offizier, der die ersten Linien zusammenstellt, weiß also, dass er sie in den Tod schickt. Etwas einfacher wurde es, als junge Draufgänger auf Benzedrine oder Methedrine – vorgeblich gegen Asthma verschriebene Amphetamine, die eigentlich dem Aufputschen der GIs dienten – mit Flammenwerfern die vordersten deutschen Batterien gegrillt hatten. Man rückt schneller vor, wenn man über Leichen geht, und ein toter Soldat ist wenigstens keine Tretmine. Manche GIs sprangen von Leichnam zu Leichnam wie Ziegen von Fels zu Fels.

Einige der Toten waren nackt, weil ihnen eine Explosion die Kleider vom Leib gerissen hatte. Manchmal stöhnten die Körper unter den Armeestiefeln auf: Umso besser für sie, denn dann wurden die Sanitäter gerufen. Überall lag tonnenweise vergeudetes Kriegsmaterial herum, aus dem Wasser ragten Jeeps und Panzer, umgekippte Boote, Lastwagen und ihre verstreute Ladung – Schuhwichse in Dosen, stapelweise Granaten und unbrauchbare Gewehre, Rasiermesser, Zahnbürsten, Schuhe, Bibeln, Hosen, Funkgeräte, Zigaretten, Verbandszeug, und auf den Wellen dümpelten zentnerweise Orangen.

Ein Freund meiner Mutter wohnte damals in der Nähe von Sainte-Marie-du-Mont. Wie viele andere Schaulustige ging er am nächsten Tag zu dem Strand, an dem Salinger gelandet war. Er erzählte meiner Mutter, das Wasser sei noch immer rot gewesen. Jerry Salinger durchquerte das Rote Meer wie einst Moses.

Ich laufe bei Ebbe über diesen Strand, sieben Jahrzehnte nach dem Blutbad. Gleich werde ich zum Friedhof gehen und vor den weißen Kreuzen verharren. Auch die Amerikaner sind bei Ebbe hier gelandet – zur Verwunderung der Deutschen. Daher hatten sie zweihundert Meter zu überwinden, hundert im Wasser und hundert auf dem Sand – der längste Zweihundertmeter-Lauf, den man sich vorstellen kann. Zwei volle Minuten waren sie dem Beschuss ausgesetzt.

In diesem Krieg wurden Männer wie Brennholz verfeuert, als »casualties«. Doch am sechsten Juni ließen am Utah Beach relativ wenige Soldaten ihr Leben (hundertsechsundneunzig Gefallene), dank der wirkungsvollen Bombardierung der Bunker, der Sabotageakte der Fallschirmjäger in der Nacht davor und vor allem dank der Sherman-Amphibienpanzer, die wie von einem gewaltigen schwarzen Schwimmring von einer Schutzhülle aus Kautschuk umgeben waren (vor Omaha Beach gingen sie wegen des hohen Seegangs unter). Die Sherman-Panzer waren Elefanten, deren Rüssel heißes Metall ausspuckten, sie surften auf den Sand und brachen dort die

Betonfallen auf, die voller blonder MG-Schützen auf Pervitin oder Isophan waren, dazu voller Schnaps – die Drogen, die den »Blitzkrieg« ermöglicht hatten. Es war auch der Krieg von Amphetaminen und Speed (die russischen Seeleute schluckten den »Baltischen Cocktail«, ein Glas Wodka mit einem Gramm reinem Kokain, das sie in »army robots« verwandelte, gewalttätig, niemals müde und unempfindlich gegen Kugeln). Speed unterdrückt Hunger und Schlafbedürfnis, doch in hohen Dosen führen die Kapseln zu Wahnvorstellungen, Psychosen und Depressionen bis hin zur Suizidgefährdung. Hitler, der sich das Kokain des Doktor Theodor Morell in Form von Augentropfen, aber auch als Injektionen zuführte, kannte sich damit aus. Wer schlief, der verlor: Man musste länger wach bleiben als der Feind und ihn in dem Moment treffen, in dem er einnickte. Jerry wird rasch verstehen, dass in diesem Krieg nur überlebt, wer schlaflos ist.

Zweieinhalb Jahre hat Salinger auf diesen Augenblick hingefiebert, und jetzt wäre es ihm lieber, das Date würde aufgeschoben. »Könnte bitte jemand den D-Day verschieben?« Dabei hatte er von Januar 1942 bis Juni 1944 Zeit gehabt, sich darauf vorzubereiten. Er hat alles tausendmal geübt: wie man flach auf dem Bauch liegt, dem Partner Deckung gibt, sich tarnt, eine Handgranate wirft, sich einem Bunker nähert, herausfindet, woher das feindliche Feuer kommt, Verwundete birgt, immer verteilt bleibt und den Boden im Blick behält, damit man nicht in einen Granattrichter fällt oder auf eine Mine tritt usw.

Ergebnis: Unter MG-Feuer ist jeder sich selbst der Nächste. Ein Junge liegt da mit aufgeschlitztem Bauch, ein anderer sucht seine rechte Hand, ein Idiot lacht, weil er durchgekommen ist, und fliegt in der nächsten Sekunde in die Luft, einer bekommt einen abgerissenen Daumen ins Auge, wer nicht laut betet, ist besoffen, eines der Landungsboote fährt auf eine Mine, und Männer werden zu Dutzenden durch die Luft geschleudert (neununddreißig Tote bei sechzig Mann Besatzung), das Wasser ist rot, die Wellen sind rot, die Fische verenden zu Hunderten, auf dem Strand überall Fische zwischen den Leichen und Rinnsale von frischem Blut, der Krach hört nicht auf, Raketen pfeifen, Maschinenwaffen knattern, Sand in den Augen, die Einschläge der 350-mm-Granaten zerreißen einem das Trommelfell (man muss den Kinnriemen am Helm lösen, sonst erwürgen einen die Bodenvibrationen oder brechen einem das Genick), könnte BITTE irgendjemand diesen Höllenlärm abstellen? Bis zu ihrem Tod, dreißig oder fünfzig Jahre später, wachten manche Veteranen noch nachts auf und glaubten, durch eingebildete Bombeneinschläge taub geworden zu sein, brüllten und bettelten, dieser Radau möge endlich aufhören, während ihre Frau mit Lockenwicklern im Haar im Bett lag und weinte.

Zur selben Zeit saßen neuntausend Kilometer entfernt Charlie Chaplin und Oona O'Neill in ihrem Haus am Summit Drive und aßen zu Mittag.

Ihr mansion war riesig und lag oben auf einem Hügel, daneben ein großer Swimmingpool und ein Tennisplatz. Oona saß mit übereinandergeschlagenen Beinen auf einem Sessel. Die laue Spätnachmittagsbrise strich durch die Blätter der Palmen, hinter dem englischen Rasen erstreckte sich der Pazifik.

»Ich weiß, dass dieser Luxus obszön wirken kann«, sagte Chaplin und wies auf die bewaldeten Hügel, »aber wenn du wüsstest, in welcher Armut ich aufgewachsen bin, würdest du mir meinen Hang zum Komfort sicher verzeihen.«

»Oh, ich weiß, wo du geboren bist, ich habe *The Kid* gesehen: die im Winter eiskalte Dachmansarde, wo das Kind sich am Holzofen wärmt, wo es in Kleidern schläft … das hast du nicht erfunden, oder?«

»Hör zu, Oona. Ich weiß nicht, wie viele Jahre ich noch zu leben habe, aber ich bin sehr glücklich, dass ich sie mit dir verbringe.«

Zu ihren Füßen lag Los Angeles (im buchstäblichen wie im übertragenen Sinn). Oona war die Arznei, die Charlie von seinem zwanghaften Womanizing kurierte. Sie machte alle anderen Frauen unsichtbar. Ihre Jugend war die Garantie dafür, dass er sie nie alt erleben würde. Er war jedes Mal überrascht, wenn er sie betrachtete. Dabei sah er sie seit Monaten jeden Tag, aber immer noch mit derselben Verwunderung, so wie einer, der völlig nüchtern am Himmel eine fliegende Untertasse sieht. Das Glück besteht für einen Mann darin, dass eine Frau ihn von allen anderen Frauen befreit. Er empfindet auf einmal eine solche Erleichterung, dass er sich wie in Ferien fühlt. Charlie musste Oona nur ansehen, und schon fühlte er sich beschwingt. Vielleicht dient Schönheit einzig und allein dazu, Unglück abzuwehren. So manche kurzlebige Gebilde überdauern eine lange Zeit (wie beispielsweise der Eiffelturm, erbaut im Geburtsjahr von Hitler und Chaplin).

Vor Oona hatte er sich von seinem Begehren beherrschen lassen, doch in ihrer Gegenwart ist das Begehren nur ein winziger Teil der Fülle seiner Empfindungen. Chaplin hat sich lange wie ein Gestrandeter gefühlt, verlassen von seinem alkoholsüchtigen Vater und seiner verrückten Mutter, im Exil lebend, erdrückt von der affektierten Schwärmerei der Groupies, süchtig nach Erfolg und Anerkennung. Alle Männer, und insbesondere jene, die sich dazu bekennen, anderen ihre Gefühle zu zeigen, sind Ertrunkene, die auf eine Mund-zu-Mund-Beatmung warten. Folgendermaßen ist Chaplin vorgegangen, um Oona 1943 zu heiraten:

»Ich habe die Hälfte meines Lebens schon weit hinter

mir«, hatte er erklärt. »Georges Clemenceau hat einmal gesagt …«

»Wer?«

»Ein französischer Politiker. Mit zweiundachtzig Jahren hat er zu seiner jungen Freundin gesagt: ›Ich werde Sie lehren zu leben, und Sie werden mich lehren zu sterben.‹«

»Kommt nicht infrage«, hatte Oona geantwortet. »Ich lebe sehr gut und verbiete dir zu sterben.«

»Kann ich dir drei sehr wichtige Fragen stellen?«

»Ja.«

»Liebst du mich um meines Geldes willen?«

»Nein, weil ich morgen irgendeinen Trottel heiraten könnte, der hundertmal reicher ist als du.«

»Liebst du mich um meiner Berühmtheit willen?«

»Nein, denn ich war am Tag meiner Geburt genauso berühmt wie du. Aber möglicherweise liebe ich dich wegen deiner Filme.«

»Ach, das ist überhaupt kein Problem. Schön, dass all die Arbeit zu etwas nütze ist.«

Plötzlich wurden die Schatten um die Gegenstände am Rand des Pools tiefer. Ein Flugzeug zog über den Himmel.

»Und wie lautet die dritte Frage?«

»Willst du mich heiraten?«

»Aber du warst doch schon dreimal verheiratet!«

»Richtig. Ich weigere mich, mit einem Misserfolg aufzuhören.«

»Dann bin ich jetzt mit einer Frage dran. Warum willst du mich heiraten?«

»Damit du nicht Orson Welles heiratest!«

»Nein, ich will eine ernsthafte Antwort.«

»Sieh dich doch nur mal an und dann mich! Ich, der Tattergreis mit den weißen Haaren, habe das große Los gezogen! Du bist meine Belohnung. Ich habe dich verdient … nach meinen jahrelangen Irrwegen. Von nun an werde ich nie mehr als Tramp durchgehen können. Ich werde mir eine neue Verkleidung suchen müssen.«

Tatsächlich ist Charlie Chaplin nach seiner Heirat mit Oona O'Neill nie wieder als Obdachloser aufgetreten, sondern immer nur im Dreiteiler. Selbst als Monsieur Verdoux aufs Schafott steigt, tut er dies mit einem Maximum an textiler Eleganz.

Cherbourg, 19. Juni 1944

Liebe Oona,

im Geist schreibe ich Dir Briefe, die auf Papier zu schreiben ich keine Zeit habe und die Du deshalb nicht lesen wirst. Dieser hier, den ich in aller Eile auf einen Fetzen Papier gekritzelt habe, ist nur ein winziger Teil davon. Um mich herum sind alle viel jünger! Neunzehn, zwanzig, einundzwanzig – mit meinen fünfundzwanzig Jahren bin ich der Großvater der Truppe.
Heute früh wurde eine Messe gehalten. Der Feldgeistliche verteilte den Leib Christi inmitten von Granaten und Verwundeten. Er hat den Toten die Kommunion gespendet. Ich habe lange mit Mathias aus South Dakota Würfel gespielt und mit Owens aus New Jersey Zigaretten gerollt. Das hat mich an Dich erinnert. Was macht der Strand von Point Pleasant? Mir ging Folgendes durch den Kopf: Die Normandie ist im Grunde New Jersey, nur gegenüberliegend. Letztlich ist es so, als wäre ich am Strand Deiner Kindheit gelandet und hätte statt der Promenade Bunker angetroffen.
Es regnet, und ein Schwarzer aus meiner Einheit singt einen Blues, was alle deprimiert. Ich frage mich ständig: ›Was tue ich hier eigentlich?‹, aber man muss gegen die Frage ankämpfen, sie unaufhörlich von sich wegschieben, verhindern, dass sie einem Knüppel zwischen die Beine wirft. Es ist die Frage, die einem jeden Lebensmut raubt. Selbst in New York konnte man sie

sich stellen, im Stork Club oder anderswo: ›What the fuck am I doin' here?‹ Wenn man so denkt, unternimmt man nichts. Ich denke lieber an Dich, Oona. Dein Gesicht ist meine Religion. Ich bin nicht Buddhist, ich bin Oonist. Ich weiß, dass das verlorene Liebesmühe ist, dass Du bald Dein erstes Kind auf die Welt bringen wirst, aber ich klammere mich an dieses romantische Leiden, das mich den körperlichen Schmerz und die panische Angst vergessen lässt. Man bestimmt nicht, was man empfinden will, man empfindet, was man kann, das Herz greift auf das zurück, was es auf Lager hat, und meines ist noch immer erfüllt von Dir. Du hilfst mir. Nicht Du, sondern die Vorstellung von Dir. Dein Prinzip, jenes Prinzip des reinen Babys, das sich über alles beklagt und von der anderen Seite des Atlantiks zum schiefen Klang des Leierkastens salzige Küsse über die Holzplanken schickt. Du warst keine Frau, Du warst ein Konzept: die unmögliche, verlorene Liebe, die verpfuschte Liebe, eine Herzensbrecherin, die nicht aufhören kann, Zärtlichkeit zu wecken. Du hast mir so wehgetan, dass ich es Dir nicht vorwerfe, Du bist so irrsinnig stark, trotz alledem. Dein Gesicht hat die Züge Gottes angenommen. Du bist seine Zweitbesetzung, die Stellvertreterin einer höheren Vollkommenheit, der fleischgewordene Abglanz einer anderen Wahrheit. Deine gewölbte Stirn, Dein verschleierter Blick, Deine zuckersüße Stimme und Dein reines Herz lindern meinen Durst nach Heiligkeit unter diesem Himmel aus geschmolzenem Metall.
Ich habe aufgehört, Dich zu hassen, seit ich den Fuß

auf diesen französischen Strand gesetzt habe. Man muss aufpassen, wohin man ihn setzt, die S-Minen machen erst *klick* und dann *rums:* keine Beine mehr. Vorhin hat ein armer Kerl das Klicken unter seinem Schuh gehört und konnte sich danach nicht mehr rühren, er stand starr vor Entsetzen, schluchzend und zitternd auf dem Eisenteller – wie eine entsicherte Handgranate, nur flach – und wartete, dass ihm die Eier abgerissen würden. Von diesem Moment an lebte er zwar noch, aber man konnte von ihm schon in der Vergangenheit sprechen. Dann habe ich mich abgewandt, und nach der Explosion blieben von ihm nur seine zwei mit Gedärm gefüllten Stiefel übrig, wie zwei lederne Vasen. Ich weiß nicht, wie der Junge hieß. Unangenehm ist es auch, wenn Dir eine Handgranate vor die Füße fällt. Man muss sie schnell aufheben und zurückwerfen. Manchmal ist der Arm dann auch weg.

Es ist schwer zu erklären, was man inmitten dieses Chaos empfindet. Man wagt nicht, sich allzu viel umzublicken. Man befürchtet, dass man sich mit dem einen oder anderen anfreunden könnte und ihn später nicht mehr wiederfindet. Ein merkwürdiges Gefühl, als würde man ständig gebückt und mit gesenktem Kopf umhergehen, nicht um den Schüssen zu entkommen, sondern um nicht zu sehen, was geschieht. Ein Haufen Strauße, die im Zickzack rennen, das ist unser Landemanöver. Tausende Männer in nassen Strümpfen, die verzweifelt im Slalom laufen, damit sie nicht zur Zielscheibe werden. Ich dachte nie: Hoffentlich schießen sie auf den neben mir. Niemals. Ich habe immer gedacht: Vergesst mich, ich bin es nicht wert, dass man auf mich zielt, seht mich nicht an, ich bin uninteressant und will keinen umbringen. Schießt nicht auf mich, und ich schieße nicht auf euch. ›Leave me alone‹ heißt auf Deutsch ›lasst mich in Ruhe‹.

Am Ende habe ich gebetet, während ich von Krater zu Krater an Geysiren aus geplatzten Halsschlagadern vorbeilief, die meinen Kampfanzug blutrot färbten. Die Vorstellung, dass man durch Zufall stirbt und durch Glück überlebt, ist zu demütigend. Das Gebet gibt dem Chaos eine Struktur. Häufig verwandelt sich der Kampf in eine offene Schlägerei, bei der man sich gegenseitig mit den Helmen in die Fresse haut. Es genügt, dass eine Pistole aufgrund eines Sandkorns Ladehemmung hat – und glaub mir, Sandkörner gibt es reichlich am Strand –, und schon kehrt man zu den guten alten Prügelmethoden zurück, die in den Kneipen von Berlin oder New York üblich sind: Faustschläge, Kolbenhiebe, Tritte gegen den Kopf des Liegenden, Zerquetschen der Eier mit großen Steinen, Bajonett- oder Dolchstöße in die Magengrube …

Manchmal verleihen Psychopathen der Sache eine zusätzliche Würze (indem sie dem Gegner die Zunge, die Nase oder die Ohren abschneiden oder ihm die Augen mit einem Löffel ausstechen etc.). Warum so viele Milliarden für Logistik und Munitionstransporte ausgeben, wenn es am Ende doch wie bei einem Streit unter Säufern am Times Square zugeht – blutende, gebrochene Nasen, ausgestochene Augen, mit

Brettern eingeschlagene Zähne oder ein Gewehrlauf gegen den Kehlkopf?
Für unsere großen Generäle mit ihren Generalstabskarten ist das eine Lektion in Bescheidenheit. Ahnen sie, dass manche Brücken, Dörfer und Straßen mit bloßen Händen eingenommen wurden, indem man den Krauts den Kopf unter Wasser drückte, bis sie nicht mehr zappelten? Der moderne Krieg fällt rasch ins Mittelalter zurück, sie hätten uns Säbel lassen sollen wie den Japanern.
Dieser Krieg der Schlägereien hat den Vorzug, dass er sich auf ein menschliches Maß beschränkt. Du kennst das Gesicht des Burschen, den Du umbringst, er ist zehn Zentimeter von Deinem entfernt und beschimpft Dich in der Sprache Goethes. Du wirst ihn nie vergessen, schon gar nicht, wenn er achtzehn ist und nach seiner »Mutti« ruft. Es ist wie ein Tanz, man liegt aufeinander, schreit, um sich Mut zu machen, ein Gladiatorenkampf in einer antiken Arena, die »Kessel Cherbourg« heißt.
Bei dieser Art von Nahkampf hielten sich die rugbytrainierten Franzosen besser als die anderen. Sie waren es gewohnt, ihre Finger in die Augenhöhlen des Gegners zu drücken und ihnen das Schienbein oder den Ellenbogen zu brechen. Der Feind, der es mit Rugbyspielern aus dem Südwesten zu tun hat, endet behindert, kann Arme und Beine nicht mehr bewegen, malträtierte, ächzende Rümpfe, die auf Tragen abtransportiert werden müssen. Da wird ordentlich aufgeräumt, da bleiben keine Toten zurück, und es wird kein einziger Schuss Munition vergeudet. Es

sei denn, man betrachtet den schweren Stein, den man aus einem Mäuerchen gebrochen hat und mit dem man einem Deutschen kraftvoll den Schädel gespalten hat, als Granitmunition.
Und zwei Tage später zogen wir durch zerstörte Dörfer, durch Städte, die von unseren Flugzeugen und Panzern dem Erdboden gleichgemacht worden waren, und die Franzosen dankten uns dafür, dass sie keine Dächer mehr hatten, sie dankten uns, obwohl ihre Kühe tot auf der Weide lagen, die Augen voller Fliegen, und trotz des Gestanks ihrer verwesenden Pferde und der aufgeblähten Kadaver. Und wir fingen an, Erde zu essen. Das ist keine Metapher: Im Hinterland der Normandie warfen die Panzergranaten buchstäblich die Erde in die Luft, und wenn sie wieder zurückfiel, atmete man sie ein, kaute sie und verschlang ein Steak aus Erde.
Ich habe eine ordentliche Portion Normandie gefressen. Frankreich schmeckt nach Asche und Staub, mit einem leichten Aroma von Kuhfladen, aber vor allem nach zerborstenem Feuerstein (die Granaten brechen die Steine auf, und es riecht nach gespaltenen Steinen, es hagelt Schotter auf den Rücken, man wird gesteinigt!). Außer es regnet: Dann riecht Frankreich nach kaltem Schlamm, der Regen weicht die Erde auf, ein Eisenregen unter Wasser, und der glühende Himmel überschüttet uns mit einem Ozean aus Metall. Mit den Bomben ist es einfach: Wenn Du das Pfeifen hörst, musst Du Dich auf die Erde werfen und auf die Explosion warten. Wenn Du nicht zu Brei geworden bist, darfst Du nach dem Knall auf keinen Fall den

Kopf heben, denn es gibt Splitter, die noch zwei Sekunden weiterfliegen. Ich bin todmüde, aber man kann unmöglich die Augen schließen, sonst wird man ausgelöscht. Wenn Du einschläfst, bist Du tot.
Die Wahrscheinlichkeit, dass ich heil davonkomme, nimmt mit jedem Tag ab. Du solltest mit meinem Geburtsdatum Lotto spielen, vorläufig bin ich ein Glückspilz.

Dein Fan Jerome

WAS MAN DEN FRANZOSEN ÜBER DEN D-DAY NICHT ERZÄHLT (weder auf der Mittelschule noch auf dem Gymnasium, weder in *Der längste Tag* noch in *Der Soldat James Ryan*):

- Eine große Mehrheit der Soldaten stand unter Drogen oder war betrunken (wie schon 1914).
- Viele pinkelten sich in die Hose vor Angst oder schissen in den Kampfanzug, daher stank es bestialisch.
- In den befreiten Dörfern kam es zu zahlreichen Vergewaltigungen, da die amerikanische Armee (wie auch die deutsche) ihren Soldaten in Aussicht gestellt hatte, Frankreich sei das Bordell Europas. Die Feldlazarette waren voller Soldaten mit Geschlechtskrankheiten; zwischen Juni 1944 und Juni 1945 wurden neunundzwanzig amerikanische Soldaten wegen Vergewaltigung im Schnellverfahren abgeurteilt und hingerichtet (darunter fünfundzwanzig schwarze GIs, Opfer rassistischer Vorurteile auf französischer wie amerikanischer Seite – siehe unten).
- Ehefrauen deutscher Soldaten schossen auf amerikanische Soldaten.

- Infolgedessen wurden französische Zivilistinnen, die man für die Heckenschützen hielt, verhaftet und manchmal von amerikanischen Soldaten exekutiert.
- Zahlreiche junge Französinnen prostituierten sich für ein Stück Brot oder Seife, eine Schachtel Lucky Strike, eine Tafel Hershey-Schokolade oder sogar für Kaugummi.
- Hunderte deutscher Soldaten wurden erschossen, als sie mit erhobenen Händen ihre Bunker verließen; andere erhielten als Gegenleistung für ihre Kapitulation Schokolade oder Zigaretten.
- Manche Soldaten plünderten Gefallene aus, zum Beispiel, indem sie ihnen mit dem Bajonett Goldzähne herausbrachen; manchmal lebte der Kraut noch, wenn ihm das Zahnfleisch aufgeschlitzt wurde.
- Die Deutschen ihrerseits machten keine Gefangenen (verwundeten Fallschirmjägern beispielsweise wurde mit einem Messer die Kehle durchgeschnitten); einige Fanatiker schwenkten die weiße Fahne, taten, als wollten sie sich ergeben, und schossen dann überraschend um sich und riefen dabei »Heil Hitler«, bevor sie selbst in Stücke gerissen wurden; viele begingen, wie die Japaner, in ihren Bunkern Selbstmord.
- In den Wochen nach der Landung bestand die nachrückende deutsche Verstärkung aus angstschlotternden Jugendlichen im Alter von dreizehn bis siebzehn Jahren, die gelegentlich von Franzosen totgeschlagen wurden.
- In der Wehrmacht kam es selten zu Fahnenflucht, weil Deserteure mit dem Tod bestraft wurden; viel häufiger desertierten US-Soldaten, von denen nur ein einzi-

ger Soldat wegen Fahnenflucht hingerichtet wurde (Eddie Slovik, der sich weigerte, im Hürtgenwald zu kämpfen).

- Die amerikanische Armee bestand zu einem großen Teil aus schwarzen Soldaten (ungefähr fünfzigtausend); sie wurden »the segregated« genannt und durften nicht an der Siegesparade auf den Champs-Élysées teilnehmen, damit das Bild der US-Armee weiß blieb. In diesem Krieg, der den Rassismus bekämpfte, benahmen sich die amerikanischen Offiziere wie Angehörige des Ku-Klux-Klans; »Negroes« wurden aller möglichen Straftaten beschuldigt und von den Kriegsgerichten härter bestraft als Weiße (sechsundneunzig Exekutionen wegen Mord oder Vergewaltigung). Die zweite französische Panzerdivision unter General Leclerc wurde auf Verlangen der Amerikaner ebenfalls »weiß gewaschen«, da Letztere nicht wollten, dass auch nur ein einziger Schwarzer zu den Befreiern von Paris gehörte (de Gaulle gab nach: Kein einziger der afrikanischen Soldaten, die an den Kämpfen teilgenommen hatten, erhielt die Erlaubnis, am 25. August 1944 in die Hauptstadt einzuziehen).
- In Frankreich gab es zweihundert Konzentrationslager: Warum spricht man immer nur von Drancy und vergisst Saint-Denis, Compiègne, Moulins, Romainville, Fresnes, Vichy …? (Auf französischem Territorium wurden Zehntausende ausgemergelter Häftlinge von den Alliierten befreit.) Sechshunderttausend Personen wurden in »Internierungslagern« festgehalten – Juden, Angehörige der Résistance, »Zigeuner«, spanische Flüchtlinge, »feindliche Zivilisten«, Kom-

munisten … Außer Struthof (dem einzigen NS-Lager) wurden alle Lager von den Franzosen »verwaltet«. Zehntausende Franzosen waren Lageraufseher in Kasernen, Schlössern, Sanatorien oder in von Häftlingen errichteten Baracken. Die Haftbedingungen waren sehr schlecht – kalt im Winter, heiß im Sommer, kollektive Latrinen im Freien, Ratten, Läuse, Schaben, Flöhe, Epidemien aller Art, schlechte Behandlung, und niemand wurde satt. Die Häftlinge prügelten sich um Kartoffelschalen oder Kohlstrünke; manchmal bestand die Nahrung für die Kinder aus einem Kübel mit Hühnerknochen.

- Nachdem Roosevelt Ende 1942 durch Jan Karski (und durch Fotos aus dem Warschauer Getto, die in *Life* publiziert wurden) über die Judenvernichtung informiert worden war, hatte der Präsident ernsthaft eine Landung in der Normandie für das Frühjahr 1943 in Erwägung gezogen; dadurch, dass er sie um ein Jahr und drei Monate verschob, verhinderte er nicht, dass die NS-Vernichtungsmaschinerie bis April 1945 ungebremst weiterlief. Laut Raul Hilberg wurden in diesem Zeitraum (Frühjahr 1943 bis Frühjahr 1945) ungefähr 1,3 Millionen Juden umgebracht.
- Ab Herbst 1943 zerstörten die amerikanischen B-17- und B-24-Bomber Rüstungsfabriken, Brücken, Bahngleise und Häfen und legten mit ihren unpräzisen Abwürfen die Normandie in Schutt und Asche. Die Liste der zerstörten Städte und Dörfer ist zu lang, um sie hier abzudrucken. Die Anzahl der getöteten französischen Zivilisten schwankt je nach Historiker zwischen zwanzig- und fünfzigtausend, das heißt, es gab

zwei- bis dreimal so viele Opfer wie bei den Angriffen auf London (die acht Monate dauerten). Fünfundsechzig Prozent der Zerstörungen, die Frankreich im Zweiten Weltkrieg erlitt, ereigneten sich während der Befreiung des Landes (Juni bis August 1944), nur zwanzig Prozent dagegen während der Schlacht um Frankreich (Mai bis Juni 1940). An den ersten beiden Tagen nach der Landung wurden dreitausend französische Zivilisten getötet, ebenso viele wie US-Soldaten. Ein Beispiel: Caen wurde vom 6. Juni bis zum 19. Juli 1944 bombardiert; die Stadt wurde zu fünfundsiebzig Prozent zerstört, es gab zwischen dreitausend und fünfzehntausend Tote. Max Hastings bestätigt in seinem Buch *Overlord*, dass die Bombardierung von Caen »einer der sinnlosesten Luftangriffe des Krieges« war. In Frankreich ist dieses Thema tabu, weil die Kollateralschäden eines der Hauptargumente der NS-Propaganda und des Vichy-Regimes gegen die »amerikanische Invasion« war.

Betritt ein Soldat der Befreiungsarmee mit der Waffe in der Hand ein Haus, verfügt er, selbst wenn er in friedlicher Absicht kommt und mit einem Lächeln begrüßt, gefeiert und umarmt wird, über absolute Macht, und es besteht das große Risiko, dass er sie missbraucht. Wenn die US-Armee in eine französische Stadt vordringt, die seit vier Jahren von den Deutschen besetzt ist, kann niemand sie aufhalten, es gibt keine Gesetze mehr. Selbst wenn die Soldaten Freiheit und Demokratie bringen, ist dies die »Invasion« – so nannten es die amerikanischen Generäle – eines Landes, das sie mit Recht als von der

NS-Ideologie vergiftet betrachten, eines Landes, das den Krieg verloren hat, einer Brutstätte der Armut, der Schwarzmärkte, der Prostitution und Kollaboration … Diebstahl, Schlägereien, Unfälle, Vergewaltigungen und selbst Morde bleiben zum großen Teil ungeahndet. Die unendliche, unverbrüchliche und ewige Dankbarkeit, die mein Land den alliierten Truppen für ihr Opfer schuldet, verbietet es siebzig Jahre später nicht mehr, die Exzesse des D-Day beim Namen zu nennen: Man nehme zwei Millionen Männer und werfe sie in ein gedemütigtes, besudeltes, verarmtes und beschämtes Land. Undenkbar, dass ein solcher Vorgang keine Entgleisungen mit sich bringt.

Niemand wird den Krieg je verstehen, der nicht gelernt hat, mit einem Gewehr zu schießen. Jeder Mensch, dem man eine Waffe in die Hand drückt, verwandelt sich. Ich selbst habe mich an dem Tag am stärksten gefühlt, an dem ich mit meinem Sturmgewehr beim 120. Régiment du train die Zielscheibe aus fünfzig Meter Entfernung am häufigsten getroffen hatte. Ich erinnere mich noch genau an die Wucht der Schüsse, flach auf dem Bauch liegend, ohne zu atmen, den Kolben gegen die Schulter gedrückt, die Brille dicht am Visier. Ich hatte mich in einen blutrünstigen, eiskalten Sniper verwandelt. Stellen Sie sich nun nicht einen Typen wie mich vor, der sich für einen Killer hält, sondern tausend, zehntausend, zwei Millionen Supermen, denen der Finger am Abzug juckt. Dann bekommen Sie eine Ahnung von den Freuden des Krieges.

Auch eine Uniform verwandelt Menschen. Beim Dreh von *Der Große Diktator* benahm sich Chaplin in seiner

Militärverkleidung tyrannisch, reizbar, gewalttätig. Sobald er sich äußerlich wieder in Charlie verwandelte, wurde er wieder feinfühlig, anmutig, aufmerksam. Erklären Sie den Übermenschen, dass sie gekommen sind, um die Menschenrechte und das protestantische Ethos zu verteidigen. Das einzige Wort in ihrem Kopf heißt freedom. *Freedom to eat, drink, fuck, rape, steal, have fun, dance, kill and kill again until you explode.*

Die amerikanischen Soldaten scherten sich einen Dreck um die Franzosen.

»Ganz schön dreist, diese Frenchies. Wo sind sie, wenn es gilt, für ihr Land zu sterben? Glaubst du, die Franzosen würden ihr Leben für Arkansas aufs Spiel setzen? Kannst du dir vorstellen, dass sie in Miami landen, um Florida zu retten?«

Jerry verteidigte Frankreich.

»Die Franzosen sind die Gandhis von Europa. Sie haben die Niederlage akzeptiert und damit die Bevölkerung gerettet. Wenn keiner in den Krieg zieht, gibt es keinen Toten, man. Denk mal darüber nach. Wenn keiner schießt, ist das Problem gelöst.«

Oona liegt im einteiligen Badeanzug auf einem Liegestuhl, ihre Füße baumeln im Pool, ihre Fingernägel sind manikürt, auf ihrem schwarzen Haar sitzt ein farblich abgestimmter breitkrempiger Hut. Jerry bekümmern die Schreie der verwundeten Tiere: das Gewieher der zerfetzten Pferde, das Brüllen der aufgeschlitzten Kühe … Er ist erleichtert, wenn er den Schuss eines mitleidigen Kameraden hört, der sie zum Schweigen bringt. Oona tanzt im grauen Salon mit ihrer Mutter Walzer, Agnes'

Roman *The Road is Before Us* (der zunächst *Tourist Strip* heißen sollte) hatte in der *New York Times* und im *New Yorker* gute Kritiken erhalten. Jerry robbt durchs Gestrüpp, mit dem schweren Sturmgepäck auf dem Rücken … Oona und Charlie betreten Musso & Frank, der Oberkellner führt sie zu ihrer Nische, sie begrüßen mit einem Kopfnicken die Stars an den Nebentischen. Jerry schläft im Gehen, die Hand auf der Schulter des vor ihm dahinstolpernden GI. Charlie Chaplin zeigt Oona auf seinem Tennisplatz, wie man den Ball hoch genug wirft, damit der Aufschlag gelingt. Jerry beobachtet die Fallschirmjäger, die wie grüne Lampenschirme vom Himmel trudeln (manche sind tot, bevor sie den Boden erreicht haben). Oona hört im Radio Nachrichten und isst dabei Muffins. Mit Blasen an den Füßen, durchnässt, erschöpft und erkältet schleppt sich Jerry weiter. Eines Abends singt im New Yorker Kabarett La Vie Parisienne das Orchester auf Bitten von Marlene Dietrich zu Ehren der französischen Résistance die Marseillaise; Oona und Charlie nehmen Haltung an.

IX

Hotel Ritz, 26. August 1944

»Mach dich nicht über dich selber lustig, weil du einen Menschen liebst. Die meisten haben eben nicht das Glück, es zu erleben. Du hast es nie erlebt, und jetzt erlebst du es. Was du mit Maria erlebst, ob es grade nur den heutigen Tag und einen Teil des morgigen Tages dauert oder ob es ein ganzes Leben lang währt, ist das Wichtigste, das einem Menschen passieren kann. Immer wird es Leute geben, die behaupten, so was existiere gar nicht, nur weil es ihnen versagt ist. Aber ich sage dir, es existiert, und du hast es erlebt, und du sollst dich glücklich schätzen, auch wenn du morgen sterben musst.«

Ernest Hemingway,
Wem die Stunde schlägt, 1940

Jerry ist mittlerweile fünfundzwanzig, er ist Sergeant. Von den dreitausendachtzig Männern des zwölften Infanterieregiment, die mit ihm in der Normandie gelandet waren, sind zwei Drittel bereits tot. Eine anschauliche Zahl: Von einhundertfünfundfünfzig Offizieren fielen einhundertachtzehn zwischen dem 6. und 30. Juni 1944. Jerrys Regiment ist das erste, das am 25. August durch die Porte d'Italie in Paris einzieht. Es wird von einer jubelnden Menge stürmisch begrüßt und mit Blumen beworfen. In der Avenue Raymond-Poincaré schenkt ein junges Mädchen Jerry eine Flasche Rotwein, die sie vier Jahre lang versteckt hat. Ein Stück weiter hält eine Frau ihm ihr Baby hin, damit er es küsst ... und dann schiebt sie auch noch ihre Urgroßmutter auf ihn zu! Er wird mit Küssen und Tränen bedeckt.

Salinger hatte keine Ahnung gehabt, wie sich der Krieg auf ihn auswirken würde. Als Offizier der Spionageabwehr hat er die Aufgabe, Luftbilder zu untersuchen, Abschriften von Telefongesprächen durchzusehen, Funksprüche ins Deutsche zu übersetzen und Gefangene zu machen und zu verhören. In Kriegszeiten sind die Offiziere der Spionageabwehr keine James-Bond-Typen, sondern findige Köpfe, die alle Daten bündeln müssen, um so schnell wie möglich die Truppe auf das vorzubereiten, was ihnen am nächsten Tag bevorsteht. Wo sind die MG-Stellungen, wo die Schwachpunkte, wie sehen die Pläne des Feindes aus und so weiter. Dass Jerry Französisch und Deutsch spricht, macht ihn unentbehrlich. Beim Vormarsch in Paris stöbert sein Trupp einen Nazi-Kollaborateur auf, aber die Menge bemächtigt sich seiner und schlägt ihn vor Jerrys Augen tot. Dem Franzosen wird der Kopf gespalten »wie einem Blumentopf«. In einem seiner Texte beschreibt Hemingway eine ähnliche Szene. Jerry ist von Hemingway fasziniert. Im Grunde hat er sich für diesen Höllenjob gemeldet, weil er Hemingway werden will.

Salinger hat läuten hören, dass der berühmteste amerikanische Kriegsberichterstatter im Hotel Ritz abgestiegen ist. Der junge Autor von Kurzgeschichten ist fest entschlossen, seinen Meister kennenzulernen. Da es noch keine Handys gibt, versucht er es mit Chuzpe. Er leiht sich einen Jeep, braust zur Place Vendôme und fragt an der Rezeption des Ritz nach Monsieur Ernest Hemingway. Der gestresste Empfangschef erklärt, Mister Hemingway sei in der Bar.

Der schnurrbärtige Mann ist von einem Hofstaat Soldaten umgeben und schwingt mit einem Glas Bordeaux in der Hand große Reden. Er habe das Hotel eigenhändig befreit!*

Als Jerry Salinger sich mit einem hingenuschelten »My name is Salinger, Jerome Salinger« vorstellt, spricht Hemingway ihm zu seiner großen Verblüffung wie einem alten Kollegen seine Anerkennung aus und lädt ihn an seinen Tisch in jener Bar ein, die später einmal seinen Namen tragen wird. Hemdsärmelig und in einer verdreckten Uniformhose sitzt der fünfundvierzigjährige Hemingway vor ihm, mit grau meliertem Bürstenschnitt und Bauchansatz; er ist in Begleitung eines Widerstandskämpfers mit Decknamen Marceau und eines jungen Amerikaners. Einmal im Monat schickt er einen Artikel an *Collier's*, das Magazin, das in seiner Juliausgabe 1941 Salingers Kurzgeschichte *The Hang of It* veröffentlicht hat. Hemingway erkennt Salinger nach einem Foto im *Esquire* und erinnert sich an die Kurzgeschichte *The Heart of a Broken Story*. »Haben Sie neue Texte, die Sie mir zeigen könnten?« Salinger zieht ein jüngeres Exemplar der *Saturday Evening Post* hervor, in dem seine Kurzgeschichte *Last Day of the Last Furlough* abgedruckt ist. Hemingway liest sie und gratuliert ihm. Die beiden Schriftsteller bestellen etwas zu trinken und unterhalten sich zwei Stunden lang.

»Wissen Sie wenigstens, was Sie hier suchen?«

»Nein, aber ich weiß, was ich verloren habe.«

Zunächst behalten sie ihre Masken auf: der große Autor und Maulheld, der junge, unterwürfige Soldat … Diese Art von Katzbuckelei ist typisch für die Literaturszene.

---

* Die Wirklichkeit sah anders aus. Als Ernest Hemingway im Foyer des Ritz eintraf, waren die Deutschen schon abgezogen. Er wurde vom Direktor begrüßt, der ihm »Wir haben den Cheval Blanc gerettet« entgegenrief. Hemingway antwortete: »Na, dann her damit!« und begann, systematisch eine Flasche nach der anderen zu leeren. (Anmerkung des Verfassers)

Die Kurzgeschichte *Last Day of the Last Furlough* wurde im Juli 1944 in der *Saturday Evening Post* veröffentlicht. Sie entstand in England vor dem D-Day und handelt von Sergeant John F. Gladwaller Junior, der wieder in den Krieg ziehen muss, obwohl er viel lieber *Anna Karenina* und *Der Große Gatsby* lesen würde. Er erhält Besuch von einem Soldaten mit großen Ohren, der Vincent Caulfield heißt, neunundzwanzig Jahre alt ist und dessen kleiner Bruder Holden vermisst gemeldet wurde. Es ist Winter in der Nähe von New York, es schneit, John fährt mit seiner kleinen Schwester Matilda Schlitten und denkt: »Ich war noch nie im Leben so glücklich. Erschießt mich ruhig, ihr hinterhältigen japanischen Scharfschützen, die ich in den Wochenschauen gesehen habe, mir doch egal.« Vincent Caulfield bittet die zehnjährige Matilda um ihre Hand. »Ich kann keine Zivilisten mehr sehen. Die wissen nicht, was wir wissen …« Mit jedem publizierten Text verdüstert sich Jerrys Stil, findet zunehmend seine Originalität und Absurdität.

Mit der Zeit zeigen die Getränke Wirkung. Jerry, der insgeheim Fitzgerald bevorzugte, ist angenehm überrascht, wie sehr der private Hemingway sich von dem öffentlichen unterscheidet. Hemingway hat auch seine Widersprüche. Jerry berichtet über diese Begegnung in einem Brief vom 4. September 1944 an seinen Mentor Whit Burnett, den Herausgeber von *Story*: »Ich fand ihn weicher als seine Prosa; er ist im Gespräch weniger hart als in seinen Texten«, und er geht sogar so weit, ihn als »bescheiden und großzügig« zu beschreiben. Im Gegensatz zu Fitzgerald wurde er vom Alkohol nicht aggressiv, und zudem interessierte er sich aufrichtig für den jungen angehenden Autor.

»Ich hatte gehofft, dass der Krieg mich zu einem Buch inspirieren würde«, sagt Jerry. »Aber jetzt will ich nicht mehr darüber sprechen.«

»In Ihrem Alter habe ich das auch gesagt«, antwortet Ernest. »Aber wer den Krieg erlebt hat, spricht unablässig von ihm, selbst wenn er nicht darüber redet. All Ihre in Zeitschriften erschienenen Erzählungen sind schon davon durchdrungen.«

»Alle Veteranen des Ersten Weltkriegs haben ihren Kindern unablässig vom Krieg erzählt, weil sie ihnen erklären wollten, dass er schrecklich war, aber Männer aus ihnen gemacht hat, Helden, die aus der Hölle kamen, und dieser ganze Schmus. Ergebnis: Die Kinder wollten es ihnen nachtun. Ich schwöre daher, dass ich nie jemandem davon erzählen werde. Alle, die diesen neuen Krieg führen, sollten die Klappe halten. Der Krieg wird … unser Eisberg sein, nicht wahr?«

Hemingway lächelt. Er plaudert gern mit einem Kollegen, das entspannt ihn. Er hat seine literarische Arbeit gelegentlich mit einem Eisberg verglichen, der aus dem Wasser ragt; es gefällt ihm sehr, dass dieser Grünschnabel sich daran erinnert. Man kann sich nicht vorstellen, wie selten ein Schriftsteller zutreffende Bemerkungen über sein Werk erlebt, selbst in Interviews, Rezensionen und Unterhaltungen mit Kollegen. Dass ein junger Debütant eine aufmerksame Bemerkung über die eigene Arbeitsweise macht, ist eine Anomalie, die im Leben eines Künstlers vier- oder fünfmal eintrifft, nicht öfter.

»Der Krieg ist der Teil unter Wasser«, fährt Jerry fort,

»und was auf dem Papier steht, ist nur ein Achtel dessen, was man gesehen hat, ist es nicht so?«

»Schreiben heißt, nicht alles erzählen«, sagt Ernest, »es gilt, sich für das packende Detail zu entscheiden.«

»Ich versuche es, aber ich streiche nicht genug.«

»Man streicht nie genug«, sagt Hemingway mit einem Blick auf seine Zigarre. »Haben Sie die Bibel gelesen? Die alte Fassung, die King-James-Bibel. Lesen Sie die Chronikbücher, sie sind meisterhafte Erzählungen. Daraus habe ich alles, sie sind so unglaublich prägnant ...«

»Sie beschreiben«, sagt Jerry, nachdem er »King-James-Bibel, Bücher der Chronik« in seinem Heft notiert hat, »dieses Bild von dem Schädel, der wie ein Blumentopf zersprungen ist. Ich habe einige kaputte Schädel gesehen, aber für mein Empfinden ähneln sie eher aufgeplatzten oder geschälten Melonen, bläulich roten Tintenfischen, Blumenkohlköpfen mit Blasen ... ein Haarbüschel, umgedreht wie eine Rasensode, auf die man Himbeermarmelade und Eiweiß gegossen hat. Es ist bizarr, wenn der Kerl, der diese ganze Soße auf dem Kopf hat, noch lebt und dich zitternd und mit weit aufgerissenen Augen um Hilfe anfleht ... Oh fuck it, tut mir leid.«

Jerry leerte sein Glas in einem Zug, um den aufsteigenden Brechreiz zu unterdrücken. Hemingway biss in ein Stück Käse. Seine Hände zitterten wie die von Eugene O'Neill, der allerdings nie im Krieg war (er wurde 1917 aus gesundheitlichen Gründen ausgemustert). Jerry holte aus seinem Gepäck einen weißen Aschenbecher, den er Hemingway überreichte. Als dieser ihn erkannte, lachte er schallend und drückte seine Zigarre auf dem hochmütigen Storch in der Mitte aus.

»Ach ja, das Stork – das Beste dort sind die Krabben. An die habe ich oft in Spanien gedacht, wenn wir zum Abendessen nur eine Wassersuppe und eine Orange hatten. Im Winter werden wir wieder dort sein, wenigstens hoffe ich das für uns. Der Winter in Deutschland ist einfach zu hart. Wir müssen sie unbedingt vorher wegfegen. Wo waren wir gerade?«

»Bei dem Schädel, der aussieht wie ein zersprungener Blumentopf.«

»Ach ja, die Sache mit dem Blumentopf. Das war eine Leiche, die schon ein paar Tage alt war, in Spanien. Den Schädel muss jemand nach dem Tod mit Kolbenschlägen zertrümmert haben. Und der Typ hatte eine Glatze. Ganz unbehaart, der Knochen war wie ein Ei aufgeplatzt, er war ocker- oder eher terrakottafarben, vielleicht wegen der Verwesung oder wegen des Schlamms. Es sah aus, als läge ein zersprungener Blumentopf auf der Straße, wissen Sie, so wie wenn man auf dem Bürgersteig entlanggeht und sich denkt: ›Wow, ein paar Minuten früher, und ich hätte ihn auf den Kopf bekommen.‹«

»Hahaha! ›Ein paar Minuten früher …‹ Das sage ich mir seit dem D-Day unentwegt. Den ganzen Tag entgehen wir nur knapp irgendwas. Der Eisberg ist unser Überleben, und der Teil unter Wasser sind unsere Toten, all diese Leichen, die im Wasser liegen.«

»Sie erinnern mich an Gertrude Stein. Eines Abends war ich bei ihr, und sie sagte mir: ›Es zählt nicht, was Frankreich dir gegeben hat, sondern das, was es dir nicht genommen hat.‹ Es hat lange gedauert, bis ich kapiert hatte, was sie da sagen wollte, die liebe Lesbe.«

Wie Tausende anderer Amerikaner, die 1944 in Frankreich gelandet waren, taten die beiden so, als wären sie durchgekommen. Das Einzige, was ihnen dabei half: Alkohol und Galgenhumor. Nicht anders als sich in den Abteilungen für Verbrennungen dritten Grades die Notärzte dazu zwingen, Witze zu reißen, um sich nicht selbst am Boden zu wälzen und gellende Schreie auszustoßen wie ihre Patienten.

Um die beiden herum wimmelte es im Hotel von Menschen, die Demokratie kam wieder zu ihrem Recht, das reinste Tohuwabohu. Die Angst hatte das Lager gewechselt, die Deutschen flohen über die Dächer, und die Kollaborateure verkrochen sich in der Kanalisation. Es war seltsam, auf der Straße »Fuck Hitler« brüllen zu können, ohne Streichhölzer unter den Fingernägeln zu riskieren.

»Aber der Blumentopf ist auch ein Mittel, den Vergleich mit etwas Lebendigem zu vermeiden. Verstehst du, Jerry, wenn du die Toten mit einem Tier oder einer Frucht vergleichst oder mit blutigem Fleisch, ist das zwar zutreffend, aber der Überraschungseffekt ist geringer, als wenn man einen Gegenstand hat.«

»Sie malen ein Stillleben?«

»Aber mein Lieber, ich beschreibe einen Toten. Machen Sie bitte noch eine Flasche auf, Albert«, wandte sich Hemingway auf Französisch an den Kellner. »Je wahrhaftiger man sein will, desto mehr pfeift man auf den Realismus. Es gibt nicht nur die Wahrheit, es geht um die Wirkung auf den Leser. Die habe ich gesucht: einen Vergleich, der verstört. Aber die Himbeermarmelade ist auch nicht schlecht.«

»Es vermittelt den Eindruck von etwas Süßem. Die Überraschung ergibt sich aus dem Geschmack!«

Sie begannen gleichzeitig zu lachen.

»Ja. Sugar! Sweeter!!«

»With bubbles like Coca-Cola!«

Der Schweizer Hoteldirektor des Ritz brachte Zucker, die beiden Betrunkenen, die Vater und Sohn zu sein schienen, beunruhigten ihn; er kannte noch kein Coca-Cola. Einige Wochen früher hatte derselbe Mann noch den Befehlen gehorcht, die ihm Hauptmann Ernst Jünger auf Deutsch zugerufen hatte, als der mit Coco Chanel und Sacha Guitry speiste, und jetzt musste er in aller Eile Englisch lernen, um die amerikanischen Militärs zu bedienen. Das Leben an der Place Vendôme war in den 1940er-Jahren nicht gerade eine ruhige Angelegenheit.

»Vorgestern«, erzählte der Oberkellner, »waren die Boches noch hier und haben nach Kokain und Mädchen verlangt! Ich habe gesagt: ›Meine Herren, es ist Zeit aufzubrechen, die Amis sind im Anmarsch, die werden Sie mit dem Schwanz an die Stoßstange binden und durch die Rue de Rivoli schleifen.‹«

»Albert«, sagte Hemingway, »schaffen Sie uns den Inhalt Ihres Kellers her, oder dieser Junge bringt Sie ins Kittchen wegen Verschwörung mit dem Feind.«

»Man sagt eigentlich ›Fraternisierung mit den Besatzern‹«, korrigierte Jerry.

Als Albert schwitzend davongeeilt war, fuhr Jerry fort: »Meinen letzten gespaltenen Schädel habe ich heute früh gesehen. Ein Kollaborateur, der vor meinen Augen von einer Menschenmenge gelyncht wurde, Franzosen, die sich in wilde Tiere verwandelt hatten. Weiß der Himmel, was der Junge ihnen getan hatte. Sie haben ihm den Kopf mit Hammerschlägen aufgehauen wie … wie einer

Kokosnuss. Das Merkwürdigste war, dass der Kerl sich nicht verteidigt hat, er hat nicht geschrien, er sei unschuldig, oder um Gnade gebettelt, wie die das sonst tun. Als fände er es normal, dass man ihn tötet.«

»Er muss seit vier Jahren auf seine Strafe gewartet haben«, sagte Hemingway. »Ich habe einmal einen Jungen gesehen, dem sie gewaltsam eine Luftpumpe in den Anus gesteckt haben. Sie haben ihn vollgepumpt wie eine Boje. Ich habe noch nie einen Kerl so brüllen hören, er hat um den Tod gebettelt.«

»Und Sie konnten nicht eingreifen?«

»Es war zu spät. Und außerdem, was hätte ich tun sollen? Auf die Menge schießen? Auf Menschen, die seit Jahren terrorisiert werden und so sehr nach Rache dürsten, dass sie imstande sind, einen Mann in einen Luftballon zu verwandeln?«

Jerry starrte aus dem Fenster, als befürchtete er, auf der Rue Cambon könne es jeden Moment zu einem weiteren Fall von Lynchjustiz kommen.

»Erzählen Sie mir von Fitzgerald«, sagte Salinger. »Sein Tod hat mich sehr berührt.«

»Der arme Francis. Sein Erfolg hat ihn umgebracht. Er war nicht robust, er war nicht im Krieg wie wir. Schreiben Sie, was Sie wollen, aber passen Sie auf sich auf, mein Junge. Seien Sie gewappnet, denn es wird hoch hergehen, wenn Sie Ihren ersten Roman veröffentlichen, ob er nun gut läuft oder nicht. Der arme Fitzgerald hatte sofort Erfolg. Das ist die schlimmste aller Drogen. Man will immer mehr, man hat nie genug davon. Und wenn der Erfolg ausbleibt ... Nicht Zelda hat Scott fertiggemacht, sondern der Misserfolg von *Gatsby*.«

»Er war ein feiner Kerl, oder?«

»Reizend. Er hat die Franzosen gelesen, wissen Sie. Lesen Sie die Franzosen? Balzac, Flaubert, Musset? Das ist der Gipfel der Raffinesse. Wissen Sie, was mich traurig macht? Sie werden sehen, nach dem Krieg ist es damit zu Ende. Niemand wird mehr die Franzosen lesen. Das wird Amerika erreicht haben. Uns wird man lesen, auf der ganzen Welt, und wir werden nur noch uns selber lesen. Mit dem Ersten Weltkrieg hat es angefangen. Vor 1915 wurden nur ausländische Autoren am Broadway gespielt. Danach hat man sich auf unsere Theaterstücke beschränkt, immer nur Dreiser und O'Neill. Das ist es, was die Kriege ausmerzen werden: unsere Neugier.«

Am 3. September 1945 erwähnt Hemingway in einem Brief an den Literaturkritiker Malcolm Cowley »einen kleinen Jungen namens Jerry Salinger aus der vierten Division, der den Krieg verachtet und nur ans Schreiben denkt«. Er zeigt sich beeindruckt, dass Salingers Familie dem jungen Mann weiterhin den *New Yorker* schickt.

Die beiden Männer schreiben sich den ganzen Krieg hindurch weiter Briefe. Hemingway: »Zunächst einmal haben Sie ein außergewöhnlich gutes Ohr und schreiben zartfühlend und ohne Schmalz über die Liebe. Welche Freude, Ihre Geschichten zu lesen, was für ein verdammt guter Schriftsteller Sie doch sind!«

»Bevor ich in den Krieg gezogen bin«, sagt Jerry, »war ich mit Oona O'Neill zusammen.«

»Der Tochter des Dramatikers?«

»Ja. Mit ebender.«

Jerry kann ein stolzes Erröten nicht unterdrücken.

»Ein hübsches Ding. Ich habe ein Foto von ihr gesehen. Sie ist ein bisschen viel auf Partys, nicht?«

»Das wirft ihr Vater ihr vor und ich auch.«

»Hmm … Ich habe zum Glück drei Söhne, aber ich frage mich, was eine Tochter aus mir gemacht hätte. Es kann einen in den Wahnsinn treiben. Ich hätte sicher nicht gewollt, dass meine Tochter in Nachtclubs vor Fotografen mit den Hüften wackelt …«

»Sie hat noch etwas Schlimmeres getan: Als ich 1942 zur Armee einberufen wurde, hat sie mich abserviert, um Charlie Chaplin zu heiraten!«

»Charlie Chaplin? Aber natürlich, ich habe es doch überall gelesen, bin ich dumm! He's a bolchevik, isn't he? So lange er den Mund nicht aufgemacht hat, haben ihn die Leute geliebt. Kaum hat er sich in die Politik eingemischt, sind alle über ihn hergefallen.«

»Das sollte uns eine Lehre sein. Ein Künstler tut gut daran, den Mund zu halten.«

»Damn right, Jerry. Nehmen Sie sich in Acht. Oona hat die Sicherheit gewählt. Das sollten Sie auch tun. Verzichten Sie auf stürmische Liebesgeschichten, besonders wenn Sie Bücher schreiben wollen. Das hätte ich in Ihrem Alter auch tun sollen.«

»Kennen Sie Alphonse de Lamartine?«

»Nein.«

Salinger erzählt ihm von *Graziella*.

»Das ist ein kleiner Liebesroman, den ich in einem normannischen Bauernhaus gefunden habe. Mit achtzehn Jahren hat sich Lamartine in Italien in ein dunkelhaariges, sechzehnjähriges Fischermädchen verliebt, deren ›ovale und große Augen jene unbestimmte Färbung zwischen dem tiefen Schwarz und dem Blau des Meeres‹ hatten. Leider zwangen die Eltern den jungen Mann, Neapel zu verlassen, weil sie ihn von einer potenziellen Mesalliance abhalten wollten.«

»Ich nehme an, er hat sie wiedergesehen?«

»Nein, es ist nur eine Erinnerung, die er niemals vergessen konnte. Zwölf Jahre später kehrte er nach Neapel zurück. Er suchte Graziella überall. Schließlich fand er ihr Grab. Sie war wenige Tage nach seiner Abreise vor Kummer gestorben. Lamartine hat das Buch im Alter von sechzig Jahren geschrieben …«

Ein Engel schwebt durch den Raum, dessen neapolitanischen Vornamen man sich denken kann.

»Jeder Schriftsteller muss irgendwann an einem gebrochenen Herzen leiden«, nimmt Hemingway den Faden wieder auf, »und je früher, desto besser, sonst ist er ein Scharlatan. Es muss eine erste, absolut verkorkste Liebe geben, die dem Schriftsteller die Augen öffnet. Danach braucht er eine wohlmeinende Ehefrau, die ihn daran hindert, sich umzubringen.«

»Lamartine hat Graziella nicht geliebt, sonst hätte er sie nicht verlassen …«

»Oder vielleicht glaubte er, er müsse sich von ihr befreien?«

»Und als er seinen Irrtum erkannte, war es zu spät?«

»Grämen Sie sich nicht, Jerry. Es ist nur ein Roman, ein alter, vergessener französischer Roman.«

Ernest brach in sein dröhnendes Gelächter aus und schenkte nach. Die wiedergefundene Freiheit verwandelte das Ritz in einen Vergnügungspark.

»Wissen Sie«, sagt Jerry, »seit zwei Monaten denke ich

viel über Ihre Bücher nach. Sie haben alles über den Krieg gesagt. Ich liebe *In einem andern Land*, weil Ihnen damit ein Liebesroman gelungen ist, der auch ein Kriegsroman ist. Beides zu vermischen ist stark.«

»Homer hatte als Erster die Idee.«

»Dennoch, wenn ich das so sagen darf, gibt es etwas, worüber Sie nicht zu schreiben gewagt haben.«

»Und zwar?«

»Die Schönheit des Krieges. Die Bomben, die orangerote und zartlila Wolken bilden, die Landschaft der Katastrophen, die verkohlten Trümmerfelder, diese ganze herrliche Verwüstung, die zerstörten Dörfer, die rotgelben Brände und die mächtigen Explosionen in der Ferne, wie ein grandioses Feuerwerk am Horizont, und diese Mondkrater … ich weiß wohl, dass man so etwas nicht sagt, aber der Krieg ist großartig. Nicht wahr?«

»Ich habe das Aufblitzen des Artilleriefeuers beschrieben, das Gewittern ähnelt, und purpurrote Rauchberge über Italien, aber du hast recht, es fällt mir schwer, den Krieg ästhetisch zu finden. Trotzdem muss er mir wohl gefallen. Ich war nicht gezwungen, noch mal in den Krieg zu ziehen … Weiß Gott, ich hasse den Krieg, und dennoch bin ich wieder da. Immer ist etwas los, man lebt intensiv, ein Soldat langweilt sich nie, während der Kämpfe leidet er, ihm ist kalt, er stirbt. Nie eine Atempause. Und in den Ruhephasen trinkt er, schläft er, erinnert sich und weint.«

»Ich weiß nicht, wie ich es anstellen soll, in die Normalität zurückzukehren.«

»Das ist auch am schwersten. Nicht das Grauen, das Kurtz empfindet, hindert einen am Leben, sondern der

Alltag ohne Bedrohung, ohne Risiko. Es ist der Schmerz des Überlebenden, und den kann niemand mit dir teilen. Kennst du die heilige Teresa von Ávila?«

»Nein.«

»Sie hat ihr Leben in einem spanischen Kloster verbracht, im 16. Jahrhundert, also zu der Zeit, als Amerika entdeckt wurde. Sie hat geschrieben: ›Die Welt steht in Flammen.‹ Du wirst dich ans Romanschreiben machen müssen, mein Junge. Zu ernsthaften Dingen übergehen.«

»Kurzgeschichten sind nicht ernsthaft?«

»Sie sind sehr ernsthaft, sogar schwieriger – und deine sind sehr gut –, aber es ist wie beim Boxen: Die Leute interessieren sich nur für die Schwergewichtsklasse.«

»Die Welt steht in Flammen.« Jerry wird sich diesen Satz bei seiner Entdeckung Europas immer wieder vorsagen, während ihm der Rauch in den Augen brennt. Als er aus dem Ritz trat, betrachtete er lange den Aschenbecher aus dem Stork, in dem noch die Asche von Hemingways Zigarre klebte, und er verabscheute den schmutzigen, grauen Storch, der sich nach allem, was er mitgemacht hatte, noch immer aufplusterte. Und das war erst der Anfang.

Die Straßen von Beverly Hills sind von unerträglicher Sauberkeit. Die Autos gleiten über die Fahrbahn, nie quietschen die Reifen. Die Bäume verströmen ihren Duft, die Hunde bellen nicht, alle Bewohner der von Akazien gesäumten Straßen scheinen zu lächeln, weil ihnen nichts anderes übrig bleibt: Lächeln ist ihre Art, Dankbarkeit dafür auszudrücken, dass sie hier sind, während ihre Mitbürger in Guadalcanal von Kugeln durchsiebt oder in den Sümpfen des Cotentin von Flammenwerfern verbrannt werden. Einige Zeitschriften kündigen eine unmittelbar bevorstehende Invasion Kaliforniens an, aber daran glaubt man ebenso wenig wie an das berüchtigte »Big One«, das Erdbeben, das Los Angeles in den Pazifik reißen soll. Der Krieg ist fern, die Wochenschauen in den Kinos zeigen gefallene US-Amerikaner, man spricht teilnahmsvoll bei Ciro's mit einem Gimlet in der Hand darüber (der Gimlet besteht je zur Hälfte aus Gin und Limonensaft und kann als Vorfahre des Caipirinha betrachtet werden).

Oona entdeckt an sich die Fähigkeit, eine andere Person als sich selbst zu lieben. Sie musste nur endlich jemanden kennenlernen, der sie wirklich braucht. Endlich fühlt sie sich nützlich. Sie weiß, dass sie Charlie Chaplin helfen kann, sich auf seine Arbeit zu konzentrieren. Sie wurde dazu erzogen, einen Haushalt zu führen, die Abläufe im Haus und die Organisation des gesellschaftlichen Lebens stellen sie vor keine Probleme. Sie kümmert sich um den Garten und um die Küche, ohne darin eine lästige Pflicht zu sehen, denn sie muss ja nur den Hausangestellten Anweisungen geben. Und außerdem bewundert sie Charlie, ihr kleines, altes Genie mit den blauen Augen und weißem Haar. Er ist verrückt nach ihr und kann es nicht fassen, dass eine so entzückende junge Frau keine Schlampe oder Hure ist, das ist eine so neue Erfahrung in seinem traurigen Leben als Hollywoodgründer. Vorher hat er sein Gefühlsleben der Arbeit geopfert. Die Männer, die nur an ihre Arbeit denken, heiraten dumme oder boshafte Frauen. Sie sind eine leichte Beute, sie haben keine Zeit, an ihr Glück zu denken.

Oona ist nicht berechnend.

Am Anfang, vor ihrer Hochzeit, mussten die beiden sich wegen Oonas Alter vor den Paparazzi verstecken. Sie konnten nicht ins Restaurant oder zu Filmpremieren gehen. Meistens kam sie zu ihm, und bei ihrer Mutter war sie nur noch zum Schlafen. Es war eine unbeschwerte Zeit, Chaplin war zuvorkommend, eingeschüchtert durch den Altersunterschied und wiederholte ständig, diese ganze Geschichte sei doch grotesk, er gebe eine lächerliche Figur ab und habe sie nicht verdient. Sie sagte genau dasselbe. Sie tranken Champagner, und wenn sie genug getrunken hatten, hörten sie auf, sich dafür zu entschuldigen, dass sie verliebt waren. Keiner der beiden hatte die Begegnung bewusst herbeigeführt. Niemand hatte Schuld daran, es war ein Zufall gewesen, und sie erzählten sich jeden Abend stundenlang bis ins kleinste Detail von ihrer ersten Unterhaltung, wobei sie die Plumpheit von Mrs Wallis übertrieben, die Belanglosigkeiten zu Anfang ihres Gesprächs, seine Scham, wenn er sich an seine Schmeicheleien wie die eines abscheulichen Kinderschänders erinnert, ihre Verlegenheit wegen ihrer naiven Fragen zu *Der große Diktator* … Sie ließen ihren ersten Abend am liebsten in Echtzeit Revue passieren, sodass das Erzählen ebenso lange dauerte wie die Realität, als wollten sie ihn immer und immer wieder bis in alle Ewigkeit aufleben lassen. Ihre Hochzeit feierten sie heimlich in Carpinteria (in der Nähe von Santa Barbara) an Oonas achtzehntem Geburtstag.

Was alles zusammenkommen musste, damit eine Frau wie Geraldine Chaplin geboren werden konnte … Der Reihe nach: eine Emigration von Irland nach Amerika, Charlies Reise über den Atlantik nach Hollywood, die Begegnung von Eugene und Agnes, die verrückten Jahre des Stummfilms, der Rückzug eines bedeutenden Dramatikers in sein inneres Gefängnis, die stumme Scheidungstragödie zu einer Zeit, in der es keine Scheidung gab, Charlies drei verkorkste Ehen, während er den populären Film erfand, der Börsenkrach von 1929, Oonas rastlose Einsamkeit in Manhattan, Pearl Harbor, Jerrys Aufbruch in den Krieg …

Fügungen und Zufälle waren nötig, es gab eine Chance von eins zu einer Milliarde, dass sie zusammen Geraldine Chaplin produzieren würden, geboren am 31. Juli 1944 in Santa Monica, damit diese dann zwanzig Jahre später in *Doktor Schiwago* mitspielen und ihre Tochter Oona Castilla Chaplin sich schwanger in *Game of Thrones* erstechen lassen konnte.

Am 6. November 1944, genau fünf Monate nach ihrer Landung am Utah Beach, dringt die vierte Division in den Hürtgenwald vor. Sie wird dort bis Februar 1945 bleiben. Verglichen mit dem, was nun folgte, war der Kampf um die Normandie ein Spaziergang. Der Hürtgenwald an der deutsch-belgischen Grenze, südöstlich von Aachen gelegen, hieß unter den Soldaten »die Fleischfabrik« (»the meat factory«). Ein neues, eisiges Verdun: Es war bitterkalt in dieser Hölle, die schlimmer war als der Dschungel in Vietnam. Jeder schlammige Meter war lebensgefährlich und qualvoll. Stacheldrähte, Minen, eingegrabene Maschinengewehrstellungen, Sprengfallen, sehr steile Hügel, eine dichte, undurchdringliche Vegetation, unaufhörlich Regen und Schnee, Phosphorbomben, die Tausende bei lebendigem Leib verbrennen ließen, ganz abgesehen vom »friendly fire« (mehrere hundert Tote, die aus Versehen oder durch menschliches Versagen starben). Ein vergessenes Gemetzel: Die Deutschen haben wie wild gekämpft, wie 1917. Sie hatten kaum eine andere Wahl, denn im Falle eines Rückzugs wurden die halbwüchsigen Soldaten (manche waren erst zwölf oder dreizehn) nicht nur exekutiert, sondern man machte ihnen weis, dass die Gestapo ihre gesamte Familie massakrieren würde.

Schüsse im Wald sind doppelt so grausam wie anderswo, denn wenn sie von den Bäumen abprallen, lösen sich Splitter und werden zu mörderischen Pfeilen, ganz abgesehen von umstürzenden Bäumen. Wer verwundet wurde, starb rasch vor Kälte, im Morgengrauen fand man blau gefrorene, froststarre Leichen. Acht Tage und Nächte schläft Jerry nicht; vor Kälte zitternd, steckt er in Schützenlöchern, in denen das Wasser steht, die Füße zu Eiszapfen gefroren. Er wird sein Leben lang keine Kälte mehr vertragen können. Den eisigen Wind vergisst er nie, es ist nicht möglich, einen vernünftigen Gedanken zu fassen. Der deutsche Granatwerfer begrub die GIs bei lebendigem Leib, die dennoch fast erleichtert waren, plötzlich unter der Erde zu kauern, in einem notdürftig ausgehobenen Graben, gewärmt von ihrem eigenen Blut. Duschen konnten sie nie, sie trugen seit Monaten dieselben Socken und Unterhosen, ihre Uniform war verschmiert und blutverkrustet und starrte derart vor Dreck, dass sie von allein stand. Wenn alles durchnässt oder steif gefroren ist, pfeift man auf die Hygiene. Der Dreck wird zu einer Rinde, der Gestank zu einer Rüstung. Die amerikanischen Landstreitkräfte hatten geglaubt, dass sie früher die Oberhand gewinnen würden, man hatte keinerlei warme Kleidung vorgesehen, die den Infanteristen hätte helfen können, den Winter zu überstehen (die Stiefel waren nicht gefüttert, die Mäntel wurden nie trocken; die Soldaten prügelten sich um die mit weißem Kaninchenfell gefütterten Winterjacken, die sie deutschen Gefallenen abnahmen). Tausende Frostbeulen entstanden, Tausende Finger und

Zehen froren ab – stellen Sie sich einen kleinen Däumling vor, der Finger und Zehen streut, um den Weg wiederzufinden. Den amerikanischen Feldlazaretten fehlte es an allem, sie hatten keine Verbände und kein Morphin mehr. Jeder deutsche Bunker, von Minen und Stacheldraht umgeben, forderte Hunderte von Toten auf ein paar Metern. Im Hürtgenwald kam es zu einer gewaltigen Zahl an Selbstverstümmelungen. Die Amerikaner schossen sich Kugeln in die Hand oder den Arm, um abtransportiert zu werden. Jerry sah, wie ein Soldat einen anderen bat, ihm mit dem Gewehrkolben das Bein an einem Baumstamm zu zerschlagen. Die Infanteristen, die im Schnee lagen, bekamen Kugeln in den Kopf, die Schultern oder die Oberschenkel. Diejenigen, die in Schulter oder Bein getroffen wurden, konnten sich freuen, sie kehrten nach Hause zurück. Sogar der Verlust eines Fußes durch eine Tretmine war eine gute Nachricht. Ein einziger Deserteur wurde hingerichtet (Eddie Slovik am 31. Januar 1945), aber wie viele sind geflüchtet? Die Zahlen schwanken. Laut dem Historiker Charles Glass haben ungefähr fünfzigtausend amerikanische Soldaten im Zweiten Weltkrieg ihre Posten verlassen, was zehn Divisionen entspräche. Ein Teil von ihnen landete vor dem Kriegsgericht, aber die Mehrheit ist noch auf der Flucht … oder längst verstorben.

Der deutsche General Freiherr von Gersdorff erklärte später, die Gefechte seien schlimmer gewesen als alles, was er an der Ostfront erlebt hatte. Dabei handelte es sich um das Durchbrechen des Westwalls, eine Schlacht, die Franzosen und Engländer 1940 nicht hatten schlagen können. In einem »Sitzkrieg« hatte man damals gewartet, bis man umgangen wurde, um dieses Blutbad zu vermeiden. Die Niederlage von 1940 hat die Arbeit um vier Jahre nach hinten verschoben: Wir Franzosen haben das Opfer an junge Amerikaner delegiert, die den Ozean überquert hatten, um in einem dunklen Wald Germaniens getötet zu werden. Tausend Tote pro Tag – dieselbe Zahl wie in Verdun. Dreiunddreißigtausend Tote bei insgesamt hundertzwanzigtausend Soldaten.

Die Schlacht im Hürtgenwald war – so sehen das die Historiker heute – ein strategischer Irrtum des amerikanischen Oberkommandos: Es waren unnötige Tote, die deutsche Armee hätte im Süden umgangen und der mörderische Wald gemieden werden können. Verantwortlich für dieses sinnfreie Gemetzel zeichneten General Omar Bradley und General James Hodges, die der Ansicht waren, man müsse die Deutschen aus dem Wald vertreiben, um den Rhein überqueren zu können.

Die Entscheidung, den Wald einzunehmen, war »nicht nur kriminell, sondern dumm«, wird der amerikanische Historiker Stephen E. Ambrose später schreiben. Werner Kleeman, ein Kampfgefährte von Jerry, ist der Ansicht, es habe sich um ein »Himmelfahrtskommando« gehandelt. Und während dieses in Vergessenheit geratene Blutbad stattfand, wurde in Paris die Befreiung gefeiert ... (Bis in die 1960er-Jahre sprachen die Franzosen vom »Krieg '39 bis '44« – für sie war die Sache erledigt.) Hätten die USA im Winter 1944 bereits über die Atombombe verfügt, sie hätten sie ohne das geringste Zögern über Berlin abgeworfen.

Jerry hatte Glück, erst in der Normandie, dann in Cherbourg, dann in Paris, dann in Deutschland. Wenn einer so viel Glück hat, kann man gar nicht mehr von Glück sprechen. Wenn Jerry noch am Leben war, so nur deshalb, weil irgendjemand irgendwo das so beschlossen hatte. Anfangs hatte es sich eher um Aberglauben gehandelt, aber inzwischen glaubte er. Er musste überleben, um von dem, was er erlebt hatte, berichten zu können.

Er wusste noch nicht, dass es ihm nie gelingen würde. Er würde kein Zeugnis ablegen, er würde verstummen. Der Krieg ist in Salingers Werk eine gigantische Leerstelle. Doch er wusste, dass er hier, im Hürtgenwald, eine Verpflichtung eingegangen war. Um ihn herum hörte er aus dem Mund der Verwundeten, denen der Schmerz den Verstand geraubt hatte, unablässig die widersprüchlichen Sätze:

»Tötet uns nicht mehr, tötet uns nicht mehr …«

»Tötet mich, tötet mich …«

Jerry wird den Wald nicht mehr verlassen. Später wird er beschließen, sich in einem anderen Wald anzusiedeln, dem von Cornish. Als er Hemingway im Dezember 1944 in Zweifall wiedersieht, ist er nicht mehr der schneidige, ehrgeizige junge Mann vom August in Paris. In einem kleinen Backsteinhaus am Waldrand, auf dem die drei Buchstaben P. R. O. (Public Relations Office) stehen, trinken sie schweigend Champagner aus einem Aluminiumbecher.

»Im Ritz ging es uns besser«, sagt Jerry.

»Hell, yes«, sagt Ernest.

»Haben Sie hier etwas geschrieben?«

»Einen Artikel, ein paar Dialoge. Mehr nicht. Das ist meine Masche, oder nicht? Je weniger ich schreibe, desto besser geht es mir.«

Hemingway hustete heftig. Er wusste es noch nicht, aber er hatte sich eine Lungenentzündung zugezogen. Der Champagner war gefroren, sie wärmten ihn mit ihren Händen.

»Action und Dialog, wie im Kino.«

»Das ist Ihr Geheimnis. Und von Zeit zu Zeit eine Landschaft, ist das erlaubt?«

»Dann aber kurz.«

In der Ferne detonierten Bomben, es klang wie ein Gewitter. Sie warfen sich weniger in die Brust als noch im Sommer. Von nun an wird jedes Gewitter sie an Mörsereinschläge erinnern. Die Schneeflocken hinter den Scheiben sehen aus wie vom Himmel herabfallende Cornflakes.

»Hätten Sie etwas dagegen, wenn ich Sie bitte, mir mit Ihrer Colt eine Kugel in den Arm zu schießen?«, fragt Jerry.

»Am besten hilft man sich immer selbst«, erwidert Ernest und reicht ihm seine Pistole, die er, auf sich selbst gerichtet, am Lauf hält.

Die Legende, nach der Hemingway eine deutsche Luger gezogen und mit den Worten »Jesus, Sie sind so verdammt talentiert« einem Huhn den Kopf abgeschossen haben soll, wird von keinem Zeugen bestätigt.

Deutschland kapituliert fünf Monate später. Hemingway befördert sich sechzehn Jahre später eigenhändig aus der Welt.

»Lasst ihn in Frieden«, sagt Ernest zu den Soldaten, die Jerry beim Wort genommen haben und ihre Pistolen auf ihn richten. »Er ist Jude; er hat mehr Humor als ihr, auch wenn er viel weniger lacht.«

Jerry kann nicht zielen, und in schöner Regelmäßigkeit schießt er zwei Meter am Ziel vorbei. Oona beschneidet mit einer roten Gartenschere die weißen Rosen im Park. Jerry hebt tief im Morast im eisigen Regen einen Graben aus. Oona verliert auf dem Tennisplatz im Garten im weißen Röckchen eine Partie 6:1. Jerry liegt mit angezogenen Beinen auf einem Felsen, um endlich einmal auf einem trockenen Untergrund ein Stündchen die Augen zu schließen. Oona spürt wieder einmal kleine Tritte in ihrem gewölbten Bauch. Jerry hat Mühe, mit seinen kältestarren Fingern das Gewehr nachzuladen. Oona ordert im Deli Erdbeeren, Himbeeren und Vanilleeis. Jerry tastet in der Tasche seiner Uniformjacke nach Morphiumröhrchen und Injektionsnadel. Oona spielt am Strand Badminton. Jerry hört eine Bombe nach der anderen explodieren und glaubt jedes Mal, die nächste werde ihn treffen. Oona hört im kalifornischen Radio, dass der Krieg bald zu Ende sein wird. Jerry schreibt *Der Fänger im Roggen*, während er im Radio »The Lucky Strike Program« (mit Frank Sinatra und Glenn Miller) hört. Charlie bestellt bei Ciro's Nierchen. Manchmal beneidet Jerry die Kameraden, die sterben: Es ist angenehmer, tot zu sein als lebendig. Oona und Charlie essen im Trocadero, im Parisien, im Garden of Allah. Jerry teilt sich eine Flasche Calvados mit drei Kameraden, von denen zwei noch am selben Tag fallen. Oona atmet den Duft der Eukalyptusbäume ein. Jerry erhält von seiner Mutter ein Paket mit Wollsocken, die sie für ihn gestrickt hat: »Von da an war ich der einzige mir bekannte Soldat, der trockene Füße hatte.«

27. April 1945: Befreiung des Konzentrationslagers Kaufering IV bei Dachau. Anfangs glaubt Jerry einen Haufen Abfallholz vor sich zu haben. Aber die toten Äste haben Füße, Hände und graue Köpfe. Als er näher kommt, begreift er, dass es menschliche Gebeine sind. Viertausendfünfhundert Körper türmen sich auf dem Boden, an den Wänden der Baracken, in den Gräben, rings um ihn. Plötzlich entdeckt er unter vier Leichenschichten einen, der mit den Augen blinzelt. Andere stoßen gutturale Laute aus, damit sie unter Dutzenden von Toten hervorgezogen werden. Der Haufen bewegt sich noch.

Als Offizier der Spionageabwehr ist Jerry einer der Ersten, der das »Krankenlager« betritt. Kaufering war ein Außenlager von Dachau, das Kranken vorbehalten war, ein Vernichtungslager in Wahrheit, denn in den ungeheizten Baracken wurde nicht ein Kranker behandelt oder ernährt. Einen Tag vor Ankunft der Amerikaner hatten die SS-Wächter dreitausend Häftlinge evakuiert und alle, die zu schwach zum Marschieren waren, mit Maschinengewehren, Eisenstangen oder Äxten umgebracht. Eine Holzbaracke voller Menschen war von außen verriegelt und angezündet worden. Die ersten GIs öffnen die Baracke und stoßen auf Hunderte verkohlter Körper. Jerry nähert sich dem Stacheldrahtzaun und bemerkt eine Handvoll Überlebender, denen die Haut über die Knochen lappt; Erwachsene, die ungefähr dreißig Kilo wiegen, mit Beinen dürr wie Stöcke, die Augen quellen hervor. Ihre Gesichter sind so abgezehrt, dass die Wangenknochen wie Hörner hervorstehen. Sie senken den Kopf als Zeichen der Unterwerfung, wagen es nicht, ihren Befreiern in die Augen zu blicken. Einigen Zeugen zufolge, die Shane Salerno in *Salinger. Ein Leben* zu Wort kommen lässt, brachen die ersten Soldaten, die den Ort betraten, weinend zusammen. Andere übergaben sich und reichten dann den Überlebenden ihre Gewehre, damit sie die wenigen gefangenen Wärter erschießen konnten (manche SS-Männer hatten sich als Häftlinge verkleidet, aber ihr guter Gesundheitszustand verriet sie sofort). Andere Soldaten wichen entsetzt zurück, als die Überlebenden sie anfassen oder umarmen wollten. Manche der wandelnden Skelette versuchten zu applaudieren, aber ihre abgemagerten Hände verursachten nicht das geringste Geräusch.

»Ein ganzes Leben reicht nicht aus, um den Geruch von verbranntem Fleisch aus der Nase zu kriegen«, wird Jerry später seiner Tochter Margaret erzählen. Verbrannte Leichen verströmen einen beißenden, ekelerregend süßlichen Gestank, der in die Nase steigt, sich unter der Haut festsetzt, den man nie mehr abwaschen kann. Jerry wird für immer vom Gestank nach Menschenfleisch, gestocktem Blut und verbrannten Kindern verfolgt werden. Nennen wir die Dinge beim Namen: Ein

Vernichtungslager stinkt kilometerweit nach Scheiße, Blut, Verwesung, Pisse, Kotze und angebranntem Menschenfett. Die Bewohner der Nachbardörfer, die behaupteten, nichts gewusst zu haben, müssen an einer seltenen Krankheit gelitten haben: dem kollektiven Verlust des Geruchssinns.

Kaufering, 30. April 1945

Liebe Oona,

mein ganzes Leben werde ich mich dafür schämen, dass ich nicht früher in dieses Lager gekommen bin. Es wird mir nichts nutzen, wenn ich mir sage, dass ich keine Schuld trage, ich werde es mir immer vorwerfen. Bei der Befragung der Gefangenen konnte ich feststellen, dass es zwischen den Deutschen und uns keinen Unterschied gibt. Es war ein Zusammentreffen von Umständen, das zu diesen unfassbaren Ereignissen geführt hat, und ich bin einer der Gründe für diesen Verfall – wenn auch ein indirekter. Jeder Mensch, der zu diesen Zeiten lebte, wurde, ob fern oder nah, freiwillig oder unfreiwillig, zum Komplizen des Laufs der Geschichte, der die Menschheit in die Hölle geführt hat. Ich schreibe das, um mich zu rehabilitieren – vergeblich. Die Häftlinge verlangten nach Essen, wir haben ihnen unsere nahrhaften Rationen gegeben, und am nächsten Tag waren Dutzende Überlebende tot. Wir hätten Gleise, Wachtürme und Verbrennungsöfen bombardieren können. Warum haben wir drei Jahre gebraucht, bis wir herkamen? Ein Telegramm der Roten Armee hat uns gerade über Hitlers Selbstmord in einem Berliner Keller informiert. Ich weigere mich, für unschuldig an diesem Verbrechen erklärt zu werden, wir müssten für diese Abnormität unserer Gattung alle bezahlen, eines Tages werden wir geradestehen müssen für das, was hier geschehen ist.

Aus Blödsinn habe ich mir ein Bärtchen wie Hitler und Chaplin wachsen lassen, aber ich habe es gestern abrasiert.
Froh zu wissen, dass Du vor diesem Chaos hier geschützt bist.

Jerome

2014 spielen sie im Radio den ganzen Tag lang Lieder, die vom Heldentum handeln. *A Real Hero* von College (die Filmmusik aus *Drive*), *Hero* von Chad Kroeger (die Musik aus *Spider-Man*), *The World Needs a Hero* von Megadeth, *Hero* von Regina Spektor, *Save the Hero* von Beyoncé, *Hero* von Mariah Carey, *Hero* von Enrique Iglesias und natürlich die alten Klassiker: *Heroes* von Bowie, *Heroes and Villains* von den Beach Boys, *Je ne suis pas un héros* von Balavoine …

Die Jugend heutzutage liebt amerikanische Blockbuster von Marvel oder DC: Superman, Batman, Spider-Man, Iron Man, Watchmen, X-Men, The Avengers, Captain America, Wolverine, Hulk etc. Aber worin besteht eigentlich der Unterschied zwischen diesen Machtphantasien und der nietzschen Begeisterung für den Übermenschen? Zwischen den *Stahlgewittern* und dem *Man of Steel*? Zwischen Richard Wagners *Walküren* und *Thor*?

Und wenn die amerikanische Filmindustrie nicht gerade von Übermenschen phantasiert, gibt sie Hunderte Millionen Dollar aus, um in allen möglichen Varianten vom Ende der Welt zu erzählen. Die Apokalypse ist ihr zweites Lieblingsthema.

In manchen Ländern kommt zu gewissen Epochen ein Zeitpunkt, an dem die Menschen ein bedeutsames und tragisches Ereignis zu erwarten scheinen, das alle Probleme lösen würde. Diese Phasen nennt man im Allgemeinen: Vorkriegszeit.

Die Welt ist bereit für den nächsten Krieg. Ein neuer Weltkrieg würde die öffentlichen Schulden tilgen, das Wirtschaftswachstum ankurbeln, die Überbevölkerung reduzieren. Unbewusst hoffen die an Gedächtnisschwund leidenden verwöhnten Kinder aus den reichen Ländern, dass eine neuerliche Katastrophe Raum schaffen würde für die Überlebenden. Sie wollen Spuren hinterlassen. Ohne es sich einzugestehen, träumen sie, dass die Geschichte noch nicht zu Ende ist. Sie suchen eine neue Utopie, neue Gräben. Sie wünschen sich einen neuen Feind zum Massakrieren. Sie wären gerne von etwas anderem traumatisiert als von einer Szene aus *Saw,* die sie auf YouTube gesehen haben.

Die Jugend von 2014 trauert schicksalhaften Entscheidungen nach. Ihr fehlen Zerstörungen. Die vorangehenden Generationen haben ihr eine kolossale Verschuldung, eine massive Arbeitslosigkeit und einen verdreckten Planeten hinterlassen. Nun nähren existenzielle Langeweile, ein Gefühl von Leere und globalisierte Frustration einen schrecklichen Drang namens Nihilismus – das Bedürfnis, einer Sache zu dienen, für ein Ideal zu kämpfen, Partei zu ergreifen, das Leben zu riskieren, um ein Held zu werden. Es verwundert nicht, dass einige zu Terroristen werden: Was ist der Terrorismus anderes als die einzige

Chance der Antihelden, in Friedenszeiten einen Krieg anzuzetteln? Die Phase der Ruhe, die der Westen erlebt, ist die längste seiner Geschichte, und sie geht vielleicht gerade zu Ende.

Ich habe Angst vor Helden, und dennoch schreibe ich ein Buch über einen von ihnen.

1945 hörte der Krieg nicht auf aufzuhören. Ganz Kalifornien versank in Paranoia. Denn jetzt bestand kein Zweifel mehr: Die Japaner würden Los Angeles bombardieren. Sie hatten riesige Luftschiffe, und in der Bucht von San Francisco lagen versteckte U-Boote. Ein Freund von der Spionageabwehr sprach von einem unmittelbar bevorstehenden Angriff auf Hollywood, man müsse dringend unterirdische Schutzräume im Park anlegen, Beverly Hills stünden massive Luftangriffe bevor, schlimmer als die von London. Einige Milliardärsvillen in Malibu waren bereits mit Flugabwehrkanonen ausgerüstet.

Oona hatte die endlose Propaganda satt. »Japse raus« war auf Spruchbändern zu lesen, und alle japanischstämmigen Amerikaner wurden in Lager in der Wüste deportiert, darunter auch Chaplins Butler Frank Yonamori. Und dann kam der 6. August, der Tag von Hiroshima. Als Oona die Nachricht hörte, spuckte sie ihren Tee in den Garten. Drei Tage später wurde Nagasaki ausgelöscht. Kyoto entkam der Atombombe nur knapp, weil ein hochrangiger amerikanischer Militär dort Ferien verlebt hatte. Die Kalifornier tanzten auf den Straßen und feierten die Explosion der Geheimwaffe, die die Japaner eliminierte. In diesem Sommer wurden zweihunderttausend Zivilisten verdampft; die US-Regierung spendierte ihren Bürgern ein patriotisches Feuerwerk in Form eines Pilzes. Die Zeitungen des Landes bejubelten das Massaker. Bis zur Kapitulation Japans (am 2. September) verließen Charlie und Oona ihr Haus nicht mehr. Sie konnten die Begeisterung ihrer Nachbarn nicht begreifen. Oona litt den ganzen August unter Übelkeit. Sie war wieder schwanger. Vom Sommer 1945 an vertiefte sich der Graben zwischen Charlie Chaplin und Hollywood immer mehr. Die Filmbranche hatte ihm so manches vergeben – wiederholte Festnahmen wegen offenkundiger öffentlicher Trunkenheit auf dem Hollywood Boulevard, seine Wettrennen zu Pferde mit Douglas Fairbanks zu Musso & Frank (wer verlor, bezahlte das Essen), seine Liebesverirrungen und Sexabenteuer –, aber seine Sympathien für die UdSSR im Krieg wird sie ihm ebenso wenig verzeihen wie seine Zurückhaltung, Hiroshima und Nagasaki zu feiern, oder die Sturheit, mit der der britische Immigrant sich weiterhin von Anderson & Sheppard auf der Londoner Savile Row einkleiden ließ statt von amerikanischen Herrenausstattern.

Bei seinen Sonntagscocktails empfing Charles Chaplin Jean Renoir, Evelyn Waugh, H. G. Wells, Albert Einstein, Thomas Mann und Bertolt Brecht. Bei ihm eingeladen, fiel Christopher Isherwood in ein Alkoholkoma und urinierte auf das Sofa im Salon. Dylan Thomas fuhr sturzbetrunken mit Shelley Winters im Auto durch den Park bis auf den Tennisplatz; glücklicherweise stoppte das Netz die Fahrt des Cabrios. Chaplin behandelte Hollywood herablassend, und Hollywood würde ihn dafür bezahlen lassen: Innerhalb weniger Jahre wurde aus dem beliebtesten Menschen der USA der Staatsfeind Nummer eins. Man warf ihm vor, kein Patriot zu sein und am 22. Juli 1942 bei einer Kundgebung für die »zweite Front« im Madison Square Garden die Kommunisten unterstützt zu haben (dort brachte er die Zuhörer unfreiwillig zum Lachen, als er seine Rede mit dem Wort »Genossen!« begann), und man nahm es ihm übel, dass er die amerikanische Staatsbürgerschaft ablehnte. Selbst die Schlussrede aus *Der Große Diktator*, jene sechs Minuten, in denen Chaplin zum ersten Mal die Zuschauer direkt ansprach, dieses idealistische Plädoyer für einen weltumspannenden Humanismus, wurde ihm als ultralinks ausgelegt! Charlie Chaplin, der Gründer von United Artists, der Begründer des modernen Films, der Erfinder des Hollywoodmythos, hat heute keinen Handabdruck vor Grauman's Chinese Theatre, während Hugo Boss, der Uniformen für die SS, die Hitlerjugend und die Wehrmacht schneidern ließ, auf dem Rodeo Drive einen Flagship Store besitzt und Fahrzeuge von BMW und Mercedes, deren von jüdischen Arbeitssklaven zusammengebaute Motoren zuvörderst zum Erfolg des »Blitzkriegs« beitrugen, prahlerisch durch die Straßen von Beverly Hills rollen. Ich habe den Portier am Eingang des berühmtesten Kinos der Welt gefragt, warum Chaplin auf seinem Gehweg nicht vertreten sei. Er antwortete mir: »Because he was a commie!« Wäre er besser Nazi gewesen?

X

Die posttraumatische Belastungsstörung von Kriegsveteranen

»Ich habe den Krieg damit verbracht, mich in Löcher zu werfen. Und ich bin erst wieder herausgekommen, als die Bulldozer anfingen, einen Flughafen über mir zu errichten.«

J. D. Salinger, Brief an Whit Burnett

Jerry weiß nicht, wie viele Wochen er schon in diesem Krankenhausbett liegt. Er erinnert sich nur noch daran, dass sein Selbstmordversuch mithilfe von Medikamenten komplett misslungen ist. Und jetzt schlürft er eine deutsche Hühnersuppe, wird von Krankenschwestern aus Arkansas umsorgt, und die Fenster sind vergittert.

Die Stille tut ihm gut. Er murmelt den ganzen Tag dasselbe Wort vor sich hin: FUBAR. Ich bin FUBAR. Steht für »Fucked Up Beyond All Recognition«.

Krankenhaus Nürnberg, Psychiatrische Abteilung,
Juli 1945

Liebe Oona,

die blaue Pille Nummer 88 lässt mich vierundzwanzig Stunden schlafen; sie haben mir drei davon gegeben. Der Krieg schafft eine seltsame Situation. Ein Land greift ein anderes überraschend an. Es verwüstet es mit Flammenwerfern, plündert es aus und richtet sich in dessen Häusern ein. Ein anderes Land kommt dem angegriffenen zu Hilfe. Und so ergibt sich die seltsame Situation, von der ich spreche: Jim schießt auf Hans, welcher Bob ersticht, der Kurt aufschlitzt. Die vier jungen Männer kennen sich nicht. Wären sie sich in einem Salon vorgestellt worden, so hätten sie sich vielleicht gut verstanden und ein Bier miteinander getrunken. Aber das war nicht möglich: Sie nehmen den anderen die Arme ab und werden sich davon nicht wieder erholen. Selbst wenn sie ihre physischen Verletzungen überleben, werden sie bis an ihr Lebensende an nichts anderes als diesen Tag denken. Ganz zu schweigen von den entsetzlichen Folgen für die Kinder und Enkel von Jim, Hans, Bob und Kurt. Am schlimmsten war der Lärm. Als ich vorwärtsstürmte, inmitten meiner Kameraden, die nacheinander umfielen, um ihre abgerissenen Füße aufzusammeln, sagte ich wie ein Mantra vor mich hin: »Sei still, sei still, halt die Klappe …« Das Ziel des Krieges ist es, die Kanonen zum Schweigen zu bringen. Ich habe nicht viele Menschen getötet, aber ich erinnere mich an einen Soldaten, den ich konzentriert und ruhig ins Visier genommen habe, den Finger am Abzug meines M1, bevor ich langsam abdrückte. Wie in Zeitlupe sah ich, wie sein Kopf in zwei Teile zersprang, als meine Kugel durch seine rechte Wange eindrang. Es war schrecklich beruhigend, dass er tot war und nicht ich. Das Ziel des Krieges ist es nicht, Frieden zu schließen, sondern Frieden zu haben. Abschalten, wegwischen, den Rauch aus den Augen reiben, der seit drei Jahren darin brennt. *Smoke Gets in Your Eyes*, Du erinnerst dich? Ein heißes Bad nehmen und alles abwaschen, die Lautstärke herunterdrehen. Hier dusche ich zehnmal am Tag. Kaum bin ich trocken, fange ich wieder an, aber ich werde nie sauber. Ich höre immer noch das ewige Fliegengesumm, dieses tiefe, anhaltende Hintergrundgeräusch, das einen wahnsinnig macht. Oh bitte, bitte, nur kein Geräusch und kein Bild mehr! Wenn man den Krieg auf ein einziges Geräusch reduzieren müsste, wäre es das Pfeifen der Kugeln, die die Männer durchlöchern, wie eine Rasierklinge eine Wassermelone zerteilt. Eigenartig, dieser vom Kampf ausgelöste Adrenalinrausch führt zuerst zu Hysterie und dann zu tiefster Niedergeschlagenheit. Ich weiß nicht, wie ich es Dir erklären soll: Die Angst kann dich zu Boden werfen und lähmen wie ein Herzanfall, deswegen nennen manche hier diesen Zustand Granatenschock. Das klingt nach einer Allergie auf Granaten – als gäbe es Menschen, die die Gesellschaft von Granaten schätzen würden. Ich persönlich bin jedenfalls noch keinem Granatophilen begegnet! In einem Gefecht läuft nie etwas wie geplant. Es heißt, einer von vier Soldaten leidet unter neuropsychiatrischen Störungen. Meiner Meinung nach sind es hundert Prozent, und die Bekloppptesten unter ihnen sind die drei Viertel, die so tun, als ginge es ihnen gut. Man begreift nie, was auf dem Kriegsschauplatz passiert. Da kann man sich die Generalstabskarte noch so genau angesehen haben, vom General instruiert worden sein und Kurse in Militärtaktik absolviert haben – sobald man sich im Gelände befindet, herrscht vollkommenes Durcheinander, und jeder ist sich selbst der Nächste. Patton sagt, das Geheimnis bestünde darin, »zu schießen und sich gleichzeitig zu bewegen«. Er vergisst, dass Schreien dabei auch guttut. In den Filmen bewegen die Soldaten sich stumm und katzenartig. In der Realität wurde gebrüllt wie bei den Wikingern.

Jerry

Es fällt ihm schwer, durch den Flur bis zu den Toiletten zu gehen. Er kann nicht mehr lesen, die Buchstaben bilden keine Wörter mehr, sondern Hieroglyphen. Er beißt sich an einem Abschnitt fest, aber sein Gehirn weigert sich, etwas anderes aufzunehmen als den Geruch nach verbranntem Menschenfleisch. Er hat Flashbacks: Es muss nur eine Tür zuschlagen oder ein Wasserkessel pfeifen, und schon hört Jerry in seinem Kopf Bomben explodieren.

»Lieber Poppa,

ich schreibe aus einem Nürnberger Krankenhaus. Hier herrscht ein bemerkenswerter Mangel an Catherine Barkleys. (…)*
Es war alles in Ordnung mit mir, außer dass ich mich in einem Zustand tiefster Niedergeschlagenheit befand und mir sagte, es würde mir sicher guttun, mit jemandem

---

* Name der Heldin in Hemingways Roman *In einem andern Land*, eine hübsche Krankenschwester, in die sich der Erzähler verliebt. (Anmerkung des Verfassers)

darüber zu reden. Sie stellten mir Fragen, nach meinem Sexleben (könnte nicht normaler sein, vielen Dank) und meiner Kindheit (normal) (…). Ich habe die Armee immer gemocht (…)
In unserem Sektor sind nur noch wenige übrig, die wir verhaften können. Jetzt sammeln wir die Kinder unter zehn Jahren ein, wenn sie zu frech werden. Man muss schließlich den Oberen einen ordentlichen Packen Festnahmeprotokolle schicken, damit der Rapport schön dick wird. (…) Ich habe noch zwei weitere inzestuöse Geschichten geschrieben und mehrere Gedichte und Teile eines Theaterstücks. Wenn ich eines Tages aus der Armee herauskomme, werde ich das Stück vielleicht zu Ende schreiben und Margaret O'Brien einladen, es mit mir zu spielen. Mit einem Bürstenschnitt und dem richtigen Max-Factor-Make-up könnte ich Holden Caulfield selbst spielen. Einmal habe ich mit ziemlicher Feinfühligkeit den Raleigh in Die andere Seite *gegeben. (…)*
Wie geht es mit Ihrem Roman voran? Ich hoffe, Sie arbeiten hart daran. Verkaufen Sie ihn nicht ans Kino. Sie sind reich. Als Vorsitzender Ihrer zahlreichen Fanclubs weiß ich, dass ich für alle Mitglieder spreche, wenn ich sage: Nieder mit Gary Cooper.
Ich würde meinen rechten Arm geben, um aus der Armee auszuscheiden, aber nicht um den Preis eines lebenslänglichen psychiatrischen Urteils à la ›Dieser-Mann-taugt-nicht-für-die-Army‹. Ich habe die Idee zu einem ergreifenden Roman im Kopf, aber ich will nicht, dass man seinen Autor 1950 für einen Trottel hält. Ich bin zwar einer, aber ich möchte nicht, dass jemand davon erfährt.
Ich wäre sehr froh, wenn Sie mir gelegentlich ein paar

Worte schreiben könnten. Nachdem Sie diesem Saustall entkommen sind, sehen Sie doch sicher klarer, nicht? Was Ihre Arbeit angeht, meine ich. (...) Unsere Gespräche waren meine einzigen hoffnungsvollen Minuten in dieser ganzen Misere.«

(Authentischer Brief von J. D. Salinger an Ernest Hemingway, zitiert von Bradley R. McDuffie in der *Hemingway Review* vom Frühjahr 2011.)

Deprimiert liegt Jerry im Bett, wie ein Fötus zusammengekrümmt, die Arme um die angezogenen Beine geschlungen. Seit sechs Monaten, seit dem Ende des Krieges, hat er nicht mehr ohne Barbiturate schlafen können. Manchmal hat er die Nacht durch bis zum Morgengrauen geweint. Nach der deutschen Kapitulation fragte er sich, ob er endgültig oder nur vorübergehend verrückt geworden war. Die Tage glichen einander, und die Nächte zogen sich ebenso in die Länge wie die Tage. Die Zeit heilte gar nichts, es gab nur noch identische Stunden. Er hatte versucht, seinen Tagen und Nächten ein Ende zu setzen, indem er die Pillen des gesamten Stockwerks zusammenmischte. Er aß nichts und war überzeugt, dass er nie wieder lächeln würde. Er ähnelte den ausgemergelten Gestalten, die er in Dachau vom Boden aufgesammelt hatte: ein Gerippe aus Haut und Knochen, mit tiefen Ringen um die Augen, nackt und bloß, ohne Fleisch, ohne Seele, eine elende Marionette, ein Monster, ein Zombie. Der Trend, Filme über Untote zu drehen, begann in der Nachkriegszeit. Man ahnt, woher die amerikanischen Regisseure ihre Inspiration nahmen. Die Nazis hatten

Ungeheuer fabriziert, die ihren Rassismus legitimierten, man wollte sie nicht mehr sehen, sie raubten einem den Schlaf. Zombies retteten Zombies, die von Zombies geschaffen worden waren. Menschlichkeit war bei dieser Geschichte nicht mehr gefragt. Ein veraltetes, ausgemustertes Konzept, im folgenden Jahrhundert rasch ersetzt durch den Posthumanismus. Die Entnazifizierung war ein von vorneherein unmögliches Unterfangen, denn die Nazis hatten all ihre Spuren verbrannt (ihr Lieblingssport war die Bücherverbrennung, und sie machten auch vor ihren eigenen Werken nicht halt). Wie sollte man Kriegsverbrecher von Menschen unterscheiden, die nur deutsche Opfer von Adolf Hitler waren? Die hohen Tiere gaben sich als kleine Würstchen aus, sie erklärten, die wahren Befehlshaber hätten sich alle umgebracht, sie selbst hätten den Juden nach Kräften geholfen. Die Mörder machten unschuldige Mienen. Man konnte schließlich nicht das ganze Land abknallen ... Man brauchte Deutsche, um Deutschland wiederaufzubauen. World War One hatte zu World War Two geführt. Die Deutschen durften auf keinen Fall ein weiteres Mal gedemütigt werden, damit World War Two nicht womöglich zu World War Three führte.

Der Jude Jerry Salinger sah, was kein Mensch sehen darf. Er hatte gekämpft, um verhungerte, gequälte, erfrorene, vergaste, verbrannte Juden zu retten. So war es nun mal, er musste sich damit abfinden: Er war für diese wandelnden Skelette in den Krieg gezogen. Was er sich nicht hatte vorstellen können: dass der Frieden niemanden befreien würde. Das Massaker war zu weit gegangen, die amerikanische Armee war zu spät gekommen.

Auch der Frieden nutzt keinem mehr. Oft träumt er von einem weiblichen Skelett, das ihn anbrüllt: »Danke, vielen Dank, aber warum habt ihr so lange gebraucht? Ihr seid im Juni gelandet, habt im August Paris befreit, und wir sind Tag für Tag gestorben, ich habe im November meine Schwester verloren, und da haben wir noch auf euch gewartet, mein Vater wurde im Februar hingerichtet, und niemand hat die Eisenbahngleise oder das Lager bombardiert, was habt ihr da gemacht, wo wart ihr? Tag für Tag haben sie alle Kinder getötet, und sie haben tausend Menschen in eine Scheune gesperrt und sie angezündet, und sie haben uns die Zähne eingeschlagen und die Augen ausgestochen, Tag für Tag, und ihr seid nie, nie gekommen!« In seinem Traum brach die Frau in hysterisches Weinen aus: »Oh, Gott, ich habe Hunger, was habt ihr zu essen dabei?« Und er wusste nicht, was er darauf antworten sollte, er gab ihr seine Ration. Niemand hatte sie gewarnt; er konnte nicht ahnen, dass man ihnen kein Essen geben durfte. Diese morbiden, unzulässigen Gedanken kreisten in Jerrys Kopf wie später die buddhistischen Mantras und Zen-Sprüche, die ihm in seinem freiwilligen Exil in Cornish beim Überleben helfen würden. Kein Mensch ist auf eine solche Barbarei vorbereitet, schon gar nicht mit fünfundzwanzig. Er wollte keinen Dank, er wollte vergessen, er war müde, er zitterte wie das Laub am Baum vor seinem Zimmerfenster. Und es fing immer wieder von vorne an, es ging immer weiter. Der chemische Tod hatte ihm nur eine magere Atempause verschafft. Als der Militärarzt ihn fragte, wie er sich fühle, antwortete er immer dasselbe: »Die Welt steht in Flammen.«

Eines Tages gelang es ihm schließlich, in den Garten hinauszugehen. Er blieb den ganzen Nachmittag unter einem Baum sitzen. Er ließ zu, dass sich Fliegen auf seine Augen setzten. Er sah ohne Unterlass, was er nicht mehr sehen wollte. Er hörte das Dröhnen der Panzerketten und das Heulen der Stukas im Sturzflug, das Klicken der Tretminen unter den Füßen und das Pfeifen der Kugeln, die Eingeweide zerreißen. Er beneidete die Fliegen. Er wollte die Fliege sein, die auf seiner Hand saß, die die Vorderbeine aneinanderrieb und sich putzte, die davonflog und sich gleich darauf auf sein Gesicht setzte. Es tat ihm leid, als Junge so viele von ihnen erschlagen zu haben. Was ist das Trauma eines Kriegsveteranen? Ein stumpfer Kerl zu werden, der eine Fliege um Verzeihung bittet.

Die psychische Belastung des Infanteristen Jerry Salinger wird nie verschwinden, seine Angst wird nie weichen. Eine posttraumatische Belastungsstörung ist nicht heilbar. Der Suizid von Seymour Glass in *Ein herrlicher Tag für Bananenfisch* ist zweifellos sein eigener. Ab Mai 1945 ist Jerry, der sich von nun an J. D. nennen wird, halb tot. Oder besser, wie es Soldaten, die von der Kriegsneurose befallen sind, häufig ausdrücken: Er ist nicht tot, aber er gehört der Welt der Lebenden nicht mehr an. Sein Rückzug beginnt hier. Seine Isolation ist nicht die Entscheidung eines Dandys, sondern der Kollateralschaden seines Befreiungsfeldzugs in Frankreich und Deutschland. Salinger ist 1940 ein Romantiker, 1943 ein Spion, 1945 bipolar und bis zu seinem Tod agoraphob und gerontophob.

In der Kurzgeschichte *Soft-Boiled Sergeant*, die im April 1944, also ein Jahr vor seinem Suizidversuch, erschien, wirft Salinger dem Kino vor, Soldaten zu zeigen, die fröhlich sterben: »*Man sieht eine Menge richtig gut aussehender Jungs, die ständig eine saubere Kugel abkriegen, genau dahin, wo sie ihr Aussehen nicht ruiniert, und bis sie verrecken, haben sie ständig noch genug Zeit, ihre Verlobte zu Hause zu grüßen, mit der sie am Anfang des Films noch ein ernstes Missverständnis hatten, welches Kleid sie nun zum College-Tanz anziehen soll. Oder den Jungen, der gerade schön langsam verreckt und noch reichlich Zeit hat, um die Papiere auszuhändigen, die er dem feindlichen General abgenommen hat, oder zu erklären, was der ganze Film überhaupt soll. Und währenddessen haben die ganzen anderen richtig hübschen Jungs, seine Kumpel, noch jede Menge Zeit, dem hübschesten Jungen beim Verrecken zuzusehen. Danach sieht man nichts mehr, man hört nur noch einen Jungen mit einer Trompete, der kurz mal den Zapfenstreich bläst. Dann sieht man das Dorf von dem Jungen, der gestorben ist, und ungefähr eine Million Leute, darunter auch der Bürgermeister und die Verwandten des toten Jungen und seine Verlobte, vielleicht auch der Präsident, alle stehen sie um den Sarg des Jungen rum und halten Reden und tragen Orden und sehen in ihrer Trauerkleidung schicker aus als die meisten, die sich für eine Party in Schale werfen.*«

In Wirklichkeit muss man die schönen Reden im Vordergrund durch die markerschütternden Schreie im Hintergrund ersetzen; die einzige Botschaft, die die Soldaten hinterlassen, lautet »Hilfe, Mama«, und der Dank des Vaterlandes besteht lediglich darin, dass ein uniformierter Offizier an der Haustür mit Leichenbittermiene einen Standardbrief übergibt. Ausgelöst wird das Trauma des

Kriegsveteranen jedoch nicht durch Gleichgültigkeit oder fehlende Anerkennung, sondern durch die Tatsache, dass das Leben weitergegangen ist. Als Jerry 1946 nach New York zurückkehrte, sah er voller Bestürzung, dass der dicke Portier seines Wohnhauses jeden Tag seinen Hund an der Leine ausführte wie vor dem Krieg. Die Menschen hatten also ihr Leben weitergelebt, hatten gefrühstückt, im Lebensmittelladen an der Ecke eingekauft und waren mit ihrem Hundchen um den Block spaziert. Diese Diskrepanz ist der Hauptgrund für die Depression des Kriegsveteranen. Das Leben ist seinen Gang gegangen, für dieses Leben hatten sie gekämpft, aber der Anblick des unerschütterlichen alten Doorman zwang Jerry, einen Großteil der Nacht mit dem Kopf in den Händen auf dem Parkplatz zu kauern, ohne sein Schluchzen bezwingen zu können.

In *Soft-Boiled Sergeant* nimmt ein junger Offizier namens Burke einen Soldaten mit ins Kino, um einen Film von Charlie Chaplin zu sehen. Der Sergeant hat gerade erfahren, dass seine Freundin einen anderen geheiratet hat. Und siehe da, im Saal sitzt seine Ex-Verlobte, eine hübsche Rothaarige, mit ihrem neuen Kerl. Der Film beginnt, aber der Sergeant steht mittendrin auf und geht hinaus. Vorher sagt er zu seinem Begleiter:

»Bleib und sieh ihn dir an. Ich warte draußen.«

Als der Film zu Ende ist, sprechen sie kurz miteinander:

»Was ist denn los, Mr Burke? Mögen Sie Charlie Chaplin etwa nicht?« Mir taten die Seiten weh, so sehr hatte ich über Charlie gelacht.

Burke sagt: »Der ist in Ordnung. Ich mag's bloß nicht,

wenn komische kleine Kerle ständig von großen Kerlen verfolgt werden. Und auch nie *ein Mädchen abkriegen. Für immer, meine ich.«*

Später wird Burke von einem japanischen A6M-Jagdflugzeug in Pearl Harbor getötet.

Man könnte die interessante, wenn auch sehr gewagte Hypothese aufstellen, dass in Wirklichkeit Charlie Chaplin – damals bereits der Räuber von Oona – der wahre Erfinder des ewig leidgeprüften Heranwachsenden war. Salinger hätte demnach nur das Motiv des Tramps übernommen: *Der Fänger im Roggen* wäre ein Surrogat für *Lichter der Großstadt,* in dem die Melone durch eine Schildmütze ersetzt wird. Die Reinheit der Kinder, die Verderbtheit der Erwachsenen – von nichts anderem handeln Chaplins Filme. Er hatte das Werk begonnen. Für die Karikatur des Bürgers wiederum waren Balzac, Flaubert und Zola die Wegbereiter. Ein amerikanischer Roman hat das zu Ende gedacht: *Babbitt* von Sinclair Lewis, erschienen im Jahre 1922. So fehlte nur noch der Rückgriff auf die Figur des romantischen und depressiven jungen Mannes, wie man sie bereits bei Goethe und Musset vorfindet. Holden Caulfield ist eine Mischung aus Charlie und dem jungen Octave aus *Bekenntnis eines jungen Zeitgenossen.*

Nach dem Krieg, zwischen 1946 und 1951 (dem Erscheinungsdatum von *Der Fänger im Roggen),* wird J. D. Salinger in den Jazzclubs der 52nd Street zwischen 6th Avenue und Broadway, zum Beispiel im Blue Angel, Billie Holiday, Art Tatum und Charlie Parker hören. Gelegentlich sucht er auch den Stork Club wieder auf. Eines Abends begegnet er dort Humphrey Bogart in Begleitung eines riesigen Plüschpandas, den er allen als seine Verlobte vorstellt. Eine junge Frau versucht, ihm den Panda zu stehlen, und es kommt zu einer Schlägerei.* Jerry hat vielleicht auch Oona wiedergesehen, die manchmal mit Chaplin im Stork dinierte, immer an demselben Tisch wie vor dem Krieg. Ich glaube nicht, dass sie miteinander gesprochen haben, Chaplin war sehr eifersüchtig. Aber ich stelle mir Jerry an der Bar sitzend vor, allein mit seiner Vergangenheit und seiner Einsamkeit, von Musik und Gelächter umgeben, mit offenem Mund über die Schlägereien und Umarmungen staunend. Jerry abseits im großen Saal, Oona und ihr Mann im Cub Room – jedem seine eigene Welt. Der Stork Club hatte 1944 und 1945 ohne Unterbrechung geöffnet, im längsten Jahr des Krieges. Ich stelle mir vor, dass Jerry viel zu laut lacht, Whisky kippt und mit sich selbst redet, ich sehe den Barkeeper vor mir, der ihn fragt, ob er ein Problem habe.

»Los, trink ein Glas mit mir«, sagt Jerry. »Ich habe Hitler besiegt, for God's sake!«

»Nein danke«, antwortet der Barkeeper.

»Und ob du trinken wirst, Drückeberger!«

Und Jerry schüttet dem Barmann den Inhalt seines Glases ins Gesicht.

»Leck dir die Wangen auf meine Gesundheit, verdammt! Sonst säge ich dich auf, um zu sehen, was du im Bauch hast!«

Jerry wird von den Rausschmeißern des Stork Club

* Lauren Bacall erzählt diese Anekdote in ihrem Memoirenband *By Myself*, Ballantine 1984. (Anmerkung des Verfassers)

verdroschen und vor die Tür gesetzt, ein abgehalfterter Säufer wie Joaquin Phoenix am Anfang von *The Master*.

»Die Nummer sechs, das war mein Tisch, immer meiner, du Vollidiot!«

All dies ist sehr wahrscheinlich. Wenn Salinger New York verlassen hat, so darum, weil man ihn nirgendwo mehr einließ. Adolf Hitler empfand nach 1919 dieselbe Bitterkeit des traumatisierten Kriegsveteranen. Demobilisiert und abgekämpft, frustriert und orientierungslos, geschlagen und ausgelaugt, floh Jerry, um kein Diktator zu werden.

New York, im Dezember 1947

Liebe Oona,

ich freue mich für Dich, Du hast gestern Abend an Tisch sechs im Stork in Deinem goldfarbenen Kleid, das wirkte wie gelber Champagner, der sich in Kaskaden über Deine marmornen Schultern ergießt, einen so strahlenden Eindruck gemacht. Ich dachte, ich könne nach Hause zurückkehren und wieder ein normales Leben führen, aber ich schaffe es nicht. Ich gehöre nicht mehr zum Amerikanischen Traum, ich kann mich nicht mehr in die Gesellschaft integrieren und unter Sternenbannern und Geschmetter Crêpes Suzette bestellen. Ich fühle mich nur wohl, wenn ich eingesperrt und isoliert bin und Trübsal blase: Erinnerst Du Dich, dass das unser Lieblingsausdruck war?

Plötzlich hat das Dröhnen aufgehört, und alles war zu Ende. Ich habe Mühe, mich an die Stille zu gewöhnen. Ich weiß nicht, wie man einkaufen geht, ohne zu robben, um sich zu verstecken. Ich weiß nicht, wie man mit den Leuten redet, ohne eine Granate zu entsichern, um ihnen das Hirn wegzusprengen. Sie merken es nicht, und ich verstöre sie mit meinen verängstigten Augen. Ich weiß nicht, wie ich die Straße entlanggehe, ohne beim geringsten Geräusch aufzuschrecken und hinter Mülltonnen abzutauchen, um mich zu schützen. Das Zivilleben ist ein eigener Krieg. Ich spüre, wie die anständigen Bürger mir vorwerfen, dass ich nicht mehr zur Leichtigkeit fähig bin.

Sie haben es eilig, haben mit belanglosen Dingen zu tun, sind spät dran auf dem Weg zum Büro. Aber nichts wäre mir lieber: Es ist mein Traum, ins Büro zu gehen oder den ganzen Tag Jazz zu hören, ohne mich zu erinnern. Ich ertrage nur das Gespräch mit sehr jungen Mädchen oder sehr alten Bäumen.
Jede Nacht kehre ich im Traum dorthin zurück. Zu den Händen der Gefangenen, die sich uns entgegenstrecken, uns, die wir ihnen zu viel zu essen geben, und man sieht, wie ihr Bauch sich aufbläht, wie ihr Brustkorb zusehends dicker wird. Sie haben geweint, aber keine Träne drang ihnen aus den Augen. Die Diskrepanz war furchtbar: Sie, die vor Freude weinten, und wir, die vor Entsetzen weinten. Ich bin jeden Morgen froh, dass ich erwache, aber jeden Abend habe ich Angst einzuschlafen, weil ich weiß, dass ich dorthin zurückkehren und ihnen wieder zu viel zu essen geben werde, bis ihre Bäuche platzen. Niemand wird das je verstehen, es wird mir nie gelingen, auch nur ein Prozent von dem zu erzählen, was ich gesehen habe. Fotos zeigen nichts, und Sätze sind machtlos.
Ach, eines ist sicher, mir geht es überhaupt nicht gut, aber nicht Du hast mich umgebracht, oh nein, das warst nicht einmal Du. Sei glücklich mit Charlie, das hier ist wirklich mein letzter Brief.

J'ai ri.*

* »Ich habe gelacht.« Französisch im Brief.

Dann begann Jerome David Salinger, sich seine Figur Holden Caulfield auszudenken, die bereits in mehreren seiner in Zeitungen veröffentlichten (*Last Day of the Last Furlough* im Juli 1944, *This Sandwich Has No Mayonnaise* im Oktober 1945, *The Stranger* im Dezember 1945, *I'm Crazy* im Dezember 1945, *Slight Rebellion Off Madison* im Dezember 1946) oder dort abgelehnten Erzählungen (*The Last and Best of the Peter Pans*, 1942, *The Ocean Full of Bowling Balls*, 1945) auftauchte, er denkt sich aus, wie Holden Caulfield in einer psychiatrischen Klinik wegen Anfällen von Geistesgestörtheit behandelt wird, nachdem er nach New York ausgerissen ist. Und er beginnt damit, den berühmten Satz niederzuschreiben: »Wenn ihr das wirklich hören wollt, dann wollt ihr wahrscheinlich als Erstes wissen, wo ich geboren bin und wie meine miese Kindheit war und was meine Eltern getan haben und so, bevor sie mich kriegten, und den ganzen David-Copperfield-Mist, aber eigentlich ist mir gar nicht danach, wenn ihr's genau wissen wollt.« 1951 veröffentlicht J. D. Salinger *Der Fänger im Roggen*. Er hat die Verzweiflung eines Veteranen des Zweiten Weltkriegs in das Herz eines New Yorker Jugendlichen verpflanzt. Der Roman wurde vom *New Yorker* und dem Verleger Giroux abgelehnt (der auch *Unterwegs* von Kerouac ablehnte). Nachdem er schließlich von Little, Brown and Company angenommen worden war, erschien er am 16. Juli 1951 zum Preis von drei Dollar. Salinger wird im literarischen Milieu wegen seiner im *New Yorker* erschienenen Erzählungen geschätzt: *Ein herrlicher Tag für Bananenfisch* von 1948 und *Für Esmé mit Liebe und Unrat* von 1950. *Der Fänger im Roggen* wird auf der Stelle von Faulkner und Beckett begrüßt. Jerry wird keinerlei »Reklame« machen. »Ich bin unfähig zu erklären, was ich habe schreiben wollen«, wird er als Begründung dafür sagen, dass er alle Interviews ablehnt.

Die Botschaft des Buches? Entweder passt ihr euch der Lebensweise der Mittelschicht an, oder ihr endet in der Klapse. Ab 1951 ist die psychiatrische Klinik die Perspektive aller freien Geister im kapitalistischen System.

Nach drei Monaten steht das Buch auf Platz vier der Bestsellerliste der *New York Times*, die den Roman zuvor verrissen hatte. Seit sechzig Jahren werden Jahr für Jahr eine Million Exemplare davon verkauft. Zu diesem Erfolg und seinen Auswirkungen auf die Gesellschaft gibt es in Frankreich nur ein Pendant: den Erfolg von *Bonjour tristesse* von Françoise Sagan, das drei Jahre später erschien.

XI

1952/53: Der Wendepunkt

»Unser Leben ist bloß ein sonderbares, dunkles Intermezzo im elektrischen Spektakel von Gottvater!«

Eugene O'Neill, *Seltsames Intermezzo,* 1928

Chaplins Unbeliebtheit wurde zu einem Problem für den Alltag seiner Familie. Im Restaurant standen Menschen auf und beschimpften ihn als »Roten« oder »Bolschewiken«. In Hollywood ging man Charlie und Oona aus dem Weg. Am Silvesterabend vertrieben sie durch ihr Erscheinen alle anderen Stars. Der Misserfolg von *Monsieur Verdoux* bereitete ihnen immensen Kummer. Sie fühlten sich immer mehr gehasst, und das nicht nur von den Republikanern. Eines Tages wurde Oona auf der Straße von jemandem angespuckt. Die Aggressivität wurde greifbar. Charlie weigerte sich dreimal, vor dem Komitee für unamerikanische Umtriebe auszusagen. Deprimiert machte er sich daran, eine Liebesgeschichte zwischen einem vergessenen Schauspieler und einer jungen Tänzerin zu schreiben, die dieser vor dem Selbstmord bewahrt. Diese Geschichte sollte später *Rampenlicht* werden, sein letzter amerikanischer Film: ein schmalziges Melodram, in dem sich die ganze Schönheit von Chaplins Stummfilmkino verflüchtigt. Er hatte es selbst vorausgesagt: »An dem Tag, an dem ich sprechen werde, werde ich ein Schauspieler wie alle anderen.« In den

1920er-Jahren war es Chaplins große Innovation gewesen, das Burleske zu verlangsamen, aber das funktionierte nur ohne Dialoge. Man fasste Zuneigung zu diesem rührenden, betrunkenen und draufgängerischen Antihelden, der fähig war, uns zum Weinen und zum Lachen zu bringen, wenn er einem Kind ein Bonbon stahl oder seine Zigarette über die Schulter warf und sie dann mit dem Schuh wegkickte. Ab dem Augenblick, wo er anfing, lange, belehrende Reden zu halten, verlor er all seinen Zauber und sein Geheimnis. (Das Beste an *Rampenlicht* ist Claire Bloom, die später Philip Roth heiraten wird.)

In Los Angeles herrscht ein derartiges Klima der Hexenjagd, dass Chaplin beschließt, die Premiere von *Rampenlicht* im Oktober 1952 in London zu veranstalten. Oona und er nehmen mit ihren vier Kindern (Geraldine, Michael, Josephine und Victoria) für die Atlantiküberquerung das Schiff. Diesen Moment wählt J. Edgar Hoover, der Chef des FBI, um zur Tat zu schreiten. An Bord des Passagierdampfers Queen Elizabeth erhalten sie ein Fernschreiben der Einwanderungsbehörde, in dem ihnen mitgeteilt wird, dass Mister Chaplin der Aufenthalt in den Vereinigten Staaten untersagt sei und nur dann ein Visum zur Wiedereinreise erhalten werde, wenn er vor dem Untersuchungskomitee der Einwanderungsbehörde auf die Vorwürfe »moralischer und politischer Verworfenheit« eingehen werde. Parallel dazu verkündet der amerikanische Justizminister die Aufnahme von Ermittlungen gegen Chaplin. (Noch heute wird allen Besuchern der Vereinigten Staaten die Frage gestellt: »Sind Sie Kommunist?« Wenn Sie die Frage bejahen, müssen Sie sich auf stundenlange Verhöre gefasst machen.) Die Zeitungen berichten groß von Charlie Chaplins »Verbannung«. Bei seiner Ankunft in London und später in Paris wird er triumphal empfangen. Während einer Pressekonferenz im Hotel Ritz erklärt Chaplin am 29. Oktober 1952, dass er niemals nach Amerika zurückkehren werde.

Wie viele andere Reiche beschließen Oona und Charlie, sich in der Schweiz am Genfer See niederzulassen. Das Dumme daran: Chaplins gesamtes Vermögen befindet sich in Kalifornien. Am 17. November 1952 macht Oona sich daran, unter größter Geheimhaltung das Geld zurückzuholen. Unter dem Vorwand, an einer Vorstandssitzung von United Artists teilzunehmen, reist sie mit dem Flugzeug von London nach Los Angeles. In Wahrheit eilt sie an den Summit Drive, um dem gesamten Personal zu kündigen und den Verkauf des Hauses einzuleiten, dann fährt sie zu Charlies Anwalt, um Charlies Aktien zu verkaufen. Mit der Vollmacht ihres Mannes leert sie die Safes bei der Bank of America und holt sich die Originalrollen all seiner Filme. Sie transferiert den größten Teil ihrer Guthaben mit Schecks und Überweisungen auf Konten in Europa und hebt den Rest in Tausend-Dollar-Scheinen ab, die sie ins Futter ihres Nerzmantels einnähen lässt. Dann nimmt sie ein Flugzeug nach London, in dem sie heftig schwitzt, sich aber nicht von ihrem Pelz trennt, der Millionen von Dollar enthält. Die Szene wurde kürzlich von Scorsese in *The Wolf of Wall Street* übernommen. Im darauffolgenden Jahr gibt Oona die amerikanische Staatsangehörigkeit auf und nimmt die britische an. Chaplin wird erst wieder (mit einem Ausnahmevisum für zwei Wochen) nach Los Angeles zurückkehren, als er dort 1972 einen Ehrenoscar empfängt, begleitet von den bis zum heutigen Tag längsten Standing Ovations der Geschichte dieser Zeremonie. Ich fordere jeden Leser heraus, sich diese Szene anzusehen, ohne zahlreiche Taschentücher zu verbrauchen.

Anfang 1953 sieht das Sheraton Hotel in Boston aus wie alle Sheratons zu dieser Zeit: Der Teppichboden ist braun, die Leuchter silbern, die Lampen orange. Die Wände sind verziert mit geometrischen Formen, Rauten, futuristischen Rechtecken. Das Lächeln der Rezeptionistin ist so mechanisch, dass es einen sofort in Depressionen stürzt. Im Sheraton ist kein Platz für Zweifel.

Eugene liegt in seinem beigefarbenen Zimmer auf dem braunen Bett und zittert, er kann nicht mehr schreiben. Er beglückwünscht Jerry zu seinem Erzählungsband, der gerade erschienen ist.

»Ich habe Sie angerufen, damit Sie mich besuchen. Sie waren ein Freund meiner Tochter. Ich werde sterben, ohne sie wiederzusehen. Ich kann nicht verzeihen, ich schaffe es nicht, sie auch nicht. Ich habe mich nie um sie kümmern können, ich war nicht dazu geschaffen, Vater zu sein. Ihr Buch hat mich dazu animiert, Ihnen das zu sagen. Ich weiß, dass Sie vor Chaplin ihr Verlobter waren. Ich … Ich habe nie gewusst, wie ich mit ihr reden sollte, ich habe nicht mal gewagt, ihren Arm zu berühren. Wir umarmen uns in der Familie nicht. Es ist schrecklich, nicht mehr schreiben zu können, wenn man auch nicht mehr sprechen kann.«

Eugene O'Neill sagt die Sätze, als läse er sie von einem unsichtbaren Teleprompter ab – mit der Sprechweise eines Schauspielanfängers, der überdeutlich artikuliert und dabei zur Decke sieht. Er scheint seine Rede lange vorbereitet zu haben. Seine Hand zittert blöde, er sabbert und stinkt. Er sagt seine Beichte auf, vielleicht verwechselt er Salinger mit einem Priester und erhofft Absolution.

»Mister O'Neill«, sagt Jerry nach langem Schweigen. »Ich verstehe Sie vollkommen. Sie fühlen sich verraten, so wie ich, und Sie haben es nicht ertragen, dass sie Ihnen entgleitet. Für mich ist die Geschichte schon lange verloren, aber es ist nicht zu spät für Sie, sich mit Ihrer Tochter zu versöhnen. Haben Sie nicht ihre Telefonnummer in der Schweiz?«

»Sehen Sie, was sie mir schickt: Fotos meiner Enkel. Ihr letzter Brief liegt unter meinem Kopfkissen, aber ich weigere mich, ihn zu öffnen. Wer bin ich heute für Oona? Ein Dreckskerl, der bald stirbt. Sicher werde ich in der Hölle schmoren, aber ich werde sie nicht wiedersehen. Manche Versäumnisse sind nicht wiedergutzumachen, wir versöhnen uns nicht, weil man die Vergangenheit nicht ändern kann, Jerome. Ihr Buch ist sehr gut, weil es in dieser Frage radikal ist. Ihr Held ist unnachgiebig, er erträgt keine Scheinheiligkeit, er ist ungeschliffen und idealistisch … Er ähnelt Ihnen ein wenig, nicht wahr? Also wissen Sie, dass es verloren ist. Wir waren so lange Zeit getrennt, dass eine so späte Versöhnung keinen Sinn haben würde.«

»Ich verstehe nicht, warum Sie mich herbestellt haben.

Um mir das zu sagen? Ich beschwöre Sie, Oona ein Zeichen zu geben, bevor … Wenn jemand Buddha anspuckte, pflegte der zu sagen: ›Ich habe nichts mit Ihrer Beleidigung zu schaffen, nehmen Sie sie zurück.‹«

»Wo wohnen Sie?«

»In New York, warum?«

»Verlassen Sie New York, und ziehen Sie in ein ruhiges Haus, fern vom gesellschaftlichen Treiben. Sie sprechen in Ihrem Roman von einer Hütte im Wald, na, finden Sie die, hören Sie auf den Rat eines alten Knackers, und fliehen Sie vor den Salonmachenschaften dieser Leute, vollenden Sie Ihr Werk. Ich spüre in Ihnen eine ebenso große Verrücktheit wie meine … Ihr *Fänger im Roggen*, das sind doch Sie im Krieg, nicht wahr? Haben Sie viele Ihrer Kameraden fallen sehen?«

»So viele, dass ich sie nicht habe zählen können, Mister O'Neill. Ich treffe mich regelmäßig mit den Überlebenden. Wir reden nie von denen, die dort geblieben sind. Wir trinken was und reden über Baseball. Die Listen von Namen, die in die Denkmäler gemeißelt sind, bringen schwerlich die jungen Männer zurück, die sie waren. Manche waren echte Idioten, andere Spaßvögel oder Schisser. Krankenschwesterncasanovas! Sie lehnen es ab, mit Oona zu reden, ich bin völlig unfähig zu erzählen, wer die jungen Unbekannten waren, die in Frankreich und Deutschland gestorben sind.«

»Sie werden sehen, dass Sie eines Tages keine Wahl mehr haben, dann ziehen die auf irgendeine Weise aus Ihrem Kopf aus, und Sie sind sie endlich los … Einstweilen verlassen Sie New York. Ich versichere Ihnen, das ist das Beste, was Sie tun können.«

»Ich bin gekommen, um Sie anzuflehen, Ihre Tochter anzurufen, und Sie wollen mich aus Manhattan verbannen?«

»Ganz genau. Das ist mein letzter Wille. Sie werden doch nicht gegen den letzten Willen eines sterbenden Greises verstoßen?«

Ein paar Wochen nach diesem geheimen Treffen verstarb Eugene O'Neill am 27. November 1953 im Zimmer 401 des Hotels, nachdem er gemurmelt hatte: »Geboren in einem Hotelzimmer und, Herrgott noch mal, gestorben in einem Hotelzimmer!«

Jerry zog nach Cornish, und die Chaplins blieben in Corsier-sur-Vevey. Offiziell sahen Oona und Jerry sich nie wieder.

XII

Oyster Bar, Frühjahr 1980

»Männer wie ich sollten Frauen wie Ihnen nie begegnen.«

Guy de Maupassant, *Unser einsames Herz,* 1890

Charlie Chaplin starb am Weihnachtsmorgen 1977 im Manoir de Ban. Unter den Geschenken, die unter dem Weihnachtsbaum lagen, fanden seine Kinder auch einen Super-8-Projektor und mehrere Kopien seiner ersten Filme aus den 1910er-Jahren. Völlig gebrochen, kaufte Oona daraufhin eine Maisonettewohnung in der East 72nd Street in New York, wohin sie häufig reiste, um ihren Erinnerungen an Vevey zu entfliehen. Häufig sah sie dort Truman Capote wieder. In ein schwarzes Cape gehüllt und mit einem breitrandigen Hut holte er sie in ihrer Wohnung ab. Gemeinsam begaben sie sich zu den Treffen der Anonymen Alkoholiker, bevor sie den restlichen Abend bei ihm im 870 U. N. Plaza (21. Stock) Platten von Xavier Cugat hörten. Oona war die einzige Frau der Welt, die nach dem Skandal von *Erhörte Gebete* noch bereit war, mit ihm zu reden.

Oona schaffte es nicht, ohne Chaplin zu leben. Wie eine Heldin von Jean Rhys ertränkte die Elends-Irin ihre Trauer in Alkohol. In Corsier versteckte sie Flaschen in Schuhkartons, Schubladen, unter Kleidungsstücken, hinter den Büchern in den Regalen, in den Taschen ihrer

Mäntel und sogar unter ihrer Matratze. Nachdem ihre Kinder aus dem Manoir ausgezogen waren, wurde sie nach und nach genauso menschenfeindlich wie J. D. Salinger. Allerdings traf sie regelmäßig die beiden anderen Mitglieder des Goldenen Trios, Carol (inzwischen verheiratet mit dem Schauspieler Walter Matthau) und Gloria (die seit ihrer vierten Heirat Vanderbilt Cooper hieß). Sie verbrachten ein paar Wochenenden in Malibu, wo sie sich glucksend an ihre Abende im Stork Club erinnerten, der nicht mehr existierte (das Gebäude war 1966 abgerissen worden). Von Zeit zu Zeit mietete Oona eine Jacht für eine Kreuzfahrt in der Sonne oder sprang spontan in die Concorde. Mit vierundfünfzig hatte sie einen kleinen Flirt mit einem eifrigen jungen Schauspieler: Ryan O'Neal, achtunddreißig, er hatte gerade in *Barry Lyndon* mitgespielt. Im Jahr darauf lud der Maler Balthus sie nach Rossinière ein, wo er ihr David Bowie vorstellte, der gekommen war, um sein neuestes Album in Montreux einzuspielen. Sophia Loren brachte Michael Jackson mit, um ihm nach seinem Konzert das Manoir de Ban zu zeigen. Oona überließ ihm die Rechte an *Smile* (das er auf einem seiner Alben verhunzte), aber lehnte es ab, ihm das Manoir zu verkaufen. Eines Abends sagte Richard Avedon ihr bei Carol:

»Es heißt, Sie seien einzigartig, aber ich sehe es nicht.«

»Ich bin es nicht, Sie haben recht. Weil alle es sind.«

»Oh. Jetzt sehe ich es«, sagte Avedon.

Die meiste Zeit sah sie niemanden. Nach und nach erwarb Lady Oona O'Neill Chaplin sich den Ruf einer zurückgezogen lebenden, leicht behämmerten Witwe, die

Wodka mit Antidepressiva mixte und barfuß in ihrem Rolls-Royce mit Chauffeur herumkutschierte. Bis zu dem Tag, an dem sie vor all ihren in ihrer New Yorker Wohnung um einen Kuchen mit sechzig Kerzen versammelten Kindern und Enkelkindern schwankend und mit schwerer Zunge einen Toast ausbrachte: »Euch allen, meine liebe Familie, kann ich es an diesem sechzigsten Geburtstag endlich sagen: Ich hasse meinen Vater Eugene O'Neill!«, bevor sie mit Nasenbluten auf ein Sofa fiel.

In den Siebzigerjahren reiste Salinger gelegentlich sehr diskret nach New York, London oder Paris. An einem Tag im Jahr 1980 erhielt Oona in ihrer Wohnung eine weiße Grußkarte mit den folgenden, sorgfältig mit blauer Tinte geschriebenen Worten: »Liebe Oona, frag mich nicht, wie ich Deine amerikanische Adresse herausgefunden habe. Ich erinnere Dich daran, dass ich bei der Spionageabwehr gearbeitet habe. Ich bin der große Kerl mit weißen Haaren, der sich nächsten Montagmittag in der Oyster Bar der Grand Central Station hinter einer Platte mit Meeresfrüchten und einer Flasche Chardonnay versteckt. Jerry«. Sie brauchte eine gewisse Zeit, bis sie begriff, dass es sich nicht um Jerry Lewis handelte. Sie kam wegen der Grand Central Station darauf, weil Holden in *Der Fänger im Roggen* dort sein Gepäck zur Aufbewahrung abgibt. Oona aß häufig in der Oyster Bar zu Mittag, trank dabei viel Champagner und bestellte Austern. Die Kellner mochten sie gern, denn Lady Chaplin gab häufig hundert Dollar Trinkgeld.

Abends fragte Oona zu Hause Truman Capote um

Rat. Sollte sie zu dem Treffen gehen? Capote hatte Salinger nie ausstehen können: Männer von Welt halten Menschenscheu für Arroganz.

»Du willst also den Veteranen wiedersehen, der wie ein Baby schreibt?«

»Ach, lass das. Du hattest Glück, du warst zu jung für den Krieg. Du hättest keine zehn Minuten durchgehalten.«

»Ich? Inmitten von tausend hübschen Jungs im Drillich? Du sprichst von meinen feuchtesten Träumen!«

»Du bist nicht witzig. Dir hat eine einzige Hinrichtung genügt, um dich fürs Leben zu traumatisieren. Und die haben dort jeden Tag Hunderte von Hinrichtungen gesehen.«

»Pff … Ich weiß, dass du recht hast. Erzähl es niemandem, aber ich glaube, dass ich *Kaltblütig* nur geschrieben habe, damit man mir verzeiht, dass ich nicht im Krieg war. Ach, schenk mir noch einen Wodka ein, Liebling. Weißt du, manchmal kommt es mir so vor, als sähe ich Perry Smith* auf der Straße. Ich weiß, dass er es ist. Er folgt mir, und dann verschwindet er wieder.«

»Bei mir ist es dasselbe. Wenn ich betrunken bin, habe ich den Eindruck, Charlie sei neben mir, ich fange an, mit ihm zu reden, ich habe eine Idee, die ihn zum Lachen bringen wird, und plötzlich erinnere ich mich, dass er tot ist, und er löst sich in Luft auf.«

»Glaubst du, wir trinken, um sie zu vergessen?«

---

* Der Mörder der Familie Clutter, der am 14. April 1965 vor Truman Capotes Augen in der Strafanstalt von Lansing (Kansas) gehängt wurde. Capote erzählt von der Hinrichtung in *Kaltblütig*. (Anmerkung des Verfassers)

Truman schob die lavendelblauen Taftvorhänge zur Seite und betrachtete durchs Fenster den East River. Die Streifen seines Seersucker-Anzugs harmonierten mit den Vorhängen. Mit seinen aufgerissenen Augen erinnerte er an Peter Lorre in *M – Eine Stadt sucht einen Mörder*.

»Nein«, sagte Oona. »Ich glaube, wir trinken, um sie wiederzusehen.«

»Du weißt, dass du meine einzige Freundin bist. Das bist du immer gewesen. Na los, triff dich mit deinem Fänger, unter einer Bedingung: Du erzählst mir hinterher alles im Studio 54!«

»Im 54? Lieber lasse ich mir einen Zahnnerv entfernen.«

In einem seiner Bücher mit Erinnerungen erzählt Philippe Labro, dass er J. D. Salinger in der Grand Central Station begegnet ist. Labro ging auf einen großen, gebeugten alten Mann zu und fragte ihn: »Are you Mister Salinger?«, und der andere schrie ganz laut: »Aaaaaaaah!!« Ich weiß nicht, ob die Anekdote wahr ist, aber eines ist sicher: Ich habe gut daran getan, 2007 nicht an seiner Tür zu klingeln. Ich hätte nicht gemocht, dass Salinger mich wie ein Besessener anbrüllt.

Als Oona das Restaurant betrat, erkannte sie ihn nicht sofort. Sie hatten sich seit vierzig Jahren nicht gesehen, und Salinger war niemand, der den Arm hebt, damit man ihn bemerkt. Bis sie einen mageren Alten mit weißem Haar entdeckte, der sie aus schwarzen Augen ansah. Alles hatte sich verändert, außer seinen wohlwollenden Adleraugen. Gus Van Sant hatte den richtigen Blick, als er ihn in *Forrester – Gefunden!* von Sean Connery hat spielen lassen: Die Ähnlichkeit ist frappierend. Man hätte meinen können, er sei James Bond als Rentner.

»Du hast dich überhaupt nicht verändert«, sagte Jerry. »Ich habe dich sofort wiedererkannt. Die hervortretenden Wangenknochen, der Knochenbau des Gesichts, das ist das Geheimnis, die Struktur verändert sich nicht, die Falten ändern nichts daran. Und außerdem bist du dünn geblieben.«

»So ein Unsinn, ich habe acht Kinder bekommen! Hör auf, dich über mich lustig zu machen, das fängt ja schlecht an. Herr Ober, einen Wodka, bitte. Trinkst du nichts?«

Sie fummelte nervös an ihrer Perlenkette herum. Sie fühlte sich blöd, dass sie ein Chanelkostüm angezogen hatte. Sie wirkte alt, verklemmt und bourgeois. Oona wurde bewusst, dass sie sich zum ersten Mal seit Charlies Tod Gedanken machte, was ein anderer über ihr Erscheinungsbild denken mochte.

»Es war schlau von Chaplin, dass er dir schnell acht Kinder gemacht hat«, sagte Jerry. »Danach warst du mit ihm in seinem Schweizer Schloss gefangen.«

»Mit dir wäre ich in einer Hütte tief in den Wäldern eingesperrt gewesen, das ist schlimmer!«

»Er hat dich sich einverleibt, hat dich gezwungen, deine Schauspielkarriere aufzugeben.«

»Leichten Herzens, Jerry. Ich war glücklich, nicht vom Ehrgeiz zerfressen wie du.«

»Du hättest ein großer Filmstar werden können.«

»Was hat das schon zu bedeuten! Heute wäre ich ein Ex-Großer-Filmstar.«

»Du hast die schönsten Jahre deines Lebens mit einem

Alten im Rollstuhl verbracht. Er nicht, er hat mit einer jungen Schönheit gelebt! Er hat sich nicht für dich aufgeopfert!«

»Aber ich mich auch nicht! Ich habe mich verliebt. Männer sind mit fünfzig tausendmal schöner als mit zwanzig. Ich habe mich nicht geopfert, das weißt du sehr gut, du hast es selbst in deinen Erzählungen geschrieben: Es gibt nichts Interessanteres auf Erden, als sich um jemanden zu kümmern. Ich war aus reinem Egoismus freigebig. Und außerdem ist Kindermachen gut, wenn man depressiv ist … Es hat mir verboten, mich umzubringen wie meine Brüder.«

Das Wiedersehen erinnerte Jerry daran, wie er jedes Mal, wenn er sie gesehen hatte, Bauchschmerzen gehabt hatte. Wie war es ihm gelungen, in den Krieg zu ziehen, anstatt bei ihr zu bleiben? Damals hätte er sein Leben für diese rotwangige Stute mit vorstehenden Zähnen gegeben. Er hasste sich dafür, dass er das Brennen seiner zwanzig Jahre nicht mehr empfand, aber er war zufrieden, trotzdem noch zu leiden. Oona hatte ihm immer wehgetan: Manche Menschen sind dafür geschaffen. Wir gewähren ihnen das Recht, uns unser ganzes Leben lang zu foltern. Er trauerte nicht dem Schmerz nach, sondern ihrer Jugend. Er machte ihr Vorwürfe, dass sie genauso gealtert war wie er. Sie waren zwei Ex-Liebhaber, mit ihrer beider Leben hinter sich, ihren Kindern, ihren Erinnerungen, zwei alte Leute auf Eisenschemeln, die vor allem zwei Dinge vor sich hatten: eine in einen Eiskübel getauchte Flasche Weißwein (die sie nicht anrührten) und den unausweichlichen Tod, etwa zehn Jahre später für sie, dreißig für ihn.

»Weißt du, ich habe es gemacht wie Chaplin«, fuhr Jerry fort. »Als ich vierundfünfzig war, habe ich mich auch mit einer kleinen Achtzehnjährigen zusammengetan. Es hat ein Jahr gehalten. Zum Glück hatten wir keine Kinder. Sie hieß Joyce Maynard.«

»Da siehst du, dass das keine Frage des Alters ist.«

»Doch, der Altersunterschied ist das Geheimnis der Paare, die Bestand haben. Ich habe Chaplin begriffen, seit ich so gelebt habe wie er. Jugend, Unschuld, Begeisterung und Reinheit zugleich … Ein neuer Körper und eine vertrauensvolle Seele ist alles, was ein alter Mann braucht.«

»Vor dem Krieg warst du kein Mann. Und ich brauchte einen Mann.«

»Einen Vater, meinst du.«

»Wir waren so jung und so dumm … Charlie brachte mich zum Lachen, und du warst nie komisch. Hör mal, vielleicht war es keine gute Idee, sich zu treffen, lassen wir es da, wo …«

Anstatt ihren Satz zu beenden, trank Oona lieber mit ungezwungener Geste ihr Glas aus, wie um einen bösen Gedanken durch die Aufnahme vierzigprozentiger russischer Flüssigkeit zu vertreiben. Liebe Leser in pubertierendem Alter, wenn ihr mir bis hierher gefolgt seid, so wisst, dass diese Methode zu nichts führt. Als ihre Kehle zu brennen aufgehört hatte, fuhr sie etwas lauter fort, um das Stimmengewirr der Gäste an der Bar zu übertönen.

»Übrigens, weißt du, dass ich die Antwort auf Holdens Frage habe – was die Enten im Central Park machen? Sie bleiben den ganzen Winter auf dem See. Der Teich im

Central Park friert nie vollständig zu, es gibt immer eine Stelle, wo sie tauchen und unter Wasser Nahrung finden können. Wenn der Teich den ganzen Winter zugefroren wäre, würden sie fortziehen, aber das brauchen sie nicht. Die Enten im Central Park sind das ganze Jahr über da, Jerry. Sie rühren sich nie von dort weg. Sie frieren im Winter nicht. Sie sind wie du – sie rühren sich nicht. Und die Kanadagänse, Schwäne, Reiher, Möwen … sie fliehen nicht, sie ziehen nirgends hin. Niemand verlässt New York. Du hast dir dein ganzes Leben lang etwas vorgemacht, Jerry.«

»Ich bin froh: Ich dachte, du hättest nie etwas von mir gelesen.«

»1941 warst du unausstehlich, wie alle Bengel in deinem Alter. Und außerdem warst du viel zu groß. Charlie hatte wenigstens meine Größe. Wir waren perfekt proportioniert.«

»Eine Familie von Liliputanern!«

»Jerry, ich werde dir was über Charlie sagen. Er war eifersüchtig, knickrig, selbstbezogen, schrullig, narzisstisch, größenwahnsinnig, unerträglich, griesgrämig, snobistisch und ein Frauenheld, aber ich habe ihn geliebt, das ist nun mal so, ich habe ihn geliebt. Ich habe ihn mir nicht auf einer Speisekarte ausgesucht.«

Salinger schlürfte eine Auster und verursachte dabei das Geräusch einer sich leerenden Badewanne.

»Charlie Chaplin ist ohne den geringsten Zweifel der größte Satiriker aller Zeiten«, sagte er, nachdem er sich mit der Serviette den Mund abgewischt hatte. »Und aus genau diesem Grund habe ich ihn mein ganzes Leben lang gehasst.«

»Ich ertrage es nicht, dass er gegangen ist. Wirklich, es ist furchtbar. Ich schaffe es nicht, nicht einmal mit acht Kindern, die ich liebe. Ohne ihn zu leben … Heute bin ich gegen den Altersunterschied. Für eine Minute mehr mit ihm würde ich alles geben, wäre er auch krank, vertrottelt, schwachsinnig und taub. Ich leide zu sehr. Bestell mir bitte noch einen Wodka Straight, please, mir ist das zu peinlich.«

Jerry sah auf die nicht angerührte Weißweinflasche, dann winkte er dem Kellner.

»Da wir schon bei Geständnissen sind«, fuhr Oona fort, »ich habe mich immer gefragt, warum du nie versucht hast, mit mir zu schlafen.«

»Du hast dich im Bett nicht gerührt, hast nichts gesagt, hast dich mit zusammengebissenen Zähnen befummeln lassen. Du hattest so kalte Füße … Du warst so verklemmt, so schön, aber mein Gott, was hast du einen wild gemacht!«

»Ich war schüchtern, du Idiot! Ich habe darauf gewartet, dass du den ersten Schritt tust …«

»Es stimmt, wir waren jung und dumm … In der Armee habe ich mich in dich verliebt, weil du weit weg warst. Weil meine Freunde durchs Los starben, durch die Lotterie der raushängenden Därme. Ich habe dich geliebt, weil wir nie miteinander geschlafen hatten und ich am nächsten Tag sterben würde. Ich bin hergekommen, um dir etwas über deinen Mann zu sagen. Ich habe es sehr bereut, dir nach eurer Hochzeit diesen idiotischen Brief geschickt zu haben. Chaplin ist zwar den beiden Kriegen entgangen, aber er hat etwas viel Nützlicheres zuwege gebracht. Er hat den *Großen Diktator* gedreht. Die Vereinigten Staaten haben gezögert, in den Krieg zu ziehen. Die öffentliche Meinung wollte es nicht. Es hatte 1918 zu viele Leichen gegeben. Der Erfolg seines Filmes hat die Dinge wirklich verändert. Wenn ich daran denke, dass diese Dreckskerle euch des Landes verwiesen haben, nur weil er sich für die zweite Front einsetzte. Er hatte recht: Wir hätten früher losziehen müssen. Wir hätten Ende 1942 da sein sollen. Ach, übrigens, ich habe dir ein Geschenk mitgebracht.«

Jerry bückt sich, öffnet seine Reisetasche und zieht ein mehrmals zusammengefaltetes Küchentuch heraus, das er mit größtmöglicher Vorsicht vor sie hinlegt.

»Was ist das für ein Packen Dreckwäsche?«, fragt Oona.

»Etwas, was dir gehört. Es ist in keinem guten Zustand, aber mit ein wenig Sekundenkleber müsstest du es wieder hinkriegen.«

Oona faltet die vier Ecken des Tuchs auseinander. Sie legt fünf Stücke weißes, wie Eiweiß glänzendes Porzellan vor sich auf den Tisch.

»Es fehlen ein paar Stückchen, Vorsicht, schneide dich nicht.«

Ganz behutsam, mit unendlicher Vorsicht nimmt Oona die Stücke und versucht sie zusammenzubringen, wie ein Kind, das sich auf ein Puzzle konzentriert. Es gelingt ihr, die Umrisse eines Storchs zu rekonstruieren, der einen Zylinder trägt und eine Zigarette raucht. Mit einem Mal wird Oona vierzig Jahre jünger, und ihre Augen beginnen, freudig zu leuchten wie die eines Mädchens am Weihnachtsabend. Jerry ist aufgestanden, er steht, er geht zu schnell, das ist eine Manie von ihm.

»Pass auf mit der Asche, die noch drin ist. Vielleicht sind es Reste von Leuten, die in Dachau verbrannt wurden, oder es handelt sich um Zigarrenasche von Ernest Hemingway. Ich erinnere mich nicht mehr, ich hab das Ding nicht sauber gemacht, es war in einem Koffer noch aus dem Krieg. Meine Tochter hat es auf dem Speicher gefunden, als sie das Haus aufgeräumt hat.«

»Und du hast mir geschrieben, um ihn mir zurückzugeben. Ganz der alte Spaßvogel.«

»Ich bin froh, dass ich dich wiedergesehen habe. Du bist immer noch vollkommen vollkommen, Lady Chaplin.«

»Oh, das ja, der ist wirklich ziemlich ramponiert, der Aschenbecher. God, der Stork Club … wie lang das her ist.«

»Ich bin seit Mai 1945 tot, aber du warst es von Anfang an, seit dein Vater dich verlassen hat.«

Oona weicht seinem Blick aus. Ihre Hände zittern, aber Jerry ist ergriffener als sie, deshalb will er als Erster gehen, bevor er sich lächerlich macht.

»Nein, ich habe gegen meinen Vater gewonnen. *Ich* habe gelebt.«

»Ich sollte dir das nicht erzählen … Ich habe Gene kurz vor seinem Tod getroffen, in Boston. Komischer Typ, dein Vater. Nach dem Erscheinen von *Neun Erzählungen* hat er mir einen seltsamen Brief geschrieben, eine Art Vorladung, so wie die, die ich dir geschickt habe. Weißt du, dass er deine Briefe unter seinem Kopfkissen aufbewahrte? Der Arme. Du ähnelst ihm, weißt du. Aber er war sehr viel einsamer als du. Auf bald, Glamour Girl of the Year«, sagte Jerry mit zitternder Stimme. »Ich muss los, wenn ich meinen Zug nicht verpassen will. Pass auf dich auf.«

»Also, bloody catcher, kehr in dein Versteck zurück. Danke für den Storch.«

»Du auch: Kehr in dein Schweizer Schloss zurück, du hast hier nichts zu suchen. Kehr nach Hause zurück, und mach es wie ich: Denk nach. Sieh niemanden, der nicht unbedingt nötig für dich wäre. Rette dich, in allen Bedeutungen des Wortes. Adieu, little Oona. Ich überlasse dir die Rechnung, wie immer!«

Jerry küsst ihr die Hand. Sie zieht sie rasch zurück, damit er die braunen Flecken darauf nicht sieht. Oona hebt ihr Glas, er verneigt sich wie ein Hindu zum Gruß. Sie zieht ein Bündel Dollarscheine aus der Handtasche. Als sie ihn lächeln sieht, wird ihr bewusst, dass sie ihn fast nie in ihrem Leben hat lächeln sehen. Sie wartet, bis er wirklich am anderen Ende des Raumes ist, bevor sie sich gehen lässt.

»Oh shoot ...«

Als der Barkeeper sieht, wie sie zusammenfällt, kommt er herbeigelaufen und fragt, was nicht in Ordnung ist; sein Mitgefühl ärgert sie. Sie fängt sich wieder, wischt sich mit dem Handrücken, den Jerry gerade geküsst hat, die Augen, trinkt ihr Glas aus, dann die Flasche. Als sie den Bahnhof verlässt, setzt sie wieder die Sonnenbrille auf, und der kühle Wind trocknet ihre Wangen. Nach ein paar Metern beginnt sie auf der Rückbank ihres Cadillacs wieder zu weinen. Ihr blasierter Chauffeur hält ihr eine Packung Taschentücher hin, ohne sich umzusehen. Gleichwohl kann er im Rückspiegel sehen, wie Oona ein paar Porzellanscherben streichelt.

»3 East 53rd Street«, sagt sie.

Eine Viertelstunde später hält die schwarze Limousine vor einer öffentlichen Grünanlage. Der Chauffeur steigt aus dem Wagen, um Oona, die sich würdevoll aufrichtet, den Schlag zu öffnen. Sie bleibt vor dem Schild mit der Aufschrift »Paley Park« stehen. Einen Moment lang verharrt sie regungslos, als versuche sie, den Stork Club wiederzufinden, der sich verflüchtigt hat, zu einer winzigen Grünanlage geworden ist, eingezwängt zwischen zwei Gebäuden der 53rd Street. Dann geht sie in dem kleinen Park langsam auf die Wasserwand hinten links unter den Büschen zu und nimmt die Stücke des zerbrochenen Aschenbechers aus ihrer Handtasche. In der Ecke der Mauer, genau an der Stelle von Tisch sechs, kniet sie nieder und beginnt, mit den Händen in der Erde zu wühlen, um das kaputte Porzellan im Beet zu begraben. Die vorbeieilenden Passanten sehen sie an und fragen sich, warum diese Obdachlose ein Chanelkostüm trägt. Oona weint noch immer, als sie wieder in den Cadillac steigt, und für ihren Chauffeur steht jetzt fest: Lady Chaplin ist endgültig verrückt geworden.

Danksagung

Danke an Manuel Carcassonne dafür, dass er seit vier Jahren an dieses Projekt geglaubt und seinen Autor in Momenten existenzieller Zweifel unterstützt hat.

Danke an Andrew Nurnberg dafür, dass er 2012 Phyllis Westberg gefragt hat, wann der Salinger Estate unveröffentlichte Werke veröffentlichen würde, worauf er als Antwort nur ein rätselhaftes Lächeln erhielt, das der Grinsekatze würdig war.

Danke an Nathanaël Karmitz und Kate Guyonvarch dafür, dass sie (vergeblich) die Vermittler zur Familie Chaplin gespielt haben.

Danke an Olivier Nora für seine beharrliche Begeisterung trotz meiner unerträglichen Ausflüchte.

Danke an Juliette Joste und an meine Mutter, Christine de Chasteigner, für ihre unnachgiebige Lektüre.

Danke an Lara dafür, dass sie Ja gesagt hat.

Bibliographie

Kenneth Anger, *Hollywood Babylon,* aus dem Amerikanischen von Sebastian Wolf und Benjamin Schwarz, München (Rogner & Bernhard) 1975.

Antony Beevor, *The Second World War,* London (Weidenfeld & Nicolson) 2012.

Charles Chaplin, *Die Geschichte meines Lebens,* aus dem Amerikanischen von Günther Danehl und Hans Jürgen von Koskull, Frankfurt/M. (S. Fischer) 1964.

Nick Foulkes, *High Society. The History of America's Upper Class,* New York (Assouline) 2008.

Charles Glass, *Americans in Paris. Life and Death under Nazi Occupation 1940–44,* London (HarperPress) 2009.

Charles Glass, *Deserter. The Last Untold Story of the Second World War,* London (HarperPress) 2013.

Ian Hamilton, *Auf der Suche nach J. D. Salinger,* aus dem Englischen von Hedda Pänke, Berlin (Limes) 1989.

Raul Hilberg, *Die Vernichtung der europäischen Juden. Die Gesamtgeschichte des Holocaust,* aus dem Amerikanischen von Christian Seeger, Harry Maor, Walle Bengs und Wilfried Szepan, Berlin (Olle & Wolter) 1982.

Ghyslain Lévy, *Eugene O'Neill ou l'inconvenance de vivre,* Paris (Economica) 1994.

Joyce Maynard, *Tanzstunden. Mein Jahr mit Salinger,* aus dem Amerikanischen von Ursel Schäfer und Reiner Pfleiderer, München/Zürich (Piper) 1999.

Bertrand Meyer-Stabley, *Oona Chaplin,* Paris (Pygmalion) 2010.

Georges Plimpton, *Truman Capotes turbulentes Leben. Kolportiert von Freunden, Feinden, Bewunderern und Konkurrenten,* aus dem Amerikanischen von Yamin von Rauch, München (Rogner & Bernhard) 2014.

Mary Louise Roberts, *What Soldiers Do. Sex and the American GI in World War II France,* Chicago (University of Chicago Press) 2013.

David Robinson, *Chaplin. Sein Leben. Seine Kunst,* aus dem Englischen von Brigitte Mentz und Matthias Müller, Zürich (Diogenes) 1989.

Margaret Salinger, *Dream Catcher. A Memoir,* New York (Washington Square Press) 2000.

Aram Saroyan, *Trio. Oona Chaplin, Carol Matthau, Gloria Vanderbilt. Portrait of an Intimate Friendship,* New York (Simon & Schuster) 1985.

Jane Scovell, *Oona. Living in the Shadows,* New York (Warner Books) 1998.

David Shields und Shane Salerno, *Salinger: Ein Leben,* aus dem Amerikanischen von Yamin von Rauch, München (Droemer) 2015.

Kenneth Slawenski, *Das verborgene Leben des J. D. Salinger,* aus dem Amerikanischen von Yamin von Rauch, Berlin (Rogner & Bernhard) 2012.

J. D. Salinger hat uns einen einzigen Roman und etwa vierzig Erzählungen hinterlassen. Nur wenige dieser Erzählungen wurden in Buchform veröffentlicht: neun in *Neun Erzählungen,* zwei in *Franny und Zooey* und zwei in *Hebt den Dachbalken, Zimmerleute,* gefolgt von *Seymour eine Einführung* und zuletzt dreien in *Die jungen Leute.* Hier die Liste der anderen Erzählungen, die vor *Der Fänger im Roggen* in Zeitschriften erschienen.

The Hang of It erschien im Juli 1941 in *Collier's.*
The Heart of a Broken Story erschien im September 1941 in *Esquire.*
The Long Debut of Lois Taggett erschien im September 1942 in *Story.*
Personal Notes of an Infantryman erschien im Dezember 1942 in *Collier's.*
The Varioni Brothers erschien im Juli 1943 in *The Saturday Evening Post.*
Both Parties Concerned erschien im Februar 1944 in *The Saturday Evening Post.*
Soft-Boiled Sergeant erschien im April 1944 in *The Saturday Evening Post.*
Last Day of the Last Furlough erschien im Juli 1944 in *The Saturday Evening Post.*
A Boy in France erschien im März 1945 in *The Saturday Evening Post.*
Elaine erschien im März 1945 in *Story.*
This Sandwich Has No Mayonnaise erschien im Oktober 1945 in *Esquire.*
The Stranger erschien im Dezember 1945 in *Collier's.*
I'm Crazy erschien im Dezember 1945 in *Collier's.*

Slight Rebellion Off Madison erschien im Dezember 1946 in *The New Yorker*.

A Young Girl in 1941 with No Waist at All erschien im Mai 1947 in *Mademoiselle*.

The Inverted Forest erschien im Dezember 1947 in *Cosmopolitan*.

A Girl I knew erschien im Februar 1948 in *Good Housekeeping*.

Blue Melody erschien im September 1948 in *Cosmopolitan*.

Diese Erzählungen sind seitdem nie wieder erschienen, weder in den Vereinigten Staaten noch anderswo auf der Welt. Die Auszüge, die ich hier übersetzt habe, sind in Frankreich unveröffentlicht. Bis zum heutigen Tag untersagt der Salinger Estate (bestehend aus der Witwe von J. D. Salinger, Colleen O'Neill Salinger, seinem Sohn Matthew und seiner Agentin Phyllis Westberg) jegliche posthume Veröffentlichung dieser Klassiker der amerikanischen Literatur des 20. Jahrhunderts.